作者與曾孫

四代同堂

代序

　　「風雨過天涯」是銅魚山居士方世中的代表作，以通俗文藝作品 —— 小說，奉獻給讀者，竟然深受讀者喜聞樂見，互相傳閱，愛不釋手，甚至購買饋贈親友。

　　作者是繼承傳統通俗文學的基礎上，發揚其傳奇色彩的優長，並有意識地汲取國外現代小說的一些技巧，創出了中、外、古、今結合的新小說，為「新派小說」闖出一片新天地。

　　該書藝術風格新穎，思想情趣健康，而且把通俗性、趣味性、藝術性、思想性等融於一體，並寄寓愛國主義精神，以及描寫正義戰勝邪惡，富於人性美，人情美的新型小說，使讀者閱後，即感受到原來在社會上有著各式各樣，龍蛇混雜的人物，還有許多千奇百怪，不可思議的事情。這樣即可有助於讀者豐富社會歷史知識，提高生活情趣，思想情趣等的高尚情操。

　　作者在寫作的態度上，特別崇尚傳統寫作的嚴謹性。他常以曹雪芹寫紅樓夢時留下一首詩，其中最後兩句是；《字字看來皆是血，十年辛苦不尋常。》的寫作精神為榜樣，且作座右銘來使用。嚴格要求自已，所以對作品的整體安排，段落的佈局，情節的取捨，都盡其能力而為，一絲不苟來完成此篇作品。

　　此外，因本人學識淺陋，有不足和不對的地方，請給予批評，諒解。是以為記，權且為序。

廣西欽州第一人民醫院副教授方秀桐代序

二零二二年三月三十一日

自序

「風雨過天涯」是以楊家的興、衰，再由沒落轉為旺盛作為引線撰寫而成的。

楊家的家景，像隨著起伏不定的波浪一起沉浮。就在楊家興旺與沒落再興盛的過程中，出現了不少善與惡、醜與美的人和事，隨而產生了許多使人感到喜悅、歡快、恐懼、憤怒、寂寞、彷徨、孤立、無助、思念、失望，甚至曲折離奇、驚心動魄，難以致信的事情。

作者只是把那些真人真事如實地描寫出來，只加以一些藝術性、趣味性的手法寫就，以饗讀者。

目錄

引子

　　為了走訪故事中的幾位關鍵人物，我和總經理，從澳大利亞乘船回中國，船在大洋中受到風雨波濤的衝擊，顛簸了一夜，有些乘客受不了船的強烈搖擺，導致了暈浪；天旋地轉，臥床不起，翻胃嘔吐，像大病一場。

　　黎明時船進入了中國北部灣。天晴了，風停了，浪也靜了，乘客們包括從暈浪中清醒過來的客人，大都到甲板上觀賞北部灣的絢麗風光。朝陽從海裡慢慢探出頭來，好像在水裡剛剛沐浴，把汗水洗滌到萬傾碧波中去。在海面上，化成了萬點金光。漁帆點點，在朝霞的襯托下從朝陽懷裡穿梭行馳，他們為國為家創造財富而奔忙。

　　海鷗在空中飛舞，遊魚在淺水慢遊，壯麗的漁歌，聲徹長空。正是海天歡騰的，好一幅繁榮昌盛。四海升平的景象。

　　遠處若隱若現，出現了黛色山影，景象漸漸擴大，把碧海與藍天分割開來，這就是天的盡頭，海的角落，人們常說的天涯海角的地方。

新鬼呻吟舊鬼哭，
孤魂野魄鬧竹林。

山那邊有一小城鎮，名叫濱城，鎮的西面有一道小江。河岸上是一片長長的沙洲，沙洲上有三、四米高的土岸才是街市。鎮的東南面又有一道山溪，山溪與江流的匯合處呈 L 型，L 型尖角處不知在什麼年代就有一片竹林。洪水氾濫時，竹林和沙洲都被淹沒，水退後又依然故我，由於水的長期沖擦，竹根下成了凹凸不平的坑坑窪窪，水推來的斷竹殘根，枯枝敗葉，布碎爛棉，垃圾瓦鑠，散落滿地，無人清理，所以很少有人進入竹林。由於人跡罕至，更成為一處陰森可怖，神秘莫測的地方。

竹林邊是條渡口路，趕集的人都在這裡過渡行走。從清皇朝起，到文革動亂期間，在竹林邊渡口路旁處決了很多罪犯，因此人們稱這地方為刑場，可在言語上卻稱作《打靶場》。這場所在人們心目中自然成為孤魂野鬼的聚集地了。此處日間行人雖多，夜晚過客卻寥寥無幾，膽子大的人尚可獨行，膽子小的只能結伴而過。

1968 年秋，在這裡確實鬧過一場鬼。夜半秋風，卷起沙塵，掃走落葉，林間仿佛有千百人集會的哄鬧聲。接著又聽到患病者的呻吟，還有不少綠瑩瑩的鬼火在林間晃動，實在使人毛骨悚

然。更使人驚惶的是，有人親眼見到一個穿白衣裳，沒有腳足的人，黑夜裡在林間行走，斷斷續續還聽到低微的啜泣聲，這不是鬼魂顯現還會是什麼？真是新鬼呻吟舊鬼哭，孤魂哀歎野魂愁。有人認為新近這兒死了一位大學生，他有學識，有號召力，召集那些孤魂野鬼開會，打算反上閻羅殿去，要求閻王給每個野鬼賜個正名號，以便托生轉世。因為凡是被槍斃殺頭的人都是孤魂野鬼，沒有正名號，不得轉生，所以這些野鬼都響應他的號召，一起舉著鬼火的火把來開會了。這都是迷信鬼話，不足為據，但這件事當時在輿論中確實傳得沸沸揚揚，不可收拾。

　　縣委派下來蹲點的管政法的林副書記，當然也聽到這些謠傳。於是，他組織了十幾名民兵，連夜進入竹林埋伏、搜查。可連續查幾晚，所獲甚微。據參加搜查的民兵說，鬼火實質是竹根頭的磷火。千百人的聚會聲，是風吹竹林的風濤聲，呻吟聲是一種黃色青蛙的叫鳴。至於其他部份，是人們繪影繪形虛構和捏造出來的。

　　搜查後，竹林鬧鬼的事應告一段落了。可是，剛過幾天的一個晚上，又有人從對岸看見 L 形竹林的尖角處有些星火，微風送來輕微哭聲。第二天有人前往查看，見水邊有些燒盡了的香燭殘腳，且立了一支尺許長的用紙剪成的招魂幡。黑天半夜有誰來此？於是乎，大學生召集孤魂野鬼的謠言又傳開了。

　　那麼竹林鬧鬼究竟是怎麼回事？要知原委，讓我在下面從頭說來。

楊家添貴子，滿堂歡；
明月弄清影，獲情緣。

　　濱城裡有一大戶人家，戶主叫楊清泉，經營一家家庭酒坊，由於他產的酒比較香醇，特別暢銷，收入良好，因而家道殷實、富裕。他有兩個兒子，長子叫楊光，次子叫楊明。楊明在省欽師範學校畢業，回本鎮中學任教；楊光往日本留學，畢業後也回鄉。當地縣長很賞識他的學識，委他在本鎮中學任校長。

　　1940 年楊清泉病逝，他過世後楊光和楊明將家產平均分了家。楊明不願經商，把酒坊清算拍價，劃給楊光經營。此後楊光既是校長，又是酒坊老闆，生活很富足。他妻子叫藍彩雲，因常年患病，沒有生育，這實在是他一生美中不足了。

　　近來聞得本鎮有個何二嫂，孿生一雙龍鳳胎，剛從南寧回鄉居住。因家貧不能同時養活兩個孩子，想找一戶人家，領養其中一個。於是，楊校長立即托人去和何二嫂商量。豈知不費多大口舌，一拍即合。何二嫂隨即把一個白胖胖的女嬰送來了。楊校長一見之下，樂的忘了形，脫口而出：「太美了！可美中不足是女嬰，倘若是男的能傳宗接代就更好了。」校長和何二嫂寫了一份領養契約，並付一筆生育金。可何二嫂說：「這女嬰是送給你的，不是賣。我雖然窮，即便餓死街頭，也不會靠

賣兒賣女來過生活的，所以生育金就免了，請收回。此後不用請乳母，對乳母的餵養，我也不放心，我打算每天免費來哺乳，直至她斷乳為止，你不介意吧？」

一個月光景，何二嫂來為女嬰哺乳時，又抱著一個男嬰來對校長說：「以前我送女嬰來時，聽到你曾嘆惜，「倘若是男的可傳宗接代就更好了，」現在我想再將這男孩送給你，你是否還可多領養一個？」

「當然可以，太好不過了，即使彩雲照顧不來，也可以請保姆，確保把他們撫養成人。」於是，當場再寫了一份領養男孩的協議，手續就算完成了。

校長說：「現在一切已確定了，但我還想請問你一個問題，你生的是一雙龍鳳胎，為何一個都不留，竟然全部送給我？」

「因為我沒有能力養活他們。」

「這只是一句藉口，是不符合常理的。可憐天下父母心，豈有一個不留，全送給他人之理？其中必有苦衷，或有人慪迫你這麼做。總之，你定然遇到什麼難題，請說出來，或許我能幫助你。」

何二嫂聽了校長這番話，而且態度也很誠懇，心裡想既然兩個孩子他都接受了，自己已無後顧之憂，向他告白又何妨？于時說：「我兩夫婦在南寧住了幾年，丈夫何二哥沒有正式職業，靠幫他人修葺舊房，修理傢俱營生。我擺個捲煙攤幫補生活。勉強還可維持下去。幾個月前，何二哥肝病惡化，住進了醫院，治病費用很大，把所有積蓄都花光了，且向大耳窿借高利貸。結果何二哥的病還是醫治無效，過世了。失去了家庭的主力，我一個女流之輩，拖著兩個孩子，能幹什麼？房租交不上，連柴米油鹽也應付不來，南寧呆不下去了，只得回本鎮另尋出路。

這裡雖沒有親人，但還有一間破爛的草寮棚，暫可棲宿。帶著兩個嬰兒，什麼都不能幹，日間只可擺賣幾包香煙，過著半饑不飽的生活，實在支撐不起了，所以只得忍痛把女兒給你領養。減少了一個礙手礙腳的孩子，朝夕還可以多販賣一些果蔬，生活與工作才有所好轉，但到底還是沒有隔夜糧。近來債主——大耳窿又追上門來了，我這一窮二白的寡母婆，哪裡還有償債能力，只得敷衍推諉，但經多次追討後，大耳窿卻告到官府去，官府判決，限期 15 天歸還本息，強制執行，否則就得在監獄度過。現在距還款期只有 5 天了，我還是身無分文，已絕望了。說心裡話，坐牢我個人倒不怕，怕就怕在孩子和我一起被收監，只怨我無能，不能保護這孩子，因此，這就是我想再將此男孩送給你領養的原因了。」

「原來如此，這也不可全責怪你無能，應該社會也有責任；兩個人吃飯，兩個人天天辛勤工作，有病卻無錢醫治，這不全是你兩夫婦的錯過。現在兩個孩子都給我領養，太難為你了。我看這樣吧，你的欠債看來無多，我代償還，你就免使收監了。那女的你可抱回去，留一個親生骨肉在身邊，這該是一個母親的願望。以後在撫養期間，若遇到困難儘管向我開口，我會幫助你的。那男的我收養了，不會辜負你對我的信賴，我一定好好把他養大成人，請放心。」何二嫂領回了女嬰，後來，取名為何純。

幾天後，法庭通知：她的案件銷案了。

楊校長領養了何二嫂的孩子，取名楊文。家庭上增添了許多美滿幸福的樂趣，尤其是藍彩雲，從前大概因常年抱病吧，終日愁眉苦臉，自從領養了這孩子，竟變得笑顏逐開。白天陪著孩子玩，愛不釋懷，晚上兩夫婦在床上逗著小孩，盡享天倫之樂。

只可惜好景不長，兩個月後，藍彩雲卻一病不起，黯然病逝。

　　藍彩雲過世後，晚上楊文照樣和校長同眠一張床。可是白天，校長有很多校務工作，常把孩子抱到辦公室很不方便。因此，在何二嫂的介紹下，雇了一個保姆。該保姆叫李嫂，丈夫是個小學老師，因久病癱在床上，不能工作了。李老師看病服藥雖然是公費，但病人終歸要用錢的，開銷大了，只靠工資生活自然感到緊缺，所以李嫂出來找點工作幫補家庭，是很正常的。她年齡 30 出頭，徐娘半老，風韻猶存，談笑間時時還顯露出青年時的風姿。工作很勤快，有些家務不應是她負責的，她也搶著去幹。

　　對楊文的侍候更是無微不至。不過楊文有著一種非常挑剔的壞習慣：入夜睡眠時，非得在校長床上睡不可，換另一間房或床即哭鬧不止。因此，晚上李嫂只能抱著楊文在校長床上睡後，李嫂才能離開，反正校長每晚都要到 21 點（9 點鐘）以後才回臥室陪孩子睡眠，時間不至於矛盾。

　　有人批評說：校長每晚陪孩子睡，是一件麻煩事。但他認為，日間沒有時間和孩子接觸，夜裡不和孩子睡覺，父子的感情從何而來？說歸說，其實最主要的還是關愛。

　　中秋節的晚上，晴空萬里，圓月高掛，秋風送爽，黃菊飄香。楊光在屋後的花圃裡擺了一席酒、月餅和各色水果俱全。請了幾位教師，還特邀何二嫂和李嫂一起飲酒賞月，大家飲得很開心。何二嫂和李嫂也飲了不少糯米釀的低度甜酒。因孩子吵著要睡眠，她倆早就辭退了，剩下楊光和幾位老師飲酒吟詩，且行酒令，直飲到半夜方散。

　　楊光回到臥室，卻忘了沐浴，倒在床上，覺得天翻地覆，暈頭轉向，神智朦朧的睡著了。不知過了多長時間，他望見圓

圓的月亮裡有一點黑點，黑點慢慢向他飛來，漸漸擴大了，最後見是一個人。看清楚了，啊！原來是彩雲。

「彩雲，原來你在月亮裡，玩得很開心吧，使你忘返了。我很想念你！」他隨即緊緊的抱住她：「你不要走了，讓我們永遠不再分開。」

久別像新婚，於是，享盡了夫妻的情懷，待他醒來時，原來是南柯一夢。睜開眼一看，在懷裡的不是彩雲，原來是李嫂。

他驚惶中跳了起來，趕忙束好衣裳：「怎的是你？我侵犯你了，對不起，我錯了。」

「不，你沒錯，錯的是我，我是心甘情願的，你無需自責。」李嫂卻不慌不忙的說。

「怎能怪罪於你！男人三妻四妾未為過，女人一次性則成千古罪，女人錯過貞節，會影響一輩子的，你的損失我怎能賠償！」

「我已經說過，是我情願的，不要你賠償。」

「我幹了這種缺德的事，還能為人師表嗎？今天我立即辭職去。」

「辭職？這只能解脫你內心的愧疚，與事實絲毫無補，人們追究你辭職的原因時，你該怎麼交代？把真相說個明白吧。可我該怎麼辦？這簡直是將羞慚的醜聞宣揚出去，欲使全世界的人都知道，你考慮到我的感受嗎？其實我也是飲酒過量，和孩子睡過了時間，才造成此次的極大錯誤。千錯萬錯是我錯，下不為例。你是高知識的人，應理解人生走錯了路，是可以從頭越的，不要如此悲觀。犯了一點錯就去辭職，值得嗎？以後和平常一樣，把這回事忘記了吧，不要耿耿於懷，這樣對我對你都好。」她說著，一面起床梳理，盥洗，背了孩子去收拾昨夜遺下的殘

席。

校長覺得她說的也有半部分的理由，也就罷了。這件事本可以結束，豈知兩個月後，李嫂說她懷孕了，楊光聽了這消息，突然跌坐在椅子上，

「一著之差，全盤皆輸。我和你一生的清譽，一夜之間被清除了。以後還有顏面立于人世嗎？」

「事情已到了這地步，慌也沒用，不如請個醫生把胎打掉吧。」

「這固然是個好主意，但錯，是我們的錯，受罰的應該是我們，孩子是無辜的，他是一條生命，不應該把它判死刑，這傷天害理的事我不願做。」

兩人正在一籌莫展，無計可施，兩天后，李嫂興致勃勃地來說，事情解決了，懷胎的事，我告訴了丈夫。丈夫說：「我患病臥床多年，沒有子裔，全因陽痿。我陽痿外人是不知道的，現今你懷了孕，人們還以為是我的骨肉，你就安心生下來吧，這孩子以後就是我倆的兒女，反正比領養他人的孩子還好得多，到底還有你一半的血統。」

楊光聽了這番話，感到一身的枷鎖都解開了：「難得李老師這般開明達觀，請代我向他致以衷心的感謝。」

其時何二嫂在走廊上給楊文哺乳，他兩人由於太興奮吧，在廳堂上肆無忌憚的談話都聽到了，但何二嫂不向任何人透露過。

1945年6月底，李嫂產下一男嬰。李老師很歡喜，取名叫李昌研。昌研才得幾個月，李老師病逝了。也好，總算有個兒子送終。李昌研的出生，楊光也很歡喜，雖然不姓楊，但到底是自己的骨肉，楊家的血統。

第2年楊明也生一子，取名楊浩，至此，楊家兩兄弟楊光、楊明都有了子裔。

其後李嫂帶著昌研，仍然在楊校長家做楊文的保姆兼家庭女傭。

楊光的妻子去世後，三天兩日都有人來給他說媒，可是他都拒不接受。有一天吃晚飯時，李嫂問楊校長：「許多人給你做媒，為什麼都拒絕了。」

「此事你不瞭解。其一，因為我時刻都懷念藍彩雲，不管和誰結婚，內心都感到對不住她。其二，如果再結婚，我擔心作為繼母的妻子對楊文不好，處處為難，使他受委屈。這是我不想見到的事，而且現在這個家有你幫助料理，我已經滿足了，還求什麼呢？」

「你的顧慮也有道理，但你應該考慮到將來年老時，有個妻子在身邊，不至於寂寞淒涼。對於楊文來說，即便受後母虐待，有你的支持和我的照料，他能受委屈嗎？此外如果你不續弦，我也不能在此久留了。因為你是個鰥夫，而我是個寡婦，況且實際上我們曾有過關係，常住下去，免不了會受人非語的。我是個下等人，什麼議論也不怕。只是你就不同了，是一位紳士，一位地方紳士，豈能因小小問題敗壞名聲。所以我勸你還是續弦的好，娶個妻子回來，或許她能為你生兒育女，使楊家後裔開枝散葉，不是很好嗎？而我們的主僕關係，也隨之依然如故了。」

不久，果然又有人帶來一位體格高大健壯，相貌雖然一般，卻也鼻圓口方，名叫石梅，30歲未婚的超齡處女。經雙方同意後，於1947年7月草草的結婚了，48年，石梅生一子取名揚威。

1949年，解放軍南下，該地區解放了，楊光領導的這所舊

中學，在解放前夕已經解散了，新政府認為楊光和楊明都有教學經驗，便安排到新建的學校當教師。

自此，楊光的生活起了變化，家庭成員增加了，生活開支比以前大，只靠教學的薪金自然不夠，起初用著平日積蓄來補貼，用完了再取酒坊的錢來使用，致使酒坊的資金周轉不靈，影響生產。再加上他不善管理，經營不當，技術和設備得不到革新，酒的品質競爭力不強，造成滯銷，頻頻虧損，酒坊停業了。1953 年反右時，楊光被劃作右派，並調到鄉校小學教書。分了兩頭家，家庭開支更大了，入不敷出，生活費用自然縮減。石梅或許受不了這貧困的生活吧，提出離婚，離婚後據說是改嫁一位來自東北的南下幹部，後來隨夫回東北去，以後就沒有音信了。

楊光的生活雖然清苦，但得李嫂為他不計報酬的打理家務和照料三個孩子，付出辛勤的勞動，雖然不是夫妻，也得到很大的慰藉。

性相近，精誠團結；
習相遠，各選前程。

1956 年，楊文、楊浩、楊威、李昌研、何純等幾人年齡差不多，且又有些親緣的關係，常在一起玩，一起讀書，感情很融洽。

有一天放學回家，李昌研在街上被 4 個同學欺負，李昌研平素體弱膽小，被欺負時內心懼怯，不敢反抗。那幾個同學把他像打排球般你一推，我一搡的欺侮。

這時，剛好楊威也放學到來，見昌研受欺負，遂大吼一聲「不用怕，我來幫你。」吼著，直插入圈內，向那幾個學生揮拳踢打。楊威當時才 8 歲，念二年級。但他體格高大，和對手的身高相等，對方雖是四年級生，較老成。但由於他進場勇猛，且占先機，使對方幾個措手不及都被打著了。待到他們回過神來，才一舉將楊威合力圍攻。楊威正在招架不住時，忽聽得一聲高喊，「老師來了，快跑。」

那 4 個學生聞聲停了手，向街上望瞭望，其中一個說：「嚇唬人的，沒有老師來，繼續打。」

於是他們又打作一團。昌研在停戰的間隙中，由於恐懼、害怕，顧不了楊威的安危，趁機溜走了。

原來高聲喊的人是楊浩，楊浩見使計不成，也毫不猶豫的加入戰鬥。得到楊浩的幫助，楊威更加勇猛攻擊，打得他的對手膽戰心寒。其實楊威只是三板斧，身高雖不亞於對方，但畢竟年齡小，力量單薄，再加上二打四，持久下去就不成了。

幸好楊浩結實體壯，還應付得來，互相聯手，不至於敗下陣來。這時又有人喊道：「停手，你們為什麼在街上打架，大家都跟我回辦公廳去，校長和老師在那裡候著。」那幾個學生停下手來，一看，叫停手的是個高年級生，其中一個學生叫了一聲；走，4 個人隨即四散奔逃。

楊威一看，原來叫回辦公廳的人是楊文。楊文見楊浩和楊威在打鬥中處於劣勢，故意虛張聲勢叫回辦公廳來為他倆解圍。

這次打鬥，楊浩楊威是處在弱勢，但打得很英勇、頑強，使對方也受到驚嚇，雙方都挨了不少拳腳。幸好全是 10 歲 8 歲的孩子，打擊力度不大，所以都沒有受到多大損傷。經過這次打鬥後，學生中都認為昌研雖然弱，易欺負，但背後是有人幫助的，以後對他就不敢小覷了。

他們在小學時，雖然時常聚在一起，可是所選的學科，各自不同。何純熱衷於教學事業，因而常找楊文和師範畢業的楊明輔導。昌研對學習本不感興趣，但因暗戀著何純。雖然是半知不解的童戀，為了更多親近，所以常和何純一起聽楊明，楊文」的輔導課。

楊威還念小學，但他愛讀小說，喜愛文學，尤其是英語，更是學而不倦，他認為學熟英語，將可以讀懂多國的書，認識世界更多的事物。

楊浩則愛文學和建築知識，他和楊威兩人除尋楊光指導外，更常求教于楊文。在楊文的熱心輔導下，他倆受益不淺。楊文

在校雖然只高過楊浩兩個班級，但他的成績在全校是頂尖的，學識比楊浩豐富得多了。其實楊文對他們雖說是起著輔導作用，對自己也得到複習的效果，正是相得益彰。楊浩除酷愛文學和建築知識之外，還愛學武。念中學吋，學校裡有一位體育老師，武功很了得，他和楊浩很投緣，常教楊浩練拳腳，練了幾年，楊浩已練就了一身好武功。楊威有時也隨楊浩去學蹲馬、紮架等基本功。

有緣者千里來見，
有情人終成眷屬。

　　楊浩念高中二年級時，一天和楊威在家中閒聊，楊浩很興奮的說，「前幾天學校裡初二班來了一位女新生，非常漂亮，臉圓鼻直，眼似丹鳳，唇紅齒白，襯著白色的肌膚，更顯得珠潤玉圓，體態勻稱，一口南寧腔，語音悅耳，唱起歌來，娓娓動聽，真使人羨慕。」

　　「她這般美，你既看中了她，何以不向她求愛？」

　　「談何容易，直接向一位素不相識的少女求愛。她能接受得起嗎？」

　　「接受不起我就天天纏著她送花送禮，以誠相求，她縱然是鐵石心腸，我看也會順從的。」

　　「你的方法固然直截了當，但這死纏蠻繞的動作，人家會誤解為無賴之徒的行為，會反感的。」

　　「像你這般婆婆媽媽做事，不知道什麼牛年馬月始能成功。她既然這般美麗，應該不止你一個人看中，看中她的人估計已排成長隊了，你再猶豫不決，將會被捷足者先登的，那時你就悔之不及了。」

　　「不急，她還未達到結婚年齡，不會有人搶去的。」

「你太放心了，假設有像你一樣看中她的人，先和她戀上了，到時你想把她拉過來就費勁了，所以你必須先和她聯繫上，以後慢慢培養感情，感情深了，達到結婚年齡時，她卻離不開你了。」

「你這小小年齡，真是鬼靈精，好像是個情場高手了，這麼多詭計。好吧，那你認為我該怎麼辦？」

「怎麼辦？我認為對她立即窮追狂戀，把她牢牢地抱回懷裡，免得以後節外生枝，讓他人有機可乘。」

「那我立刻給她寫一封信，約她出來相識，坐談，可行嗎？」

「那就更不切合實際了，你以為你這封信，是帝王的詔書嗎，人家必須服從你的意旨，出來與你相見，真是癡人說夢了。」

「先讓我把信寫好後，給你參考，再下結論。」

於是他很快把信寫完，遞給楊威，只見寫道：

「劉芬同學：

你好，以前我在南寧讀小學六年級時，記得你還念三年級。我們雖不是同級同班的同學，但是同校，可朝夕相見，當時你還是個既聰明又活潑，愛講愛笑，性情開朗的可愛小姑娘，事隔幾年，往事情景模糊，但你那天真活拔，聰慧伶俐，美麗嫻淑的形象卻深深的刻在我的腦海裡，使我記憶猶新。

現今你到我家鄉念書，恰巧又與我同一所學校，這是緣分，你雖然初來乍到，但我們已是老同學了，我若不向你打招呼，不問不聞，作為地主的我，好像是個冷漠無情的人了；而又欲以熱情相認，又恐不知情之人，認為是「無故獻殷勤，不懷好意。」處在這左右為難之際，故此，才寫下此信奉上，其實此舉亦有唐突之過，但為了連續老同學之誼，不顧得這麼多了，請原諒。

我們既是老同學，我想應該讓我盡地主之情，請你於本星期六下午 5 時到新華飯店喝杯淡酒，當作為你接風，且可敘舊，暢談闊別，屆時務請蒞臨賞光，我在飯店門前恭候大駕，順祝學習進步！

高二第 1 班楊浩上。

楊威讀完信後說，「原來你們在南寧早已相識了。」

「我從未到過南寧，怎能和她相識？」

「信裡不是說在南寧和她是同學嗎？」

「這是冒充的。」

「不以誠相待，卻用冒充相對，能討得人家同情和喜歡嗎？」

「這雖然類似欺騙，可是是善意的，也是一種計策，如果不冒充，信上的一切要求，就不存在了。況且她不可能發現我是冒充的，幾年前的事，她能記憶得很清楚嗎，當時她還是個小姑娘，豈能留意到六年級學生的情況，我就是利用她這一盲點，冒充老同學的身份，才有理由請她吃飯啊！」，

「你說的也有道理，不弄假，又不能藉故請人家吃飯。這無惡意的謊言，姑且暫不議論了。

「且說，當我末讀此信之前，覺得只憑一封信，就想約人家出來相見。豈不是異想天開，癡人說夢。待拜讀後，卻又感到此信立意不凡……

「怎的立意不凡，我倒不自覺」。

信上的意思；

第一、「我們既是老同學，現在相見了，卻互不打招呼，不理不睬，這和一個冷漠無情的人有什麼兩樣；假設又用熱情相迎，對不知情的人，就會被誤認是「無故獻殷勤，不懷好意。」

處在這左右為難之際，只得寫下此信奉上，但這也含有冒昧的成份，請多多見諒。

就著這番意思，竟然把給一位素不相識的人冒昧寫約會信的責任推得一乾二淨了，高著。

第二；作為一個老同學燒請一餐接風酒，相約敘舊，以還了一個地方主人的情和禮，使人感到很自然，不勉強，順理成章，令人易於接受。

第三；既邀請了，從禮節上來講，她該應約而來 這是她有禮貌，如若不來，失禮的是她，而不是你浩哥。

為了解決這幾點難題，要寫好這封信，如果沒有真才實學，是很難做到的，浩哥不愧是一位才子。

「不用給我戴高帽子，首先請表態，這封信可不可以寄出去。」

「寄出，這信寫得這般精彩、巧妙，怎可不寄出！」

星期六下午 4 點 30 分，楊浩已提前到飯店門前最當眼的地方立候。此刻已有不少食客隨續進入餐廳，每個進餐廳的人，都逃不過楊浩的視線，可是就沒見到劉芬。5 點 30 分，6 點正了，望眼將穿，還是不見佳人到。由於太緊張吧，額上沁出點點汗珠，喉幹了、腿也疲軟了、肚子也餓了，但卻未敢離開半步，因為擔心離開時，劉芬突然到來看不見他就誤事了。

7 點正，進飯店的人已寥寥無幾，他的希望落空了。

7 點 30 分，他知道再等也無用了，只得走進飯店買了幾隻饅頭，斟了兩杯開水解渴充饑。繼而離開飯店。

在回家的路上，情緒極度低落，惆悵，迷迷朦朦回了家，見楊威在廳堂裡坐候：「浩哥，你回來了。怎麼樣，談得很開心吧？我相信憑你的學識和口才，一定能把她說得服服帖帖的。

初次約會，自然有說不完的話。玩得開心、飲得快樂、食得滋味。倆人情投意合就好了。反正來日方長，今天既開了頭，以後多些約會，悄悄的情話，還是說不盡的。我在家為祝賀你約會的成功，心情也很愉快，但願你早日把嫂子娶回家，早生貴子，享著美滿幸福的生活。

楊浩聽了這番話，暗念：什麼玩得開心？卻是站崗似的站得腰酸腿麻的守門神；什麼飲得快樂！這次行動，簡直是一敗塗地了。」

「怎的一敗塗地？和她鬧翻了嗎？」

「不是鬧翻，可比鬧翻更丟臉。她根本就不來。」

「她是什麼東西？請都請不來，架子未免太大了。」

「其實也不能全怪人家。我這樣冒昧請人家吃飯，一位素不相識的少女能接受得了嗎？只怨我考慮不周，錯是在我。」

「那下一步怎的打算？」

「沒有下一步了，因我無能，不自量力，自己沒有吸引力也不自知，勉強去追求他人，失敗的下場是必然的，不可怨天尤人」。

楊浩念高中一年級時，學校建立一支演唱隊。隊員是從附小和中學各班級挑選上來的。楊浩也參加了。隊長是文老師。楊浩讀高二時，既是演員，又被提升為助理導演。近來又吸收一位新演員，新演員名叫劉芬。由於楊浩和劉芬通過一次不愉快的信，所以見面時，互不說話，也不打招呼，形似陌路，兩不相識。其實兩人心知肚明，內心都很尷尬。

國慶日快到了，演唱隊為了國慶演出，其中安排有一幕雙人舞，這支舞是由楊浩和劉芬主演。這支舞像在花叢中穿行的一雙彩蝶，舞姿輕柔，上旋下轉，左拐右彎，忽離忽合，動作

難度很大。配合得好，就是輕歌曼舞，配合不當，就形同兒戲，一文不值。所以，從舞蹈動作、步法、身形，兩人的距離都得講究，一絲不苟，才能演好。

楊浩和劉芬日常本來已互不相與，在這十多天來，為了練這支舞，不得不盡能力配合。在文老師的嚴格要求和培訓下，只得放棄前嫌，才練得很成功。演出時，博得滿場的熱烈掌聲。自此以後，他倆的態度有所改善了。

楊浩平日對隊員的指導工作很熱心：如臺詞、表情、舞臺技藝，舞蹈動作，歌唱的音調和節律，全作出準確合理的指導，使得全隊隊員都喜歡和佩服，很願意和他一起學習、談心。當然，劉芬也不例外，被他像磁石般吸引過來了。

一天大家在練功房裡練完功，坐下時，有人請教楊文說：「戲劇中，有各色各樣的人物，我們怎能把各個人物都演好？」楊浩答道：「角色雖然有多種多樣，但所有角色，都具有它的特性：如演解放軍，可以表現威武、勇敢、剛毅；如果演一位党書記，可用聰明、機智、沉穩、態度謙和，以理服人的表達方式；演農民，就用忠厚樸實、勤勞、善良的表情；演一個惡霸，就得用陰險狡詐、心狠手辣的惡態；演媒婆，要做到伶牙俐齒、巧舌如簧。固然，在表演中，人物並不是這般單純，有的既是解放軍，又是書記，既是農民，又是媒婆，或者還兼幾種身份於一身。要演好這樣複雜的角色，又得用複雜的演技運作和表情來處理。」

「那麼我們能練就你所提出的各自具有的特性，就能成為名演員了？」

「不，能按以上要求，這只是演員的基本知識。熟練了，或許能演出形似。如果要做到一位名演員，最好聲、色、藝俱全，還需舞臺技藝嫻熟，更重要的是，必須學到神似。」

「什麼是神似？」

「要做到神似，乃就更複雜了。所謂神似，必須瞭解所有劇情，和掌握所演角色當時的社會背景、身份和處事。現場上的角色，他所想的是什麼？內心世界怎麼樣？要剖析清楚，然後依著他內心所想的，在舞臺上表演出來，方能使觀眾感到逼真，有身臨其境的感受。於是，觀眾的喜怒哀樂的情緒，就由你操縱了。當然，要做到一位名演員，不是靠單方面成功得來的，必須多方面有成就方可。但我所說的這方面尤為重要。倘若大家對戲劇有興趣的話，希望大家對這方面多加研究和探討吧。」

「你對演劇確實有研究。首先對所演角色的社會背景和內心活動進行分析，然後依著社會發展和他內心所想表演出來，這樣就能使觀眾認為故事的真實性。實在是高見。我沒有更高的哲學理論來分析這段話對與否，但聽了這番話，使我對舞臺藝術，更加深認識了，真是勝讀十年書，使我大開眼界，茅塞頓開。佩服，佩服！」劉芬表示贊許。

自此以後，他倆對以前不愉快的經歷已漸漸淡忘了，反過來，從疏遠尷尬，轉化為親密接近，因而常在一起散步談心。有一天，劉芬對楊浩說：

「這所學校以前有個學生叫「楊聲戲（器）」的，你認識其人吧？」

「楊聲戲？認識，何止認識，而且很要好，怎麼，你打聽他有什麼事嗎？」

劉芬見楊浩很驚訝的樣子：「怎麼，他出事啦？」

「他沒有出事，還好好的，你也認識他嗎？」

「我未有機會拜識他，只慕名而已。他還在這所學校？」

「在，他還在這所學校。」

「那你能把他介紹給我相識嗎？」

「這倒沒有問題，但我想請問你：你是怎麼對他慕名的？」

「說來話長了。去年，我還在南寧讀書時，看到省學生模範作文中刊載了一篇他的劇作，讀了之後，覺得故事寫得很感動人，情節安排也很恰當，人物性格鮮明，生動，好像活生生在紙上跳得起來似的顯現出來，和專業劇作不相上下，真是一篇很優秀的作品。後來我推薦給老師看，老師讀後，亦很贊成。於是，學校把這幕劇搬上舞臺，我還在劇中飾演主角。演出很成功，在觀眾中得到很高評價。」

「高評價？或許是因你們的演技精湛。」

「演技好，當然很重要，但劇情好，尤其更重要。如果劇情不好，即便是名演員來表演，也是徒勞的。」

「你說的雖不錯，但也太抬高劇本的作用了。這劇本我也看過，其實劇本中還有很多缺點。」

「缺點？可能因我才疏學淺吧，我還未發現。劇本中即便有些瑕疵，在長篇大論的作品中，應在所難免。他畢竟還是個學生，一個學生的作品，能和專業劇作相媲美，就難能可貴了。難道一定要取得諾貝爾獎才算成功？」

「如此說來，這劇本使你佩服得五體投地了。」

「不，不止這劇本，我還在其他雜誌上看到他幾篇有關戲劇的文章，都寫得出類拔萃，此人確是才華橫溢。讀了他的作品，可說是愛不釋手。我十分讚賞，也很推崇。」

「依我之見，他沒有你想像中這般能耐，他有什麼了不起，只不過是個普普通通的學生而已，徒有虛名，值得你那般推崇嗎？你把他看得太神了。」楊浩很平淡地，似乎不值一談還有些輕蔑的語氣。劉芬對楊浩的態度和議論有些反感，認為他是個

心胸狹隘、忌才妒能的人，如若不然，他為什麼不斷把揚聲戲貶低，分明是意欲抬高自己。不過對此事，在她心中暗念而已，不直接說出來。要說：「虛名也好，崇拜也好，反正多結識一位有學識的人，總比少認識的好。良師益友，多多益善。」

「你既然這般仰慕他，我就當好一個引見人罷了。」

「那就拜託你了。如果你們都有空，到引見時，我想請你們一起吃餐飯，作為初次相識的接待餐，你以為如何？」

「說到有飲有食，我當然雙手贊成，你定個時間地點吧。」

「時間由你來定，地點在新華飯店吧。」

「好吧，現在離星期六還有兩天，就定於本星期六下午五時正，到時再會。」

星期六下午四點半鐘，劉芬已到餐廳等候。五點正，楊浩帶來一位小夥子，她立即迎上前去：

「你們很準時，使我太高興了。請坐，請坐！這位就是揚……」聲戲兩字還未說出來，小夥子搶先答道：「我叫楊威，楊浩的堂弟」。

「啊！很好，幸會幸會，請坐，以後請多多指教。」劉芬很熱情地說。

「日後我還需多向你學習。」

「不用客氣。」劉芬內心想道：「原來楊聲戲還這麼年輕，看來年齡和自己差不了多少，就能寫出這般優秀的作品，更使她敬慕了。這時酒菜已上了桌。劉芬舉起杯來：「為我們初次相識，請大家一起乾杯。」楊浩飲完這杯酒說：

「這是楊威，我的堂弟。不要誤以為是揚聲戲。」

「怎麼，揚聲戲不來嗎？

「在你的熱情邀請下，他敢不來嗎？只因他在途中買些東

西，來遲一步罷了。」

「他未到我們先飲，好像對客人不夠尊重吧。」

「沒有問題，揚聲戲從出生起，就和我一齊了。我就是他，他即是我。我們先飲了，待他來時即便撤了席，讓他收拾杯盆也不為過，他不會怪責我們的。放心吧。我今天能同你一起用餐，內心十分高興，我想開懷暢飲，一醉方休。劉芬同學，你不介意吧。」他說著，舉起杯來，請大家再乾一杯。接著他自己連喝幾杯，已露出一些醉態。可對揚聲戲的來與不來，全不在意，隻字不提，好像揚聲戲其人並不存在似的。

劉芬不勝酒量，飲了兩杯酒，已感到頭暈心跳，加上揚聲戲還未到來，內心十分不悅，也不好意思過多催促。只覺得楊浩這個人，曾承諾負責邀請揚聲戲，直至現在，不見人影，竟大言不慚，狂妄至極，僭越揚聲戲的主要客人位置，自高自大，誇口要讓揚聲戲來收拾殘席，他那自我吹捧，貶低別人的嘴臉，暴露無遺。

本來平日很敬重他的學識，現在看清了。他竟是一個饞飲饞食的酒徒，太令她失望了。想到這裡，感到毫無興趣。滿台酒菜，既不想喝，也不思食。處在這燈紅酒綠的場所，竟像是在孤寂冷漠的沙漠上。欲辭席離開吧，作為主席，卻難為情，勉強陪坐，又無聊至極。其時，楊浩說：「沒有煙抽了。」即告個便，離席去買香煙。席間只有楊威和劉芬兩人。此刻，劉芬不能再忍耐了。於是說：「你們剛才說：揚聲戲買東西，怎的現在還未來到，難道出什麼意外嗎？」

「他不是去買香煙嗎？能出什麼意外？」楊威說的是指楊浩。而劉芬所擔心的是揚聲戲。「你們不是說揚聲戲因買東西來遲一步嗎？」

「揚聲戲？啊！我明白了。怪不得我覺得今天你們的談話有點奇怪，原來你未瞭解實情。和我們飲了半天酒，你卻整天問揚聲戲怎的還未來。還想等他到來才開席。楊浩已經說過，揚聲戲從出生起，就和他一齊了。揚聲戲就是他，他即是揚聲戲。他已明確交代，就是你未留意而已。其實，揚聲戲只是楊浩的筆名，並沒有其人，所以使你誤會了。」

聞了此言，劉芬方如夢初醒。暗想，那麼說來，楊浩並不是忌才妒能之人，所有貶低揚聲戲的言辭，實是自謙，不是為了抬高自我。為此，她對楊浩更加敬佩。

這時，楊浩拿著香煙和幾包點心回到席上：「剛才我見揚聲戲了，他托我代他向劉芬同學問好，並感謝劉芬對我們的熱情招待。希望今後我們的友誼長存，共同在人生的道路上前進，走向光明的前程。」

「好啊！我完全贊同他的祝福，讓我們的友誼地久天長。你說剛才見到揚聲戲，其實你時時刻刻都見到他。你的戲演完了，該謝幕啦。方才楊威已把一切詳情明明白白的說出來了。幸好，我今天在你的引見下，認識了一位喜歡戲弄人的揚聲戲，算是三生有幸了。」

「怎的楊威已搶先把秘密說明了，我原打算待撤席後始道破的。今既說明了，我也無需解釋。只是你認識揚聲戲不是在今天，應該在南寧念書時，早已認識了。當你轉學來此時，他曾邀請你來飲酒，可你不領情罷了。」

「對！我在南寧時，在他的劇作中，扮演過主角，算是認識了。至於邀請飲酒，我不領情，確是我的不對，今後不會重犯了。為此，我立刻追補賠過道歉，自罰酒一杯，請見諒。」

「我只是說笑，何必這般認真？」其時，不知什麼緣故，

劉芬喝了此杯罰酒，內心喜悅，卻胃口大開。楊浩買回的點心，她一個人幾乎吃了一半。當呼叫服務員來結帳時，服務員說：「賬已付清了。」劉芬望著楊浩說：「我請的客，你怎麼要付款？」

「請客是男人的事，女子不得參與。」

「這是大男人主義。」劉芬暗想：他提前搶著付帳，方才我把他看作是饞飲饞食的酒徒，是錯怪他了。

自此，楊浩和劉芬，一個懷著愛慕之情，一個抱著敬慕之心，如膠似漆，形影不離的常在一起，分不開了。直至楊浩高中畢業後，離開學校，劉芬還繼續求學，他倆的感情和交往也不變。

1965 年，楊明夫婦（楊浩的父母）相繼過世。楊浩繼承父母遺下的財產，本可以繼續考大學深造，但他覺得全家只剩下他一個人了，即便是一個人的家，也應該負起建立一個溫暖的窩了。

所以，念到高三剛畢業，即放棄了高考，到社會上參加當地的建築隊。由於他幾年來，得到楊文的補習幫助。掌握了很多建築知識，在隊裡擔任了技術員。

這期間，劉芬在假期或星期天常回南寧度假，楊浩常伴隨著，有時劉芬已轉回濱城上學，而楊浩仍居留南寧，因而結識了不少南寧郊區建築隊的成員，有時也臨時參加那些建築隊工作。在隊裡仍然擔任技術員職務。他為人謙和，技術知識也很豐富，大多數隊員對他都很敬重。

1966 年劉芬初中畢業了。她是 1964 年母親過世時，來和父親生活，才轉學來濱城的，戶籍依然留在南寧。母親過世前，在南寧文化部門擔任領導職務，很有威望，現今雖已亡故，但部門全體都很敬重她，為了照顧家屬，所以都同意吸收劉芬工

作，因此，劉芬剛初中畢業，即到該單位實習、試用了。此後，楊浩就陪著劉芬于南寧的住宅，長時間居留著。

楊家莊家道衰落，
何二嫂困境重生。

　　話分兩頭，回過頭來再說楊光。他在舊社會曾當過校長，反右時，被劃為右派；又因經營過家庭酒坊，雇過幾個工人，評階級時，評為資本家。已經是雙重黑五類。但教師之職，依然留用。幾年來一家五口，供三個人讀書，靠他一個人的工薪，實在支撐不來，這期間，由於 生活的補貼，所有積蓄都用完了。至到 1963 年，李嫂認為：是因自己拖累了他。於是，提出帶昌研離開，獨立生話。楊光說：「難為你在我家辛辛苦苦工作了十幾二十年，我這個家才得維繫下去。今日你提出離開，我著實捨不得，而之奈何！可你離開後，寡母孤兒，打算怎麼過？」

　　「我想過了，這麼多年，在你照顧下，我學會了縫縫補補，以及剪裁技能。我想在我的舊宅（李老師遺下的舊房子）開一間小裁縫店，給人剪裁和縫補，大概可以維持生活的。」

　　「這設想也很好。去吧，家裡還有一台舊縫紉機，包含所有的縫紉工具，你都帶去吧。還缺什麼，儘管提出，我將想辦法補夠。離開後，倘若遇到困難，可以隨時回來。我雖無能，在政府的關照下，還有幾文工資領，兩餐稀飯，還可養活你們的。對！我剛領到今個月的工資，你且拿去，暫可支撐一，兩個月

的費用。」

「錢我不要，縫紉機你留著用，我可另想辦法。」

「你離開後，新造家計，連一、兩個月的生活費都沒有，怎麼過？縫紉機留下來，我三父子都不懂使用，留作何用？這麼多年來，我一家的衣著，總是你操辦，連鄉居的你也幫做了。為此，我得謝謝你！你為我服務這些年，到離開了，我沒有安置費給你，拿一台舊縫紉機去，根本算不得什麼！如果要計算安家費，也達不到千份之一的補償，令我內心還很慚愧，請見諒。」

「說那裡話來，你養活我倆母子成二十年，又培養昌研念到高中，我感謝你還來不及，反而說對不起我。」

李嫂帶著昌研回老宅開了裁縫店，顧客盈門，生意興隆，生活漸漸好起來了。第二年夏天，昌研高中畢業了，參加了紅衛兵，並當上司令員。不久，又進入大隊革委會當委員，前程一片光明。

李嫂和昌研獨立生活後，楊文和楊威也看到家庭的經濟拮据，兩人都提出停學，到社會上去幹工作，賺錢。可是楊光不同意：「你們兩個都很聰明，在校成績優秀，豈能中途輟學？輟學後，你倆就成為低知識的人。知識低劣者，即便國家重用你，你也無力擔當；為家庭負責，也有心無力。一個男子漢，不能為國效勞、不能為家庭負責，不能為社會服務，立於人世間，則是累贅、廢人。這樣活著還有什麼意義？所以，你們一定要繼續上學，做一個有知識有能力的人，將來為國家、為家庭、為社會，就能作出更大的貢獻。」

楊文說：「我已念到高中三年級，有了基本知識，到社會上去掙錢，還可自學，我相信一定能為國家為家庭做一個強者。楊威年紀小，基礎知識還薄弱，讓他繼續上學，讀上大學，完成

了他的學業，他將成為有用之材的。我和他定能負起家庭擔子，使父親安度晚年。不會辜負父親對我們的期望。」

楊威說：「文哥的學業已成為一個完美的坯子了，只欠一把火候，再加一把火，便可成為一個精美有用的器具，所以應該繼續深造。而我還是一攤不成器的爛泥巴，要成材，不知還需念多少年書，始能達到目的，因此，進不進學校都一樣，不足惋惜。不如讓我早些到社會上去賺錢，供文哥讀上大學，且孝敬老爹就好了。」

「你們兩人將來能為國家出力，為社會服務，能挑起家庭擔子，我就安心了，不希冀什麼安度晚年。你兩人都是孝子，令我內心十分欣慰，雖窮，亦感到滿足。你倆安心繼續讀書吧，都讀上大學去，不管怎樣，我一定支持到底的。」

兄弟兩人都知道：父親為了他們的生活、上學而操勞，全是他兩人拖累的，於是更決定退學了。

第二天，楊威不徵求任何人的意見，就不到校了。他本欲在當地找些雜務工來幹，但沒有雇主，求勞配站安排工作嗎？更是渺茫。因此，只得外出自尋出路，此後就到處流浪了。

楊文則寫了一份退學報告交到學校，老師立即尋上門來，找楊文談話：「我想先瞭解一下，你遇到什麼問題？突然要求退學，能說出來和我商量嗎？」

「謝謝老師對我的關心。其實問題很簡單，只因生活困難。家庭不能同時供我兩弟兄讀書。我想，我是長兄，應該擔起家庭的責任，出來社會工作，以解決家庭困境，讓小弟繼續上學。」

「你的想法是好的，但你要知道，你是一位優秀的學生，成績在全校是尖子，名列前茅。學校很推重你，國家也很重視你這般的高才生。所以你不但要為自己想，也要為學校想、為

國家想。首先對你個人而言，所謂十載寒窗苦，爭先躍龍門。
一登龍門則身價十倍。就立即變成一條能呼雲喚雨，降甘霖，
潤澤大地，為人民造福的巨龍了：不登龍門，還是一尾掀不起
浪花的鯉魚。兩者相拒將有十萬八千里。你思量過嗎，現在離
高考只有兩個月，如果能加把勁衝刺，考上大學看來是不難的。
一個人有了知識，才能為國家作出大貢獻。如果你考上大學，
國家可獲得人才，學校能爭得聲譽，連老師亦可沾點光。一舉
幾得，何樂而不為！在這關鍵時刻棄學，就說明不上大學了，
好像把一粒金子丟進茅廁裡，你不覺得可惜嗎？請再考慮吧。
這份退學報告你還是收回為好。有什麼難處，請再找我商量。

　　何二嫂聞得楊文要棄學的消息，馬上風風火火去找他責備
「你何時犯的傻，讀書好好地，怎麼突然要停學？你知道不讀
書和少讀書的後果嗎？結果就是低能兒。俗話說：望子成龍，
今你不讀書，便成了一條蟲。早知如此，當初你小時候，我就
不該管了。管來管去，誰知管出來的竟是條廢蟲。這十幾年來，
我雖然對你沒有撫養和幫助，但你的成長，我一直都在關注。
期望你有著光明遠大的前程。一個男子漢大丈夫，要志在四方，
胸懷祖國，放眼世界，才是一個對祖國滿懷熱血的男人。現今
你輕易放棄求學，將來為祖國辦大事的階梯毀壞了，知道嗎？，
眼下你這一決定，太令我失望了，是不是你老爸迫你出來掙錢，
以減輕他的負擔？」

　　「你對我老爸看得太差了，他不是這般庸俗，錙銖為利的
人。他不但不許我去掙錢，還規定我兩弟兄的主要任務是勤學
苦讀，至於生活上的瑣事不得介入。他曾說過：寧可節衣縮食，
即便砸鍋賣鐵，都要支持我兩讀上大學，完成學業，學以備用，
將來才能為國效勞。

「那麼是因你在學校犯了什麼錯誤吧，是學校要你停學了。」

「學校很希望我不放棄學業，前天老師還代表學校來動員我參加高考，沖過上大學這一關。」

「當真如此？家庭、學校，現在包括我，全都希望你繼續求學，你還有什麼猶豫？」

「我不猶豫。只因家窮。老爸為我兩兄弟供書養飯，已弄得精疲力竭，心力交瘁，我不忍見他為我倆生活搞得如此狼狽不堪。」

「我以為因什麼大事而停學！既為窮而棄學，那就容易解決了，這樣吧，以後你的生活和學費，全由我承擔，這樣就可解決你的困境了。」

「我知道你一直來都關心我的，永世不忘，十分感謝。可是，我決不能用你的錢來讀書的，這恩情，我將一輩子都還不清。」

「恩情？誰要你還？還恩這句話，該是我說才是。」

「此話怎講？」

「你忘記啦！幾年前，當你聽到我的煙攤要停業了，立即來向我安慰、問原因。我說：「我的生意一天不如一天，一天所賺的錢，不夠買一斤大米。兩母女的生活怎能維持下去？想轉行吧，1、沒有本金；2、又不知轉什麼行好，真的走投無路了，看來只有落得流浪街頭做乞丐啦。」

當時你安慰我說；「請不用悲觀。生意場上有起有伏的。現在銷售不景氣，不代表永遠一蹶不振，過段時間，將會興旺起來，這是商場上的規律。糖煙公司不也是經營香煙？它做得風生水起，能養活一大班人。而你的攤檔卻不能經營下去，是

沒有理由的。」

「你說的都在理，但不瞭解詳情。他人的生意有起有伏，而我的生意和起伏無關，因此，死定了。」

「怎見得？」

「因資金短缺，無錢進貨，進貨的品種不多，顧客需求的品牌，往往供應不上。有暢銷貨來時，購進不了多少，銷售又供不應求，所以營業額就天天低下了。」

「那麼你用合資的方式加入糖煙公司，資金問題就能解決了。」

「談何容易，加入糖煙公司，人家能接受嗎？這樣高攀，好像是一個窮山鄉的姑娘，想嫁入皇宮做太子妃這般困難！」

「你既然有意加入公司，就讓我試著去幫請求，看公司的態度怎樣，再作打算。」

「那好啊！能加入公司，我有出路了。」何二嫂說著，內心卻想：公司家大業大，豈能看得上我這小攤子？楊文雖代去請求，但成功率應該歸零的。豈知幾天後，竟意想不到楊文拿來一份代寫好的要求加入公司的申請書，請何二嫂簽名蓋章，兩人攜同到糖煙公司樓上主任辦公室去，主任閱申請書後，簡略問一會何二嫂的情況，並簡單介紹公司的規定和守則，和各自的義務，最後，叫回家等候通知。幾天後，果然收到公司發來公函，通知去報到和上班。何二嫂喜出望外地問楊文：「你到底怎能這般順利和迅速使我加入公司的？」

楊文說：「主任的兒子是我的同學，我經常到他家和他一起做作業，因此，認識了主任。我將你的情況向他反映。他說：「最近政府號召，將那些閒散的小商販集中到大集體去。現在你的要求，正符合政策。我就把她作為第一批、第一位吸收對

象收納進來。今叫我回來通知你寫一份申請書去，其它手續他幫你辦理便是。」

自此，我進入了公司，工作與生活都得到了改善，又分得宿舍，並且供得何純讀完中學。現今何純到小學當了代課老師，有工資領了。生活已達到小康。這些年來，我享有的好景，都是多得你推薦入公司的功勞。當時若沒有你的推薦，我便成了乞丐，既成乞丐，當然就沒有條件進入公司，也沒有今天了。現在供你讀書，不正好是還恩嗎？」；

「這算不得是什麼恩，我只是因勢利導，舉手之勞罷了。要感恩，你就感謝黨和政府，是黨和政府吸收你進入公司的。」

「你說的也是道理。但沒有你這一媒介，我的命運是很難改變的，因此，使我改變命運的是你，能忘記嗎？還有，十幾年前你老爸替我還高利貸的債，使我免於牢獄之苦，也是一次改變我命運的關鍵時刻，至今我未能回報，現在讓我供你生活和讀書，減少他的家庭負擔，也算是給他一點微不足道的極少回報吧。眼下你已經長大了，還有一件事我得向你說明白。」

「什麼事？」

「關於你的身世問題。」

「不用說了，父親已告訴我，我和何純是孿生兄妹，你是我的生母。」

「不，你和何純不是孿生的。何純出生比你遲七天。當時為掩人耳目，才說你們是我孿生的。我也不是你生母，你真正的父母比我強得多，他們是我最敬佩的革命英雄。你父親姓劉，叫劉虎。為國家、為窮人打天下，在山區幹武裝革命。在部隊中擔任營長。於 1944 年你出生的時候，他在山區裡為掩護隊伍撤退的戰鬥中犧牲了；你母親叫丁于，在南寧當陽街開一間書店。

該店實際上是革命隊伍的秘密聯絡站，你母親是站長，1944 年被舊政府逮捕了。被捕前把你託付給我，並囑咐不管怎樣，即便被槍斃，千萬不要去探監，探監於事無補，反有暴露我兒的危險。後來我顧不了她的囑咐，幾年中，曾多次前往監獄探望，但都被獄警拒於門外，只得望獄興歎。後來，我曾幾度到當陽街查訪，書店沒有了，屋主已易了名。直至現在，音信全無，大概也為革命犧牲了。」接著，何二嫂把離開南寧、無錢還債、將被坐牢，才把楊文送給楊校長領養的詳情說了，最後拿出一塊手錶說：「這是你的生母給你留下的紀念品，十分珍貴，不要把它看作是一塊表，應該是你生母給你留下的一顆不斷跳動的愛你的心臟，以後見了此表，就相當於見到生母，不可當作商品出賣，出賣此表，就等於出賣生母的心臟，必須好好收藏。我曾經歷過丈夫的病和大耳窿的債，以及將要成乞丐的困境，但我都捨不得將這表賣出去，因為這是無價的紀念品，待你長大後交到你手上，才算是完成你生母把你託付給我的使命。現在你長大了，拿回去珍藏和使用吧。還有一塊你母親親自為你父親製作的靈牌，現在給你拿去保管不方便，我暫代保管，以後隨時可取去。」

「這塊表太珍貴了，我一定好好珍惜。如此說來，你雖然不是我的生母，也是我再生的母親了，以後我會好好孝順你的。」

「我沒有什麼功勞，無需孝順我，只是你生母把你託付給我的時候，既希望我把你養大，培養成人。愧我無能，不能把你留在身邊，但為了對你生母的負責，希望你能繼承你生父生母的革命傳統，為國為民發揮你的才智與能力，才不辜負我和你生身父母的期望。倘若你不努力讀書，豈能完成這一使命？

請三思吧！

　　楊文在眾多人的規勸下，繼續上了學，並參加高考。高考的成績斐然，全縣統考中名列第二名。不久，就收到北京鐵道學院的錄取通知書。何二嫂拿出一本銀行存摺交給他，說：「存摺裡的錢，是你母親當年把你託付給我的幾個月的撫養金。我們是好姐妹，還說什麼撫養金。況且當時我不把這筆款用在撫養上，而把它用作我丈夫的治病費。現在我把這筆款用你的名字存在存摺裡，你可用作你的學費、旅費和短暫的生活費，以後的生活費用，我逐月付上，請放心。

年輕氣盛脾性暴，
一怒砸昏王大球。

　　再說楊威於 1963 年自從離校離家外出闖蕩，搞野馬副業（沒有證件的工作）。原本初衷是；想幫補家庭收入，供楊文讀上大學。卻不料幾年來竟一事無成，收入僅可養活自己，沒有剩餘。至到 1965 年，在南寧遇見楊浩，經楊浩介紹，暫時參加市郊建築隊工作，此次隨隊去橫縣鄉鎮建房子。

　　隊裡有一位工友叫王大球，身高 1 米 93，力大體壯，建築技術也很全面，每天工作幾乎抵得一個半人的工作量，工資卻是平均分的。他不計較，也不偷懶，工友們很稱讚他。只是他性情急躁，不管什麼人，語言或做事不順眼時就高聲大罵，喊打喊殺。如果有人不服氣他就施拳展腿，把頂撞他的人打到狗啃泥。連楊浩一個堂堂技術員也不給面子：「技術員？狗屁員，算老幾？想教導我，能教導我的人還未出世！在我拳頭發癢時，未知誰教訓誰。」

　　他是隊長的胞弟，平日有點仗勢欺人，憑著隊長的面子大家都不跟他計較。這天楊威收工很早，回到棚屋（宿舍）做晚飯，當時建築隊尚未建立集體食堂，每餐由個人自理。棚屋裡設有一排公共的爐灶，本來爐灶是夠使用的，只因近來工作量多，

增加不少隊員，所以只能誰先到誰先用，後來者只得等待前者用完了才能接著使用。

今天楊威回的早，先煲起飯來，待大夥回到時，他的飯已卸火。卸火後還需用剩餘炭火烘烤 10 分鐘，煲裡的飯才成熟。現在剛卸完火，王大球回到了，因為他沒有爐灶使用，強要楊威把需要烘烤的飯煲移開爐灶，讓出這爐灶給他使用。

楊威說：「請稍侯片刻，我的飯烘烤幾分鐘就成熟了。」

「嘿，你這小子想造反？都卸火了，還霸佔著爐灶，想和我作對？」

「豈敢和你作對，待幾分鐘就得了，請見諒。」

「待幾分鐘？你老子我快餓死了。」

他一邊說一邊把楊威的飯煲移到地上，放上他的煲，重新把乾柴放進爐膛裡，且低頭吹火助燃。

楊威本是年輕氣盛，今見王大球這般蠻橫，把我未成熟的飯連煲強行移到地上。又聯想到他平日對工友們吆三喝四，持強淩人，連楊浩如此受人敬重的人還敢欺負。現在既然欺負到自己頭上，這腔怒火怎能忍耐下去？他想立即揍他一頓，可又自知不是他的對手，楊威身高雖有 1 米 82，但還是矮他一截。而且楊威才十幾歲，力量還弱。而他已經是旺盛的壯年，從力量對比還差很遠。可是這股怒氣，已沖上了頭髮，一發不可收拾。

於是他去捧起放在地上的陶制飯煲，趁他低頭吹火助燃，毫無防備的情況下，連煲帶飯，向王大球的頭頂，脊背處猛砸下去。煲砸破了，未成熟的飯撒滿一地。王大球也昏倒了，楊威不管王大球的死活，迅速卷起行囊，匆匆離開棚屋上路去。

工友們見王大球昏倒地上，一起忙著救他，且把他送到醫院去，至於楊威的逃跑無人理會。

　　第2天，楊浩出差回來，聞得楊威闖了禍，立刻到醫院探望，並向傷者道歉，請求原諒。經過醫治，其時王大球已能坐起來了。楊浩再到派出所請求寬大處理，並承諾負擔一切醫療費用。派出所說：「打傷人逃跑本是罪加一等，現在傷者已經安全，又不提出控訴，你已承擔醫療費用，暫且寬大處理吧，免予追究。」

名師授武出高徒，
幾年苦學練成鋼。

　　楊威砸昏王大球後，逃回家鄉，回家曾多次托人說情和送禮，要求參加建築隊工作，終於得到隊長的同意，總算有了一份職業，解決了基本生活。但被王大球欺負的經歷，還是耿耿於懷，他暗想；被他欺負，只要原因是鬥不過他，倘若有武力做後盾，他敢欺負嗎？為此，他佩服楊浩有遠見，很早以前他已向體育老師石柱學武了，後來再同石柱老師共同聘請玄鐵武師傅來教練。楊威當時也常去觀看，順便也學蹲馬步，打沙袋等基本功。雖然學了一年多，遺憾那時不重視武功，沒有參加練武，現今方知有用。他想不如籌些學費，去請求石老師和玄師傅收留學習，得以達到習武的心願。

　　據說玄鐵武青少年時在少林寺學武，學成歸來，西軍有個軍官聘他做貼身衛士。解放後，他轉到南寧一家工廠做工，工余時，一班工友常向他學武，石老師就是在此期間投到他的門下，後來才當上體育老師。1960年，玄師傅退休了，他是獨身者，沒有家眷，領著退休工資在家閒居，生活很寂寥。

　　1963年，石老師和楊浩共同出資，負責他的生活費。請他來濱城教武，他欣然應允。其實他到濱城，並不完全是為經濟

而來，因為他對武術很有興趣。教武時雖然費些精神與體力，但也是一種樂趣，更主要的是日常起居生活已找到了幾位合得來的夥伴，解決了閒居的寂寞。

今見楊威要求來習武，而且以前常常來自習基本功，學了一年多也有了基礎，玄師傅審視一會，見他性格豪爽，體態又很適合，很快接受了楊威的要求。

石老師見楊浩常因外出，以至缺課，自己一個人練習，顯得有點單調。眼下楊威來參加，正好補楊浩外出時的缺，自然也很歡迎。

楊威投入了學武，以前常常來觀看和自學，需要練習一年的基本功，稍加訓練就合格了，所以免了這一課程。眼下學的是套拳、散打、對打。進一步使用兵器。楊威最喜愛的是飛槍、飛抓。所謂飛槍、飛抓，是用一根繩索，一端縛著一隻鋼制的紅纓槍頭，用手搖動繩索，利用慣性放開繩索，把槍頭投射出去，距離 10 米內可命中像小蘋果般大小的目標，而且入木三分。而繩的另一端也纏著一個三爪的鋼爪，如使飛槍一樣射向上空幾米處，就可抓到想抓的樹梢，然後隨著繩索爬上樹去，才算是功夫學到家了。由於楊威不辭勞苦，勤奮學習，且天資聰慧，經兩年多的苦練，在名師的傳授下，功夫不負有心人，不但把飛槍、飛抓學到手，還練就得一身拳擊和刀棍的上乘功夫。

秀才上京求學去，
落泊還鄉服苦役。

　　楊文赴京上學了。楊光、李嫂、何二嫂和何純都皆大歡喜，大家都往車站送行，依依不捨。

　　楊文到了學院，勤于學業，努力苦讀，成績優良，得到學院多次嘉獎，有幸領到了獎學金。

　　學院還安排他在校園裡做些雜務，又領到一份半工半讀的薪酬，生活勉強可以自給了。

　　幾年後，楊文在北京鐵道學院的學業將要結束了，和同學們在校等待領取畢業證書和打聽校方分配工作的消息。正當其時，學院的學生《紅衛兵》把他推上了批鬥台，批鬥後，結果議定他是現行反革命份子兼資本家的兒子，家庭成份是階級敵人，對現政府心懷不滿，蓄意偷越國境，跑到蘇修《蘇聯》去，實行「叛國投敵」。處罰是；「停止給予他發放畢業證書，下放面鄉管教勞動」。

　　楊文回了原籍，開始大隊部還算優待，安排他在大隊部搞衛生，栽花養草等雜役。工資雖然低，按生產隊的工分分配，但工作還算輕鬆。這還得感謝李昌研，因為他是革委會委員，工作是由他安排的。可是不久，不知什麼原因，慢慢地增加一

些重活、髒活，甚至洗廁所、搬運工等。工時也增加了，成天在奔忙。

1967 年，楊光在醫院病床上，病得很重，生命垂危時。楊威、何二嫂和李嫂等人，日夜輪番伺候，逢星期六、星期日何純也來照料，可楊文很少到來，有時到了晚上，來一會兒就離開了，他的行為，連這幾個義務來服侍的人也看不慣。因為他是楊光的兒子，眼下楊光病得這般重，理應像楊威那樣寸步不離，在病榻前日夜伺候，才是盡人子之情，豈有整天都不來，一來即離開，似乎事不關己，不問痛癢的，簡直是一個不近情理的無情漢！！

何二嫂則認為，後悔自已以前曾向楊文透露；他不是楊光的親生子，所以形成眼前他對楊光的病不關心，來不來服侍都一樣，生死與已無關。

李嫂對楊文的看法是；他以前靠楊光供書養飯時，表現出百依百順，十分聽話和孝敬。可現今長大了，翼毛己豐，不用靠楊光支持，可以獨立生活了，至於楊光的安危，可以置之不管了。

何純對楊文的看法就不一樣，她覺得楊文不是個忘恩負義的人，他不來伺候楊光，是因為李昌研不懂达人情道理，明知道楊光病重，還不給予楊文休假的機會，來服侍病人，真是個不開竅的笨蛋。我得去罵他不通情理，處事一點都不通融。

楊威的看法卻有點強烈，認為楊文不來侍侯爸爸，是因為李昌研對楊文處處為難，楊文愈需要休假，他愈加重、加多工作，使楊文日夜奔忙，讓不知情的人，誤認為文哥是個不義不孝的人了，可見其心比墨還黑，真是可惡至極！。

幾天後，楊文來服侍楊光了，而且寸步不離，日夜在楊光

病榻前奔忙。這不是楊文轉了性，而是何純去罵李昌研的結果。

楊文看著楊光對大家說；「這些天來，因工作，我不來照料爸爸，使大家代勞，辛苦了，謝謝大家。」

「你也太大意了，你爸病得這般重，能放心工作嗎？我問你，你的工作重要、還是你阿爸重要？不分輕重緩急，盲目地只顧工作，這是大錯特錯的，倘若出現不測的情況，就悔之莫及！。」何二嫂快嘴薄舌的痛罵。

「我覺得我既不是醫生，也不懂醫術，來了也幫不上什麼忙。」

「還想找藉口，狡辯？太沒孝心了。即使幫不了忙，兒子在場，可使老爸得到安慰，也使許多來照料者安心。」何二嫂很不滿意地說。

「大家不要爭吵了，你們大夥對楊文都不瞭解。自從楊文打北京回鄉那陣子起，與往常就不同了，因為他有事瞞著我，主要想把回鄉的事實真相遮掩過場，不讓我知道。其實，他的脆秘，已經像用文字寫到額頭上了，我早就知曉啦。他愈想不讓我知道，我就愈裝聾作啞，不問不聞，假裝著，詐不知情，免得他們為我而憂。」楊光有氣無力的說。

「他隱瞞你什麼？」何二嫂間。

「原因是，楊文回鄉時對我說；「他是校方派回鄉體驗生活的」。 可事實並不是這樣，真相是被院校方開除學籍，且放回鄉管教勞動的。為此事，我內心十分難過，但又愛莫能助。我心裡明白，這些時日，他不是不想來照料我，他是被管教，不得自由，力不從心。只可在工余時，拖著疲倦的身軀，只能來了片刻，就支撐不住了，不得不趕緊面去休息，應付未來繼續的工作。因此，使你們認為他不孝、對我怠慢。」

「我正擔心你認為他不孝、對你怠慢，會產生意見！」何二嫂憂心忡忡地說。

「我從來不覺得他不孝、對我怠慢，這只不過是你們的誤會吧了。他在極度疲倦的情況下，還能抽空來看望，已經是難能可貴了，我怎麼還要怪責，埋怨！說句心裡話，其實他的艱辛、受罪，全是因我而引起的。我是右派份子，是資本家，是雙重的黑五類。他既是我的兒子，處在這樣的家庭，難免受到牽連，所以他被學院開除學籍，被放面鄉管教勞動，都是因我所至，而他竟然沒有半句怨言，默默地忍受，欲把真相掩蓋，不讓我知道，是擔心我難過，對現實接受不了。可又不敢明言，不想使我為他擔憂，我實在問心有愧。其實楊文是個十足十的孝子，有這樣好的兒子，我確是三生有幸了。來世我還想認他做兒子。」

「爸！你無需自責，我的罪責，與你無關。慚愧的應該是我。只因我無能，未能報答你養育之恩，連來伺候也辦不到，請多見諒！」

不幾天，楊光在醫院病故了。守在靈前的楊文心裡十分悲痛。想到父親一生為家庭耗盡了歲月，他像一支火把，照亮了我的前程。現今燃油耗盡了，火把隨之而熄，已灰飛煙滅，永不存在了。而我的前程又遇到了坎坷，未能前進，仍然在原地徘徊，在黑暗中彷徨。

他生前，期望我成為一條能呼雲喚雨的巨龍，降甘霖潤澤大地，益萬民。可我卻一事無成，有負他對我的期望！他養育我，扶送我去北京念書，到頭來我沒有絲毫報答，既不能盡孝，也不能使他安度晚年，他為我操勞一生都白費了。以後再沒有補償的機會了，真使我負疚一生！現在應做的是，儘快去實現父親生前對我的期望，以慰亡靈！

09

救人一命，
勝造七級浮屠。

　　一天，李昌研開拖拉機去肥料倉拉肥料，派楊文隨車去裝卸，做搬運。歸程時，經過一道無欄杆的木板便橋，到橋中間時，不知是有意或無意，拖拉機已迫近一個騎自行車的人，騎車人大概因恐慌吧，連車帶人一起掉落河裡。

　　楊文坐在駕駛員的後座，看得很清楚，見這落水的人在水裡掙扎，知道他不諳水性。即叫停車落水救人，可李昌研說：「不要多管閒事，他人的事少管為佳，你以為好心把他救起來，他會多謝你嗎？要嚴防他反咬你一口，說是我們的拖垃機迫使他落水的，索賠損失就麻煩了。」

　　「不管怎樣，人命關天，我寧可被人反咬一口，也不能見死不救。如果你怕受牽連，待我下車後，你可繼續開車回大隊部，我很快便趕回大隊部卸貨的。」

　　楊文下車時車已過橋很遠了，他火速跑步回到岸邊，想泅水過去救人。但一想泅水太慢，只得從橋面奔到橋中間。一看橋面離水面約有 2、3 米多高，楊文本有些恐高症，可為了救人只得大著膽子，緊閉雙目，不顧一切地躍身跳下去。

　　人救上岸了，可是已停止呼吸，不省人事。幸好楊文在學

校上衛生課時，曾學過復蘇術，於是趕緊操作起來。只見那人吐了幾口水，心臟恢復跳動，能呼吸了，面色也漸漸紅潤起來，醒轉來了。

楊文是第一次把死人救活的，十分歡喜，興奮。內心很激動地說：「謝天謝地，總算有救了。」暗想，倘若遲一分鐘，後果不堪設想了：「同志，你還有哪兒不舒服，我送你去醫院吧。」

「不用送了，待會我可以自己去的，已經沒事了，多謝你救了我。」

「好，你就休息一會兒吧，待我再到河裡打撈你失落的自行車。」

「不要再到水裡去了，太危險，往後我請船來打撈便可。」

「不用擔心，我水性很好。待把車撈上來後，我用此車搭載你到醫院去。」

有一天吃晚飯時，楊威對楊文說：「文哥，我說一則內部消息給你聽，你已倖免了一場被鬥爭的災禍。」

「什麼鬥爭災禍，我全然不知。」

「我知道你一無所知，所以才向你稟報。據大隊住保主任向我透露，前幾天你為大隊去修理廠領回修理好的小馬達，回到大隊門前，你暈倒了，肩上扛著的小馬達摔碎了放置在門前的毛主席石膏像的腳。」

「是啊，我是暈倒了，後來衛生室給我打針服藥才清醒過來，說我血糖低。至於砸壞石膏像的腳，我一概不知了。」

「就因此事，李昌研向林書記請示，說你是右派分子和資本家的兒子，對現政府不滿，藉故有意砸碎了紅太陽的腳，所以我想發動群眾把他揪鬥，因此徵求林書記的意見。林書記幽默地說，這般大的事件，我們哪裡有權去處理？」

「堂堂一位縣委書記，怎麼沒有權處理？」

「砸壞紅太陽的腳，關係到整個太陽系，誰能處理。除非找到太陽系的革委會主任才有權判決，我們地球上的人類權力是不足的。」

「書記，你誤會了。不關太陽系的事，說明白點，是我們偉大領袖毛主席的腳。」

「誰這般大膽，連毛主席的腳都敢砸，請立刻通知政法機關將此人拘捕，馬上押解去北京，由中央處理。因為砸碎主席的腳，關係到全國問題，不可能在本地區開一次鬥爭會就能解決的。」

「請恕我不才，因為我說得不明白，砸碎的不是真正毛主席的腳，是主席塑像的腳。」

「原來如此，砸壞塑像的腳，那就不難處理了。」於是林書記詳細問清砸壞塑像腳的經過，李昌研只得如實彙報。

林書記說：「當時人已暈倒，旁人把他送去衛生室打針服藥，衛生室必然有記錄、登記在案，其時，當事人連生命也顧不上，哪能有故意砸壞塑像的心情？你提出把當事人揪鬥，似乎罪證不足，我看還是免了吧。而且鬥爭也不能使被砸壞的塑像復原，不如先找當事人談話，問問他能否有能力修復，如果他能做得到，就責令他負責，如果做不到就請工人來修補，倘若連工人也做不到，只可另買一具新的了，一切開支由當事人負責。當然，倘若他是因公事砸壞塑像的，開支應歸大隊，你酌情看著辦吧。」

「李昌研想把你揪鬥的計畫，被林書記這番幽默滑稽且合理的說話給取消了，林書記似乎在維護你，有時間你該當面向他道謝才是。」

「我和林書記素不相識，他沒有理由要維護我，我認為這是他秉公處理罷了，無需感謝。」

「你和林書記怎的說不認識？聽說你早些時日在河裡把他救活，因這件事李昌研還遺憾說，當時他為什麼不和你一起把林書記搶救，所以錯失了這次救林書記的立功機會。」

「我救的人是林書記？真是有眼不識泰山。」

「今次林書記為處理你這件事竟激怒了紅衛兵。紅衛兵聲言：林書記對階級鬥爭不站穩立場，為了報恩，竟然維護階級敵人，右派分子的兒子，叛國投敵的現行反革命分子的利益。看來林書記才是一個地地道道的走資派，必須揪出來曝光，使廣大的革命群眾看清他披著革命外衣的真面目。」

「看來紅衛兵尚不明真相，受人煽動的。我雖然救過林書記，可直至現在，我和他還是互不相識，報什麼恩？可是也真的很抱歉，他的不白之冤是受我連累的，很對不住他。」

「你無需自責，林書記沒事，縣委已把他調回縣政府書記辦公室了，紅衛兵只不過是吵吵嚷嚷一會兒罷了。」

「李昌研既是革委會委員，又是紅衛兵司令員，紅衛兵吵嚷的事，他有能力平息的。」

「靠他來平息？簡直是躲鬼躲入廟。記得以前你曾對我說過一段故事；有一個受火災的人，見救火現場有一個弄得焦頭爛額者，正欲嘉獎，豈料此人正是此次火災的放火人，罪魁禍首。現在李昌研正是那個焦頭爛額者，別指望他去平息紅衛兵的吵吵嚷嚷。」

「這是李昌研為了發官癮，為了升職，不擇手段去謀取立功機會。人是要求上進的，無須怪他。只是求上進卻傷害到別人，那就是不正當之舉，居心不良，使不得。」

「還有一件事要講的,近來大夥都看穿了,李昌研對你很嫉妒,每見你和何純在一起,就要破壞。上次你想去服侍阿爸,因他見何純常在醫院,想不讓你們接觸,所以常把你往外調出,或幹重活,使你們沒有接觸機會,可見他的心壞透了。」

「不!他不至於壞到不可收拾的程度。何純和他畢竟是從小玩到大的,又經常在一起學習,人是有感情的,不應存在什麼不純的邪念。他擔心的是,何純常和我在一起,會分散他們的親密關係。但我也不能因此事疏遠何純!因為她也是和我從小玩到大的,同喝一雙乳長大,而且還供我去北京讀書,有恩於我,豈能因他們想維持感情,而要我們不交往呢?這當然辦不到!」

抗拒搜查，
一拳怒擊張三。

1967 年，今天是中秋節，大家相約在楊文家歡度，共進晚餐。楊浩同劉芬在南寧開一輛三輪摩托車回來，以便飲完酒連夜回南寧去。楊浩和劉芬尚未結婚，就選在這天確定了婚姻關係，通俗的說法是訂婚。

楊文是楊家的長者，作為是回鄉向長者報告，且作見證人，所以這次酒宴是楊浩主辦的。大家很高興，都提前到場了，按原分工是何純承諾烹飪，擔當主廚。楊威做幫廚，劉芬做買辦和跑腿，辦得很熱鬧。

李昌研也受到邀請，然而他已當上了官，官職雖然未上級別，但到底小小都是個官，公務繁忙，無空赴宴，且地位差異，和這班昔日的窮兄弟交往，未免有失身份。更重要的是這幫人之中，兩個是右派分子的後裔，一個是富裕家庭的兒子，一個是走資派的女兒，只有何純是階級兄弟。除何純之外，和他們混在一起，有損自己的無產階級清譽，所以缺席了。

雖然缺席，但對這次聚會還是很關注的，他已命令楊文的鄰居張三就近監視他們的舉動，如果發現有不正當行為或有什麼階級新動向，要立時彙報。

　　只是他們除歡飲之外並沒有越軌的動作，只在散席時只見楊威送走楊浩准夫婦回南寧，不見何純出來。

　　李昌研聽到這一消息後，如熱鍋上的螞蟻，坐立不安，他估計一定是楊文用誘騙或強迫何純留宿，搞非法的男女關係。自己一個心愛的人，就這樣被他糟蹋了，還了得。

　　於是緊急集合十幾個紅衛兵，浩浩蕩蕩去敲楊文的門，說是檢查戶口，問是否有客人留宿。不待楊文答言，紅衛兵們即從屋前到屋後破箱欄櫃都搜查數遍，結果一無所獲。

　　「收隊。」李昌研一聲令下，便率隊走了。

　　隊伍出到外面，他說何純一定還在屋裡，不知藏在什麼地方使我們搜不著，現在我們收隊了，一會兒她會自動出來的。他即指揮兵分兩路，一路在屋後守著，另一路在前門等候，待魚兒自動入網。

　　而他自己立刻跑去何二嫂家探問何純的情況，何二嫂說：「這丫頭今天回家過節，中午說去楊文家聚餐，至今一直還未回來。怎麼？你不是和他們在一起嗎？為什麼半夜了，還來這裡找她。」

　　「中午大家還在一起，餐後不見人了，所以跑來問一聲，她是否回家了？」

　　「謝謝你的關心，半夜三更還來探問。這丫頭神鬼都不怕，半夜裡哪兒都敢闖。你不用擔心，她都這麼大了，不會出事的，請回家休息吧。」

　　按照何二嫂的說法，更證實何純留宿在楊文家了。待他再轉頭回楊文家時，守兵向他彙報，都說沒有動靜。於是他集合隊伍再次敲開楊文的門：「我們接到舉報，說你家住有非法客人，你必須把人交出來，否則待我們搜出來罪加一等。」

「我家沒有住客，無人可交。」

「大家進去搜。」

「慢著，誰也不許進入門檻一步，誰強要進來，我這棍棒是不認人的，剛才你們不是搜過一次了嗎？什麼鳥客人，難道我能把他藏到你老母的床上去嗎？分明是持勢欺人，想為難我兩兄弟。不斷來搜查，使我兩人不得安寧作息。你們真的要搜查嗎？請亮出搜查證來，否則我就當作劫舍強盜來對待，不怕死的進來吧。」楊威雙手握著一根木棒出來，怒衝衝的說。

這時楊文過來，搶接楊威手裡的木棒。楊威不肯放開：「文哥，這根棒是維護生命、人格和尊嚴的棒，人在棒在。不用怕，他們不是鋼鑄的，到底還是血肉之軀，他們要橫行霸道，這根棒就把他們送上西天去。

「楊威，你傻了，把棒給我。」

楊威平時也很服從楊文的，今見楊文很認真地緊握著這根棒不放，只得鬆了手。楊文接了棒，順手將棒倚在門內，正要轉過身來，想向門外的人道歉，不料腳下一絆，絆到棒子上，身子一趔趄將要摔倒了。

張三眼明手快，迅速跨步進入門內，伸手想攙扶楊文，不讓楊文摔倒。可楊威誤以為張三是沖進來欺負楊文的，於是一個箭步，跨馬步向前沖，揮起一拳，擊到張三的下頜。楊威是練過武的，出拳特別有力，這一拳竟擊折了張三一條大牙，連血帶牙吐在地上。楊威還要繼續進擊，張三已負痛退出門外了。

門外的紅衛兵欲沖進來援助張三，楊威立刻再操起木棒，擺下打鬥的架勢：「來吧，來一個打一個，來兩個打一雙，不怕死的全來吧。我通通把你這幫無檢查證的強盜送往西天去，免得危害大眾。」

　　結果沒有人敢進來了，對打鬥方面，李昌研本是膽小怕事的，今見這場面，知道楊威不會退讓了，自己確實不是奉上級命令來搜查的，倘若事態鬧大了，上級追究下來難以交代。只得說：「好吧，就放你一馬，不搜查了，可張三的醫藥費你還是要付的。收隊。」

不吃眼前虧；
三十六計，走為上計。

關上了門，只剩下兩兄弟。楊文對楊威說：「剛才的場面，如果他們一起沖進來，將會出現嚴重的後果。不管你和他們任何一人的死傷，都會影響你一生的前途。今後要為社會服務，為家庭創造幸福的理想，全化為烏有了，值得嗎？俗話說的是，忍得一時之氣，免得百日之憂。今晚你實在太莽撞了。目前你贏了，但以後怎的收場？你打傷了張三，他們肯善罷甘休嗎？必定要報復的，你如何應對。」

「不管他們玩什麼花招，我絕不讓他們騎在頭上欺負的。」

「你有骨氣，但只憑骨氣，不加思考，是為魯莽。現今你的危局已迫在眉睫，知道嗎？假設明天他們把你傳去問訊，你敢不去嗎？繼而把你捆綁起來，然後推上臺鬥爭，打到皮開肉綻，肢體殘缺，最後給你帶上一頂「地、富、反、壞、右」的帽子，你就見不到溫暖的陽光了。青春年華，甚至一生就被遮暗了。」

「成語有道：寧為玉碎，不為瓦全。忍辱偷生，不如據理力爭、昂首挺胸，拼搏而亡。他們真的逼到這步田地，充其量來一次魚死網破罷了，我絕不畏懼。」

「這是硬碰硬的所為，你估量過嗎？他們人多勢眾，且假

借紅衛兵的勢力，力量雄厚，而我們只有兩個人，勢孤力弱，能與他們抗衡嗎？這只能是螳臂擋車，自取滅亡。」

「那你認為該怎麼做？和他們擺事實講道理嗎？俗話說，秀才遇到兵，有理講不清，死了也不明。即使有萬般充分的理由，他們能聽嗎？」

「說理，對他們來說，相當於對牛彈琴，確實不起作用，」

「你這麼說，軟用不得，硬來也不行。普天之下，受欺凌之人，就只能受屈忍辱才可安生了？」

「為避免硬碰硬和有理說不清的局面，我想還是按王敬則傳裡檀公的 36 計走為上計的辦法，一走了之。」

「出走？走到哪裡去？我身無分文，寸步難移。而且走到何時才算了？」

「按眼下情況來分析，你不是犯國法，他們也不能在公堂上判你的罪，更不能把你通緝。其實他們並不是按法律法規辦事，所作所為只是隨意而行的，過一段時間，。人事變動和事過境遷就沒事了。」

「我既不犯國法，為什麼要走。」

「你在家時，他們時刻能把你為難；你離開後，他們縱然兇狠，也奈何你不得。所謂君子不吃眼前虧，走吧，以後可安全還鄉的。關於盤纏問題，我也是一窮二白，但還有一塊名貴手錶，是我生母給我留念的，你拿去低價賤賣，我估計很容易出售，便可當作你的盤費。」他說著把手錶遞給楊威。

「此是留念物，無比珍貴，不是金錢可換取的，不可因我的事隨便拿去換錢。」

「你的生命和前途重要，還是留此寄念物重要？不要婆婆媽媽了，拿去吧。」楊文用著命令式的口氣說，楊威豈敢推辭？

　　第2天一早，李昌研來到何二嫂家，急於想瞭解何純的消息，剛說了幾句客套話，何純回到家了。

　　「你這丫頭一夜不回家，往哪兒去了？」

　　「昨夜嗎？我辛苦了一夜，至今尚未合上眼，當我在楊文家做完飯菜坐下休息時，發現口袋裡沒有學校宿舍的鑰匙，立即使我醒悟到早上離校時，忘記把宿舍的門關鎖，鎖匙還留在門鎖上。今天放中秋假，學校雖然沒有人，但白天是沒有問題的，可夜黑了，萬一有小偷來盜竊怎麼辦？宿舍裡雖然沒有貴重的物品，可如果有小偷闖入，學校的名聲和安全問題就不好交代了，因此要急須回校，只得向楊威說飯菜都煮熟了，你們先吃吧，我有急事要回校，待會兒我還回來和大家相聚的。」

　　於是騎上自行車走了，到學校時，適遇主任發高燒，整所學校就只有我和主任守夜，如果我不回校則無人把她照料了。為此我急去找生產隊的拖拉機，把她送往醫院，醫院叫留醫，我只得留在醫院服侍。經過治療，今早才退燒，她的家屬也從縣城趕來了，我才有空回家。」

　　「傻丫頭，回校不告訴我們，使人擔心極了，連昌研也擔心得走來走去，昨晚半夜來訪，今天一早又來問。昌研，真要感謝你的關心了。」

　　「應該的，應該的。」

　　「都是我不對，讓大家為我擔心，很抱歉。你們坐吧，我一夜未眠，先去休息一會，失陪了。」

　　李昌研暗想：原來何純昨天未吃飯就返校了，才逃過了張三的視線，使我們兩次搜查楊文家，造成楊威的撒野。楊威的囂張勢頭也該整頓了，此人不治，將會成為害群之馬。事不宜遲，立刻往傳楊威到革委會審訊，晚上再組織批鬥。在鬥爭會上授

意紅衛兵重打，把腳骨打折，使他一生跛著足走路，看他還能
囂張起來嗎？

　　主意已定，即率領十幾個紅衛兵去找楊威，到了楊文家，
楊文說：「一個鐘前楊威背著行囊外出了。」

　　「外出去哪裡，怎的不見他往單位和革委會寫外出證明？」

　　「這我就不知道了。」

　　李昌研轉面向他的手下，說：「你們到屋裡查看，如果見
楊威，請他出來，我有話和他講。」

　　他又假惺惺和楊文說：「我們來找楊威，不是有多大事情。
只是昨晚他打了張三，本來打人是受法律懲罰的。可是我們畢
竟是從孩提時玩到大的，我不站出來幫他一把，還靠誰來幫。
因此，我已經向張三解釋清楚，要求他向張三道聲歉就算了。
以後不要沒完沒了的互相記仇，倘若他是為此事逃跑，你就叫
他回來，免得在外流浪吃苦頭。」

　　此時進入裡屋搜查的人都出來報告：「不見人。」他們收
隊了。

　　楊文暗想：動用這麼多人來，真的是僅僅為了找楊威向張
三道歉？簡直是把我當作三歲小孩來騙了。

　　楊威抗拒搜查，打傷張三，現在逃跑了，已奈何他不得，
連張三的醫藥費還需李昌研自己代付，他這革委會委員的面子
已丟盡了，這口氣怎能咽得下去？！

兩椿信息，何去何從；
生殺予奪，任意施為。

　　既然對楊威奈何不得，只能把這口怨氣撒到楊文身上。其實把楊文當作替罪羊，也不全是因為楊威拳打張三的關係，主要是因為李昌研一直暗戀著何純。楊文在北京求學時，他倆能常在一起，每週末度假，他們都到河邊沙洲上或花前月下，散步談心；談人生，談事業，談愛情故事。總之無所不談，這日子使他很開心。

　　自從楊文被放回鄉後，起初他還很照顧楊文，安排很輕鬆的工作。後來他發現何純常和楊文在一起，何純漸漸把他疏遠了，因而才將楊文視為情敵。此後，楊文的工作量增加了，工作時間又延長了。這樣是想使楊文沒有時間去接觸何純。其實楊文去北京前，還以為和何純是學生兄妹，以兄妹情交往。後經何二嫂說出實情，才知道與何純沒有血統和親緣關係。到北京求學後，何二嫂和何純在經濟上全力支持。當然，後來楊文把這筆支援款全部存入銀行存摺裡，連本帶息完璧歸還。錢雖然不領，但支持的情誼上，遠比這筆款還重要得多。楊文自然十分感激，所以對何二嫂和何純的親密程度倍加親切了。

　　李昌研根本不知道這內情，對楊文的妒忌只增無減。再加

上楊威惹起的風波，更加深了楊文的倒楣，自此楊文每天晚上要去參加階級教育，思想改造的學習。白天除增加工作量之外，工餘時間要寫學習心得，檢討書、悔過書等，總之排程已經把時間占滿了，連吃飯洗衣的時間都佔用完。何純為了體恤楊文，常來幫助收拾髒衣服清洗。可她越是這樣做，楊文越不得空閒，成了一種惡性循環。

楊文艱苦的度過了差不多一年，1967 年 10 月初的一天下午，農曆是深秋，他已清理完衛生間，到雜物房寫檢討書，昌研進來問：「今晚開會通知你了嗎？」

「通知了。」

「你知道開會的內容吧？，

「不知道，」

「今晚的會是鬥爭大會，鬥爭對象是你和家富，（家富的父親是地主，1952 年已死亡）。據我所知，有不少人對你兩人心懷憤恨，鬥爭中可能出手兇狠，這皮肉之苦你受得了？在這場面我也難以控制，所以提前告知你，讓你好好做出應對的準備。」

「連你都不能制止，我能有什麼辦法應對，只能聽天由命了。」

「從小到大，我和你同屋住、同桌吃飯，現在你有難，我豈能不出手相助？你說的聽天由命，我覺得太消極了。我提議不如出走，到外面找個親戚或朋友處暫時落腳，避一段時間再回來，就能躲過這場災禍了。我已告知家富，他也決定逃走。你可以去約會他，一起逃跑，路上得有個伴，遇到困難也有商量。

我這裡還有三幾十元，你拿去路上使用，我對你只能出此微薄之力了，請原諒。」

楊文拒不接受他的贈款，可見他態度十分誠懇，不容許他再三推辭。

楊文在回家的路上心情很沉重，見陣陣秋風吹落了黃葉，滿目呈現出一片蕭瑟滄涼的景象。風卷起的塵土，人像是被籠罩在一層迷霧中，使人看不清前途的境況。鉛灰色的天空，凝聚著厚厚的雲塊，遮住了明亮溫暖的陽光。天際間隱隱傳來低沉的雷聲，好像大地在呻吟，使人感到特別抑鬱，也預示著山雨欲來了。

楊文回到家裡，按昌研說的，忙著收拾行李。正好以前楊威曾教過他，閒時把一些節省下來的錢鈔和全國通用糧票，以及假證明（事實領不到真正的證明）藏到人工挖空的鞋跟裡，以備緊急出走時得來使用。想不到眼前真的能應用上了。現今昌研給的三十元，也增加放進鞋跟去，他穿上這雙鞋，肩上挎著行李包，準備去約家富共同出逃。

其時鄰居張三從隔牆跳進來，看到楊文一身行裝，說：「怎麼，你想逃走？」

「不，不敢，不敢。」他神色驚慌地答道：「我想拿衣服給人清洗，順便縫補。我能逃到哪兒去？一無親戚朋友，二無盤纏。」

「你不用騙我，看你這副模樣，再蠢的人也會知道你要外出了。不過你說你不敢逃走，這就對了，我來的目的就是想勸你不要逃。你實在逃不得，外面有很多民兵監視著，我也是被派來監視你的。所以不敢從正門進來，只得越牆過來告訴你，千萬不要走。這是為你而設的一個局，是陷阱，就等你掉進去

永遠回不來。這個局的設計是這樣的，當你走出郊外後，在一處適合的地方就開槍把你擊斃，事後如果上頭有人下來調查，他們就說民兵巡夜，半夜裡發現有人鬼鬼祟祟逃竄，幾次喝令不停，向空鳴槍也不能制止，只得射擊了。到時死無對證，就白白喪命了。到底我們是鄰居，平日我覺得你的為人也很好，善良，不想見你死得太冤枉，因此才冒險來稟告，你看著辦吧。」

張三依然越牆走了。天將暗下來，時間緊迫。此時，楊文心急如焚，但又不得不靜下心來分析去留問題。李昌研和張三兩個截然不同的提議，該何去何從？李昌研近來對我雖然不夠友善，但到底和我是從小玩到大的，而且是親戚，他還拿出錢鈔饋贈，態度十分誠懇。其實昌研提出的「逃」，正合己意。記得以前自己也曾勸楊威逃走。現今雖然對他的去向未明，但一直來沒有來信，他們曾有約定；「如有不測，必須來信，」現在沒有消息，平安是無庸置疑的，遺憾的是，不知道他在何處，如果懂得地址，現今去尋他就好了。不過，說還說，認真要逃跑還是有一定困難的。擺在眼前的：

1、缺欠鈔票。糧票有限。《不管到那裡，吃飯都要糧票，》日後生活，難以為繼。

2、沒有證件，連客店也不能進住，往何處棲身？

3、自己向來只知讀書求學，至於謀生技能，一無所長，何以維持生計？

4、在社會上闖蕩，自己毫無經驗，怎能應對瞬息萬變，複雜的流浪環境？

此外，最使他依依不捨的是何二嫂和何純。和她們情同母子、兄妹。她們給予我太多了，全力支持我上大學，並期望我

成龍，為國效力，現在我已變作一條蟲，將成為一個流浪漢、廢人。使她們多麼失望！這一走，即便能活著，也不能回家了。這意味著是不歸之路！她們的恩情怎能報答？該是付之東流了。這會令我愧疚一生的。歎我此生，做人太失敗了，奈何！可是，逃，自然是個很好的選澤，不但可擺脫迫在眉睫的批鬥之苦，還能衝破在此被束縛的牢籠，飛到自由空間去，享著逍遙自在的生活，發揮自我的才能，為國効勞。因此，昌研的提議，可接受度就非常之高了。

至於張三的提議：「留」（不逃走）。這自然是接受被批鬥的皮肉之苦，也不能擺脫失去自由的牢籠，但可避免了上述走的種種困難。根據張三所透露的走到外面，有被槍殺的危險，未知是否確實，若果真是如此，當然是不走為安。

回想張三其人，雖是我的鄰居。因自己從小讀書，平素和他接觸很少，沒有多大感情。可是，在這關鍵時刻，他竟冒著越牆過來通風報信的危險，提出千萬不要走的忠告，說時的態度和語氣都十分誠摯，更沒有分毫利益的要求，當然可信度也是很高的。兩者之間，究竟該信誰？時間又很緊迫，還是決不定主意。

此刻，楊文才發現自己有很多不足之處：以前曾自命不凡，認為自己是個雄才大略之人，遇事果斷。而眼下看來，事到臨頭，只為個人的安危，尚且猶豫不決；假若為千千萬萬人的生命、財產安全打算，焉能當機立斷？更沒有什麼雄韜大略之才能。正是人生四十，當知三十九之非。現今我年齡雖未及四十，已認識到以前的幼稚、自大。真的是書到用時方恨少，事非經過不知難！現在難字正當頭，如何是好！楊文苦思著，但時間已經不容多想了。此刻有兩個民兵推門進來：「楊文，發什麼呆？

想計畫搞反革命活動？大會開始了，還不快去開會」。

楊文愕然答道：「啊！我穿好衣服就去。」

「快點。」

楊文想逃跑的計畫已來不及了，只得把行囊裡的衣服儘量穿上，目的是加厚服裝，可減輕批鬥時被打的衝擊力。

楊文被兩個民兵押到會場。以一棵榕樹為中心的會場，在樹下擺了一張長桌作主席臺，燈光很明亮。

紅衛兵頭目正在講話：「今晚開批鬥大會……」這時他看見楊文被押來了，轉而說：「現在請民兵同志把階級敵人，反革命份子楊文押上臺來，我和大家一起，站在無產階級一邊，採取革命行動，把革命進行到底。」

於是，他舉起拳頭高呼口號：「我們堅決把反革命份子鬥倒、鬥垮、鬥臭！」會場的人也跟著高呼。楊文被押到主席臺前站著，雙手被反縛到背後，脖頸上被掛上一塊用舊門板改成的木牌，貼上一張寫著「反革命份子楊文」，再用紅墨水打個大交叉的白紙。木板很沉，墜得他的脖子很難受。

這時，他不見家富被押上來，心裡想到：他可能已逃跑了。也好，他能脫離這片苦海，走到自由快樂的地方去，但願他能很快找到一處永遠安定的歸宿，過著無憂無慮，與世無爭的日子。

家富也是楊文的鄰居，和楊文出生是同年，兩人的體態身段差不多，連長像的輪廓也有點相似，他父母是地主，早亡。而楊文的家庭是資本家、右派。不同的是；家富自小不得讀書，沒有文化知識；而楊文是大學生，知識高。家富平日遇到不認識的事和物，常向楊文求教。楊文也很熱心指導和幫助。他是個木匠，楊文有損壞的傢俱，他都肯義務修理，門前掛著漂亮的信箱，也是他送給楊文的。相互的鄰居之情，亦很融洽。

　　時間的推移，不容楊文多想。這時有人上來質問了：「楊文，根據北京學院轉來的文件，你打算偷越國境，逃往蘇修（蘇聯），首都莫斯科去，叛國投敵。你的叛逆行為，幸得校方及早發現，才制止了事態的發展。對偷越國境，你有何居心？得向革命群眾好好交代清楚，爭取得到寬大處理，免使革命群眾，採取嚴厲的革命行動。」

　　「我沒有想偷越國境，北京離蘇修莫斯科千里迢迢，我一個窮學生，那來這麼多盤纏？」

　　「坦白從寬，抗拒從嚴」紅衛兵高呼口號。

　　「他叛國投敵的事實，北京學院已經定案了，現在他還想抵賴，拒不認罪。革命群眾們，我們能放過他嗎。」

　　「不能放過！」會上幾個人應聲。

　　「好，那麼我們給些顏色與他看。紅衛兵們，把他吊起來。」一聲令下，幾個紅衛兵上來用一根繩索綁在楊文被反縛的雙手上，另一頭繩掛在樹丫上，像升旗般把楊文吊離了地面，背向上，腹部向下，雙足下垂。那塊用門板改成的「反革命份子」的木牌在脖子上往下滑，有個紅衛兵加用一條繩索，把木板緊扣到楊文的脖子上。木板和雙足對稱往下墜，成了一個倒置的凵字形。接著有幾個人上來批鬥，打他的耳光、踢他的腳。口鼻流了不少血。

　　紅衛兵甲上來了：「這個右派份子的兒子，繼承右派的衣砵，叛國投敵，想把蘇修的修正主義帶回中國來，使我們偉大的祖國變顏色，跟著修正主義走，我們廣大的革命群眾，你們能同意嗎？」

　　接著紅衛兵乙上來說；「這個資本家的後代，滿腦子都是資產階級思想，日夜都想使資本主義復辟，從新享受資本家的

生活，使我們廣大的勞苦人民吃二遍苦。我們絕不允許他的壞主意得逞。」

紅衛兵丙上來與楊文面對面說；楊文是個現行反革命份子。他父親是右派、資本家，他自然也不是什麼好東西，鄉間有句俗語：什麼藤打什麼瓜，什麼種子，出什麼芽。因此，他絕對是站在無產階級對立面的。我們必須把他推翻，打倒，免使他這株惹禍根苗在社會上散發出毒氣，禍害階級兄弟：此外，他又用假戀愛的手段，想拉攏，腐蝕，毒害我們無產階級的人民教師（暗指何純），又曾抗拒檢查戶口，唆使他的弟弟毆打民兵（暗指張三），氣焰十分囂張，我們必須把他鬥垮，鬥倒！鬥臭！」

接著，還有幾個人未批鬥。

開始是以質問、答辯的方式進行，後來竟是只問不答了，原因是楊文已經神志不清了。開始他感到眼前昏黑，雙手麻木，頭暈，腦脹，全身冒汗，氣喘不過來，繼而已經聞不到批判者的說話聲，根本不能答話了，起初還可低聲呻吟，漸漸的什麼也沒有了反應，有個紅衛兵去摸摸他，探了探他的鼻孔，接著到主席枱和李昌研耳語一會，李昌研站起來說，階級敵人很狡猾，現在玩弄詐死的花招，且把他放下來吧。

幾個紅衛兵上去鬆開了吊索，像降旗般把楊文放下來，此時，楊文已不能站立了，像一堆濕水的棉花癱軟的伏在地上，毫無反應，沒有氣息了。

「紅衛兵們，請把這階級敵人抬到竹林打靶場去乘涼，待明天處理，散會。」一聲令下，幾個紅衛兵七手八腳把掛在楊文脖子上的舊門板作為擔架，把他抬走了。

索河尋屍葬君郎，
奠酒一杯酹江月。

下半夜，風雨驟襲，雷雨交加，下著傾盆大雨。

第 2 天何純聞訊匆匆從鄉校趕回，何二嫂也在鄉村商店回到了。兩人一起打算為楊文收斂。可是，江水上漲，沙洲和竹林被江水淹沒了，無法收屍。

第 3 天洪水才消退，何純和何二嫂兩人來到停放楊文屍體的地方，只是什麼都沒有了。估計屍體已被洪流沖走，連血跡也被沖洗乾淨。於原地覆蓋了一層厚厚的泥漿，好像天公也在幫助掩蓋殺人的事實。要說痕跡，只有那塊用門板改成的掛牌卻卡在竹叢裡，不被洪水沖走，好像是死者的靈牌。此刻何純只得望河興歎，腦海裡又憶起孩童時初冬的一天。楊文、楊威、李昌研，三個男孩，在江岸上桑園的守園屋裡煨紅薯。突然聽到江邊有呼救聲，他們跑到園邊一看，見幾個女孩在下面水橋上疾呼：「有人掉落江裡，快來救命！」

水橋是供人挑水洗東西用的，設在江面上，離桑園有幾米高，園邊有米幾高壁立的砂崖，沒有路下去。李昌研立刻轉回守園屋，在屋邊扛了一根竹竿，向園門跑去。繞到下江路速跑，意欲拿竹竿救人，當他跑近水橋時，見楊文已抱著溺水者上岸

了，楊威也在旁邊攙扶著，原來溺水者不是別人，正是何純。
好在救得及時，還清醒，不至於昏迷，但兩人已像落湯雞那樣，
全身濕透。南方的初冬，天氣雖然不很冷，可衣服濕了，冷風
還是滲入肌膚的。

楊文對何純說：「這般冷，我送你回家吧。」

何純說：「我這樣回家，會受媽媽嚴厲責罰的，平日她不
許我到河邊玩的規矩不能違反。」

李昌研立即說：「那麼你倆立即到守園屋去。屋裡還有我
們煨紅薯的炭火，順便擰乾衣服烘烤、取暖。其餘的人包括幾
個女孩立即去撿些枯枝敗葉，加大生火，大家都可以取暖、吃
紅薯，也讓他兩烤乾衣服。」

大家一致服從，分頭去辦了。烤火時，昌研問文哥：「我
想拿根竹竿來救援，可是你們比我快，把人救上岸了，是怎麼
回事？」

「嗯，我們不走下江的道路，是從沙崖跳下去的。開始我
還猶豫著，可楊威已先跳下去了，我擔心他年紀小，不但救不
了人，而且危及自己，因此，只得壯著膽子跟著跳下去，搶在
楊威的前頭下水救人，因而爭得了時間」。當時大家都是孩童，
但救命之恩，在何純的腦海裡，深深的打上了烙印。

何純和楊文在嬰兒時同喝一雙乳長大，童年是青梅竹馬度
過的，青少年一起上學，同級、同班、同桌，直到初中。楊文
到北京念書時，兩人的書信還不斷，直到楊文被下放回鄉參加
勞動，他倆的關係更加密切，每到週末就形影不離，正為此事，
楊文和昌研已成為情敵，但楊文卻料不到，竟涉及到生命，後

來雖然有所覺察，但認為情義比任何的價位都高，就管不了這麼多了。這自然就是他死亡的原因了。

回憶以前我掉落水時，內心十分恐慌，在水裡的黑暗中感到完全無援了，只等待著死亡。就在這千鈞一髮之際，他把我救活了。現今他被洪水推走了，我不但不能把他救活，連屍首也找不到。暗暗嘆惜著；「文哥啊！你在那裡？請告訴我，不管怎樣，我一定要找到你的。」

楊文和何純雖是同學，可楊文很聰明，在班裡是頂尖的優秀生，晚上又得到他父親不倦的輔導和家教，知識比何純高很多，何純常得到他輔導，今天能當上一位代課老師，覺得全賴他日常淳淳指導的功勞。

往事如煙，前事已經過去了，但何純總覺得楊文給予她的太多了，而自己沒有一點報答，眼下雖然救不活他的命，起碼找回屍體安葬，才算得是輕微的報答，也能心安。於是她請來了兩三個會潛水的人，她陪同一起沿江尋找，一直找到出海口竟沒有找到，只得反過來逆流回索，也一無所獲。已經六七天了，正在無計可施之際。忽然有人來報導，在下游某河灣處，有一具男屍浮上水面，不知是不是你們要找的屍體，請速去辨認。何純謝了來人，並付了酬金，立即請兩名仵作和兩名潛水夫趕赴現場，把屍體撈上岸來。何純一看便認出是楊文了，眼淚不禁奪眶而出，泣不成聲，因為這屍體無需細認，只憑體態身形便可確認了，再仔細辨認，肌膚已開始腐爛，再加上被泥水的沖擦，魚蝦的吞食，面目全非，難以鑑別，只是穿的服裝正是他在北京讀書時的校服，太熟悉不過了，而且方圓數十裡沒有去北京讀書的人，所以對屍體的確認，毋庸置疑，此刻，何純更為悲慟，痛哭流涕，內心暗想，欲追隨楊文，投河一死，了卻自己一生。

卻是又想到自己一死，留下一個孤苦伶仃的母親，怎能報答她養育之恩？不，不能死，還需要侍奉母親，更要為國家教育下一代人。

目前必須堅強的面對現實，於是，擦乾眼淚，派兩位潛水夫，立即回家通知何二嫂（母親）。購置一口上好的棺材來收斂，順便買些祭品，以及若干人的食物用品和工具，總算安排妥當了，選定在河邊的小山崗上安葬。落葬時，她看著棺材出神地想著：國家培養他成為鐵道學院的高材生，他還未為國家效勞，未作出報效身先死，國家是有損失的；他父親領養他是希望他傳宗接代，興家立業，可他竟一事不成，就去世了，這是他家庭的損失。其實她知道損失最大的應該是她自己，因為在何純心目中認為最值得敬愛的人是楊文。楊文相貌堂堂，文質彬彬，風流瀟灑，舉止雍容，滿腹知識，才華橫溢，滿腔熱情，助人為樂，更抱著為國家建設事業作出貢獻的雄心。它的點點滴滴都使何純敬愛。因而，何純心裡曾想過以身相許，永不分離。但楊文的聰明只用在學術上，對男女之間的情愛就一竅不通，笨頭拙腦，憨直厚道。有一天黃昏，他倆在河邊散步，晚風拂柳，花香四溢，夕陽斜映，戀人相依。

何純挽著楊文的手說：「今天媽媽強迫我去相親，不敢違命，不得不順從，但我十分不願意，我想請你幫我出點主意，使這事態今後不再重演，你有何良策？」

「能有什麼良策？相親是件好事，就按你媽媽的意思去辦便對了。」

「我去相親你不感到痛惜嗎？」何純有些氣憤的質問。

楊文不覺察何純的氣憤，還很高興的答道：「你能找到如意郎君，及早建立美滿幸福的家庭，我心中很快慰，祝賀你還

來不及，何來什麼痛惜？」

「你的為人一生聰明，但對這些事，卻是人頭豬腦。尚未問及相親的對象是什麼人，竟肯定是如意郎君了；還未結婚成家，卻確定人家美滿幸福。你學過未卜先知術嗎？」何純幾乎是憤怒了。

楊文卻平靜地答道：「未卜先知術我倒沒學過，但你竟然提醒了我，請問你相親的對象是什麼人？能說出來讓我作參謀嗎？」

「明人不做暗事，當然可以坦誠公開說出來：他是去北京讀書的大學生。」

「這般說來，太好了。讀過大學的人，有學識、有見解，前途無量。你和你媽的選擇很對。我預祝你家庭幸福，白頭偕老。」

何純聽了他的祝福，感到啼笑皆非。對這個愚蠢的聰明人，褒也不是，貶也不是，如之奈何！只得說：「謝謝你的祝福。但我雖然看好他，而他心中並沒有我。把我看作是一朵白雲，任我隨風飄搖，我的去留全不痛惜，這般人頭豬腦的笨牛，我能和他白頭偕老嗎？」

「對對，這個人是真正的人頭豬腦，遇到這般善美的女子，卻不知可惜，任人隨風飄流，一旦被風卷走了，我估量這笨牛一定後悔一生，痛惜不及了。」

「你對我的評價太高了。其實我並沒有這般完美。他是個大學生，前程似錦，我只有初中畢業，一個代課老師，能配得上人家嗎？」

「一個人找對象，應選個性、愛好相近，感情和諧，對社會家庭的工作負責就夠了，不應用學位，職務和金錢來衡量、

攀比，這是舊時代的門當戶對，不可取。」

「你說的都有理。如果，我說的只是如果，我相親的對象是你，你就會關心我的去留了。遺憾的不是你，所以你就任風把我吹到天盡頭去！」

「這，這⋯⋯」

「這，這什麼？我母親今天差遣我出來相親，目前我已完成了她的使命，該回家交差了。拜拜。」

聽了何純最後的談話，楊文似乎覺得恍然醒悟。方知何純以相親的方式來試探自己。她說的不關心她的去留的人是我，被罵作笨牛的人，還是我。我為什麼不能領會她的說話呢？真笨！

事情已經過去了，當時何純覺得笨頭拙腦的是楊文，現在想起來，真正笨頭拙腦的該是自己，由於傳統思想的局限性，受舊禮教的束縛，保持女性的矜持，不肯主動向楊文提出婚姻要求，錯失良機，才造成目前的有緣無份的結局。因此事，後來有人向何純提出：「你還算明智，當初如果你提出與楊文結婚，現在你就成為一個真正的寡婦了。」

何純說：「如果當初完了婚，現在固然是寡婦，可一直未結婚，現在依然是寡婦。因為我覺得在這世上無人可取代楊文在我心中的位置，我已決定終身不嫁了。」

這是後事，暫且不提。目前，楊文在棺材裡，與何純相距只有咫尺間，但已是遙遠的陰陽之隔。昔日之情今何在，悲歡往事如雲煙，正是人生多少事，都付笑談中！歎人生如夢，醒來方知一場空。眼下天色已晚，朝著寒江冷月，莽莽原野，對著寂寞松林，新墳孤塚，舉杯醇醪，酹向墓前，奠祭亡靈，以表寸心！

他鄉遇故知，暢談闊別；
飛賊鬧貴陽，滿城風雨。

話說回頭，在 1968 年春，文化大革命已進入新高潮，南寧滿街都有人做些小生意。楊浩已離開郊區建築隊沒有工作幹，正在閒居悶得慌，有朋友介紹說：「聽說從南寧購進鐵夾（一種捕野獸用的鋼制工具）運往貴州販賣很賺錢。」

在賺錢的誘欲下，楊浩立即著手去籌措。將貨物運到貴州水城，果然很快售完了。賺了一些錢，在歸途中，想順路在貴陽逗留，以便觀賞貴陽風光。

在火車上和一位坐在對面的乘客閒聊：該乘客說「聽口音，你不是貴陽人吧，到貴陽有何貴幹？

「遊玩，」

「現在貴陽很不安全，你不知道吧。」

「怎的不安全？」

「聽說近來貴陽來了一夥飛賊，在百貨大樓倉庫裡偷走了價值成萬元的商品。據說這夥飛賊能飛簷走壁、穿牆過門，進堂入室，如入無人之境，真是神出鬼沒。連保管嚴密的倉庫，也阻擋不住他的行蹤。更何況是私人住宅和賓舘，所以你在貴陽逗留，必須小心謹慎為好，免得失竊，至使難堪。」

「這夥盜賊，不 管財物數量，大小通吃嗎？」

「也不見得，現在所知的只是百貨公司的失竊案，民間失竊的事例還沒有發現。」

其時，有幾位乘客也來湊熱鬧，七嘴八舌的議論起來；有人說：「 普通人每月工資僅是三」四十元，成萬元的盜竊案，當然是大案了，公安部門豈能放鬆不管？」其中一人說「當地領導和管治安的人，大部分被打入走資派，不是靠邊站，就是被奪權，或者被揪鬥，簡直自顧不閑，那能全力來處理這些事？所以這些盜賊才能猖獗起來！」

「那麼貴陽己亂成一團糟了。」

「說來也奇怪，自從飛賊來了，車站和城區的失竊案卻減少了，這是員警透露的。」

「不管怎祥，我還得謝謝這位老兄對我的關心和提醒。總之，在貴陽我加倍小心便是。」

下午，楊浩在貴陽站下車，找了一間小客店住下。當出街找飯店吃晚飯時，在街上偶然遇見楊威。見他衣衫破舊，穿一雙過時的舊膠鞋，憑裝束來看，好似是一位樸實的農民，但精神形態並不憔悴，兩目炯炯有神。他見了楊浩，緊握著楊浩兩手久久不放，喜悅之情，充分洋溢在臉上。

「怎的在此能見到你！」

「正好，我想找個地方吃飯，不如我們一起喝兩杯酒，以慶賀我們在此相會。」

楊浩說著，兩人已進入餐館坐下，酒菜也送上桌了。「真是意想不到在此能見到浩哥！世間上，還有什麼事比我們兄弟在遠鄉相見更歡快！」

「看你樂得快忘形了，其實見到你我也十分高興。」

「豈能不高興！這一年來，我很渴望見個親人，但連半個熟人也見不著。今此一見，確是人生一件快事。浩哥，你是何時到此的？」

「幾個鐘點前才到。今次我是販運鐵夾到水城出售，很暢銷，也賺了一些錢。趁著歸程，順路在貴陽玩幾天，不料在此見到你，真是歡快之事，接踵而至。」

「浩哥，怎的你竟幹起生意來了？」

「前些時間，我和劉芬正式結婚了。岳父囑咐，婚禮一切從簡，無需設宴請客。可是，即使最簡單，傢俱、新房、衣服、床上用品等都需購置，花錢。在建築隊裡收入雖然穩定，但工資低，無多積累，所以才做起一些生意來賺錢，彌補結婚時的虧損。做生意，一般個人不能領營業执照，因此，是無證經營，風險大，隨時被沒收貨物和被罰款的危險。但賺錢快，我只能鋌而走險了。」

「那麼你結婚時虧欠多少錢？讓我馬上代你補償。」

「你幫補償就不必了。現今我做生意所賺的錢已足夠填補虧空。你的幫助，我心領了。謝謝！」

「一年多不見，你竟然客氣起來了。我倆是兄弟，說什麼謝謝！記得以前，我砸傷王大球，還是你代付湯藥費，才能把此事平息，我都不言謝。」

「當初你還年輕、氣盛、不懂事。為了把事情調解，我才這樣做，事已過去，不再提啦。」

「其實因此事，我也算是因禍得福。我逃回鄉後，得到石老師、玄師傅和文哥的教導，使我文學和武功，全得到飛躍的進步。為此，我很懷念他們。不知他們的近況如何？」

「玄師父和石老師一切正常，勿用懸念。只是文哥于去年

深秋已經過世了。」

「什麼！文哥過世了？」楊威顯得十分驚愕，問道；「是怎麼過世的？只怨我出來漂泊太久了，不能見他最後一面，他病痛時，又不能服侍，很內疚。文哥是天下最有知識的人，我在他身上學到了不少知識，如地理、歷史、文學、英語、處世哲學等。除了數、理、化我不愛學之外，如果我也愛好，他或許仍能指導的。這樣一個滿腹知識的人，英年早逝，死得這麼早，太使人可惜了。他是我們的兄弟，可我對他，像父親一樣看待和尊重。今突然聞到他去世了，怎可不悲傷！」

「在他的指導下，我也學到不少知識，你對他的愛戴，尊重、懷念，我亦有同感！至於他的死，不是患病難的，而是在批鬥中被吊死的。當時我也是外出務工，不在現場，是後來才聽人說的。可是，即使在現場，我也無能為力，無法挽救，真是愧對文哥了。」

「這班批鬥文哥的雜種，簡直是無法無天！草菅人命，如果我在場，立即去控訴他們。」

「控訴也沒有用，有關部門的領導都靠邊站了，有誰來管？」

「文哥死得很可惜，而且太冤了。以後我一定找機會為他申雪沉冤。」

「不管以後怎麼樣，橫豎文哥的死，都是我兩人不可彌補的損失。為文哥申雪沉冤，我也會參加的。現今再談一些眼前的事吧，阿威，你的近況混得還好嗎？」

「很好，算是脫貧了。」

「當我初見你時，覺得你穿著樸素，內心還很擔憂你未解決溫飽。」

「出門在外，衣著樸素一些，免得惹人注意、嫉妒，招來麻煩，這是我一貫的習慣。」

「這樣很好。做人不太張揚，低調過日子，也是一種美好的品德。」

此刻有幾個食客進店來，在隔鄰台坐下，他們幹了幾杯酒，話匣子就打開了。其中一位約三十幾歲的人說：「你們知道嗎？飛賊自從拿了商業部門約兩萬元的商品，連影子都不讓人見，只留下「鬍鬚威」三個字。可昨夜他向警員亮了一次相，可惜最終未能將他逮捕歸案。」

「三叔，此消息可靠嗎？「鬍鬚威」既然被警員看見了，他還能溜掉？槍不是吃素的吧，我不相信。」

「信不信由你。反正是參捕人員透露的消息。」

「巧二哥，請先不頂嘴，且聽三叔說完，究竟是怎麼回事。」另一個青年說。

叫三叔的人繼續說道：「據說，事情是這樣的，前天，約于淩晨4點鐘左右，紗布公司二樓黑燈瞎火，忽然間，燈火通明，伏在大廳角落的兩名警員，見一個高大身軀，光腦袋，滿臉鬍鬚，眼如銅鈴的人，站在貨架前，櫃檯後的售貨道裡想作案。「不許動，你被捕了！」距離作案者十幾米的兩個警員用手槍指著他。他借著櫃檯的掩護，縮身到櫃檯下，警員沖到他剛才縮身的地方一看，不見蹤影。其中一個警員警惕地見不遠處有一個燕子窩陽臺，立刻沖出陽臺查看，也沒有人。他吹起警笛，埋伏在街上的警員走了出來。即大聲問道：「有人從這裡逃下去嗎？」

「沒有」街上警員答道。於是，他又轉回售貨廳，和另一個警員進行搜查。凡能藏人的角落都搜遍了，還是不見人影。只得再次吹起警笛，集中所有警員，從一樓至三樓的營業場所

全部搜查，也無收穫。」

　　剛才有疑問的巧二說：「我不相信飛賊能飛天，還會遁地。他畢竟也是人，哪來這般神通？」

　　「這是事實，逮捕不到飛賊，自然只得收兵了。大家都覺得很奇怪吧。」

　　「確是奇事。關於飛賊的傳聞，還有一椿。飛賊本是危害社會的壞人，但我聽說，前幾天他竟然做了一椿善舉。」另一個青年說。

　　巧二問：「什麼善舉？」

　　「據說：解放西路有個叫張開業的，是街道機械廠工人，也是我的朋友。他父親患急性胃穿孔，在醫院急需手術。如果不及時剖腹縫合傷口，該病是致命的。可是他沒有錢，前幾天寫了一份賣屋啟事張貼出去，可沒有顧主，湊不到錢，所以到處求借，我本人也借一些錢給他。結果他只能借到 20% 的手術費。性命攸關，只得匆匆趕回醫院，欲先交這 20% 的款，先動手術，動完手術後，待他把住宅賣出，再補交欠額。醫生對他說：「在這幾小時內，你應儘快籌備手術費吧，遲則，讓胃裡的內容物流出腹腔，就麻煩了。幸好，眼前他的胃很空，所以始能延遲一些時間，不然，早就成問題了。 張開業聽了這般緊急的勸告，正在急得頭代腳行的時候，依然是一籌莫展，就在此刻，醫院收款處來通知，說手術費已有人代交了，叫張開業作為家屬去簽名，就可進入手術室了。手術亦很成功，十數天后，即痊癒出院了。

　　為此事，張開業心裡很納悶：手術費金額不菲，誰這般慷慨解囊，搶先來付費？真是及時雨啊！他到收款處查詢，見交款人簽名是威哥。他想了半天，從親戚、兄弟、朋友和所有相

識的人，都沒有威哥這個人。他和父親兩人一起想，也找不出和威哥能掛上勾的熟人。最後才想起：據說飛賊作案時，在案發現場竟留下「鬍鬚威」三個字。由此看來，應該是他了。但和他素不相識，他為何施與援手？

為此，張開業父子兩既慶倖又擔憂：慶倖的是：病痊癒了，生命得救了；擔憂的是：這事如果是飛賊「鬍鬚威」所為，將來他來加倍索還怎麼辦？

不料幾天後，他接了一封本市來信。信上說：祝你父親早日康復。關於醫藥費用，我已代付，日後你有能力償還，我會派人去取；如果永遠沒有償還能力，就永遠不用還了，請放心。此信示名也是威哥。

張開業收了此信，竟喜出望外，還向親友展示。稱讚威哥的善舉。警員曾幾次找他談話，想從中瞭解他和威哥的關係。當然，他一無所知。大概為了辦案需要吧，警員把信拿去了。至今未有下文。」

「依你所說，威哥不一定是「鬍鬚威」。威哥做好事也許與鬍鬚威無關。鬍鬚威本來就是壞人，是危害社會、擾亂治安的罪魁禍首，他豈有幹這般善事的。他理應受到懲罰。大家看，他作案時，留下「鬍鬚威」三個字，這是藐視公安人員，氣焰何其囂張。倘若他被捕，我還是支持嚴加處罰，不可寬恕。」巧二慷慨陳詞。

三叔卻批駁說：「你認為他作案示名，是氣焰囂張；我認為他是敢作敢為，敢於承認，一人做事一人當。免使辦案人員東懷疑、西懷疑，涉及無辜，冤枉他人。此外，我還需奉勸你巧二哥，今後在公共場所說話要謹慎一些為好，飛賊神通廣大，無處不在，如果他在這裡，聽了你這番批評的話，懷恨在心，

今晚即飛入你家進行報復，怎麼辦？」

「別人怕他，我倒不怕，因為正義在我這邊。」

「匪徒還會和你計較正邪的嗎？不過還好，從未聽說鬍鬚威私闖民宅的傳聞。他不會因幾句說話，就闖民宅殺人的。」

第二天，楊威陪著楊浩玩了一日。先逛街觀看市容，再到黔靈公園遊覽，晚上邀請楊浩到住地吃飯。

住地前面是一堵破敗的柵欄門。門內是一幅廣場。廣場正面是一棟四間門面兩層的樓房，以前該是辦公和開會的地方。樓房再後面，是幾座棚屋，看來以前是車間。估計此地原是工廠，曾經興旺熱鬧過。可現在顯得有點破敗，寂靜、荒涼了。楊威攜著楊浩進入樓房中間的大廳裡，廳中間擺著一桌豐盛的酒肴。廳裡有七八個青年在說笑，他們見楊威領著一個人進來，笑聲忽然停止，恭敬地說：「大哥回來了，請就座。」

「兄弟們，今天辛苦大家了。」楊威舉起一邊手向大夥致意，一邊手牽著楊浩到主席座前。

「大家就座吧，我向大家介紹，這位是我的哥哥，名叫楊浩，來自廣西南寧，他的知識比我高，閱歷比我深，武功比我強，我所學的一切都是他教導的，大家認識他，日後必有很多教益，大家一齊歡迎他蒞臨指導吧。」

大家鼓掌後都坐下來共進晚餐，席間，大家對楊浩很尊敬，散席後。楊威和楊浩回房間飲茶，兄弟間闊別一年多了，免不了促膝夜談。

投親不遇，身處困境；
千里有緣，一見鍾情。

「你是什麼時候到貴陽的？手下還有一幫兄弟，看來你活得很成功了。」

「不說猶可，說來話就長了。」

於是楊威便從在家鄉大家歡度中秋節時談起：「中秋節散席後，你和劉芬駕車返南寧，半夜李昌研兩度來檢查戶口。來第一次已經讓他撿查了，第 2 次來時，我拒絕檢查，並打掉了張三的一條大牙。估計李昌研為了顧及面子，必然來一次嚴厲的報復。文哥擔心我吃大虧，即勸我逃離家鄉，暫避風頭，且給一塊名牌表做盤纏。豈料那次分別，竟成了最後的離別，當他把手錶遞給我時的關心情形，至今我還歷歷在目，此情此景，現在無法再見了，實在使我十分悲傷。

離家後，我本欲往柳州投靠你，找一份工作幹，來度日子。不料你在柳州的工程已結束，全隊人已經轉移。在投親不遇的情況下，只得暫住下來另尋出路。可住了成十天，什麼工作都沒找到，內心暗想：那麼大的一座柳州城，竟然找不到立足之地，我太無能了。眼下我已是孤軍作戰，舉目無親，前路茫茫，一邊是懸崖，一邊是深淵，稍一失足就不堪設想，要活下去，非

得打醒十二分精神，加倍努力才行。可在現實中下一步怎麼走，現今處境像是在十字街頭，走回頭路返南寧回家鄉，這是雙黃線加紅燈走不得。跑雲貴、走三湘、下廣州，全是人生地不熟，真是路漫漫兮，何以求索啊！現在盤纏也將告罄。從費用的角度上估算，連柳州也無法久住。正在一籌莫展之際，忽然想起前些天有人說起柳侯公園，有些樓房和亭台要建，園藝也在招工。我也知道，沒有證件，想和單位打交道是不容易的，可現在已處在山窮水盡的境地，只得硬著頭皮去碰碰運氣。於是，著裝打扮，到公園辦事處探詢，辦事員說，請問：「你是來自什麼單位？」

「來自南寧郊區建築隊。聽說貴公園有些建築工程要建，我是來承領工程的。」

「這裡確實有些樓房和亭台要建。你既然來領工，請把個人介紹信和單位經營證的影本帶來，以便簽訂合同。至於細則及單價等，我們雙方在另一會議上，共同協商。」

楊威離開公園辦事處時心想，郊區建築隊是自己信口說出來的，根本不存在。只怨自己不自量力，沒有任何證件盲目來聯繫工作，落得浪費時間。我心灰意冷地在公園閒逛，偶然見有一位很漂亮的女郎在一張石台旁坐著。

我走過去：「您好，尊敬的女士，我走累了，可以在這兒坐一會嗎？」

那女士見是一位衣冠楚楚、身材魁偉、風度翩翩、彬彬有禮的美男子，內心已有三分愛慕。「當然可以，這是公共的地方，任何人都可在此休憩的。請坐吧。」

於是，楊威道了一聲謝，在她對面坐下。女士說：「同志，你也是來遊園的吧？」

「我是來聯繫工作的。工作結束了，順便來遊園的，聽口音你不是本地人，請問仙鄉何處？」

「你能辨別口音，那你猜我家鄉在哪裡？」

「恕我瞎猜，憑語音應該是湖南的。」

「你猜對了，我正是湖南岳陽人。」

「你家鄉岳陽？岳陽是個好地方。」

「你到過岳陽嗎？」

「沒到過。曾在書本上流覽過。」

「那你很瞭解岳陽了。」

「很瞭解也談不上，但粗略情況是略知一二的。岳陽位於洞庭湖畔，魚米之鄉，臨湖有座岳陽樓，是我國三大名樓之一。素有「洞庭天下水，岳陽天下樓」的美稱。宋朝著名詩人黃庭堅寫下的詩有：「未到江南先一笑，岳陽樓上對君山」的名句，至今還在民間傳頌。毛主席南巡時，也留下墨蹟：「昔聞洞庭水，今上岳陽樓。吳楚東南坼，乾坤日夜浮。親朋無一字，惡病有孤舟。戎馬關山北，憑軒涕泗流」。岳陽樓對面相望是君山。相傳舜帝南巡，崩於蒼梧之野。引來了娥皇、女英二妃，二妃在君山哭祭舜帝，淚灑攀竹，至今君山班竹的斑文相傳就是當年二妃留下的淚跡。二妃歿于江湘，葬於君山，至今還存留著湘妃祠、二妃墓，讓人們瞻仰。君山還有柳毅井，飛來鐘……。總之，岳陽的名勝古跡很多很美，湘鄉又出了很多偉人，如毛澤東，劉少奇，彭德懷，胡耀邦……數不勝數，真是人傑地靈，你生長在這般美好的地方，難怪你有著天仙般的美貌。正如鄉諺說的：「山美水美人更美，正好印在你的身上了。」

該女士聽了這番話，內心很佩服他的學識，尤其是最後的讚美和恭維，使她更是欣慰：「你對湖南岳陽真是瞭若指掌，就

著地理，且談古說今，可見得你的知識很廣博。我想趁此機會，順便再請教你另一個問題，未知願否賜教，」

「什麼問題？」

「關於這所公園為什麼用「柳侯」來命名？」

「本人才疏學淺，既然不惜下問，我只得做粗略解答了。柳侯是一個人，名叫柳宗元，字子厚，唐朝河東人氏。進士出身，官至監察。後來貶至永州當司馬，再徙柳州刺史。他不但是政治家，也是全國的著名詩人，過世後，諡柳侯。後人在此間，為他修建一座柳侯祠，還有一座柳侯墓。據傳墓裡沒有遺骸，是座衣冠塚，僅供後人瞻仰。因此這公園就用柳侯來命名。」

「你的學識很淵博，對歷史地理都很熟悉，非常敬佩。今天認識你，真是三生有幸。你的精彩談話。使我增加不少知識。你也不是本地人吧？我想領教你家鄉貴處？尊姓大名？怎麼稱呼？」

「敝姓楊名威，人們慣稱阿威，你也跟著叫阿威吧，是南寧人。」他不想把家鄉的真真實位址告訴別人，免找麻煩，

「我也未請問小姐芳名，請恕諒！」

「我叫王飛雲，人們叫我雲姐，你也叫雲姐吧。我在貴州工作。」

「那麼現在你是由湖南來，往貴州去嗎？旅程相距幾個省這麼遙遠，你一個女子獨行，你的家人能放心嗎？」

「路途雖然遙遠，但現在交通方便，在家鄉上車就到柳州，到柳州轉乘車又到目的地了。家人有什麼不放心？如今我乘著轉車之便，在柳州玩一兩天才耽誤些時日，不然我早已回到目的地了。不過也好，有幸遇到你，得到你很多賜教。如果有空，我們一起去遊園吧」

「也好我們一起去柳侯祠瞻仰一回如何？」

「很好。剛才聽你對柳侯祠柳侯墓的介紹，我正想去一遊，那麼我們走吧。」

他倆在林蔭道上行走，空氣清新，涼爽宜人。綠楊垂柳，鬱鬱蔥蔥，鳥語花香，曲徑通幽。他倆衣飾華麗，好像在花叢中的一雙彩蝶翩翩飛舞，令人豔羨。

「你在貴州什麼地方工作？很好吧？」

「單位屬安順管，現工作在關嶺。在百貨商店做售貨員。」

「售貨員很好！能保持你原有白裡透紅的肌膚，珠圓玉潤的體態，應歸功於這份好的職業。」他奉承的說。

「太誇張吧。其實我在關嶺經常外出曬太陽。」

「關嶺是一座小縣城，如果不幹體力工作，外出能往那裡去？」

「你到過關嶺？」

「沒有到過。可是在地理上也略知一二。」

「那麼你對關嶺也熟悉了。」

「關嶺是取關索嶺為名。以前，以永寧縣改置，和黃果樹瀑布相鄰。關索嶺勢極高峻，是滇黔通道，為扼守要地。後漢三國劉備、諸葛亮南征時，關公──關雲長曾駐軍關索嶺。諸葛亮收編孟獲時，七擒七縱就是在滇黔之間。關索嶺上有座關索廟，廟左側有一穴墳墓，叫貪花墳。傳說在明清時有一對青年男女為了反抗家庭，父母包辦婚姻，爭取自由戀愛，離家出走。因新思想抗拒不了舊禮教，走到此處就死亡了，無人為他埋葬，豈料在幾天時間，有數以千萬計的螞蟻給他掩埋了。以後無人拜祭，只有過路的人為圖吉利向墳墓添上一撮土或一塊小石頭，據說，誰這樣做，亡靈就會保佑他一路平安，婚姻美滿，因此，

至今關索廟已經是斷牆敗瓦。而這座墳墓代表著自由戀愛的象徵，依然屹立著。當然這只是民間傳說，不足為據。」

「關嶺雖然是我工作所在的地方，你卻比我更瞭解，真是足不出戶能知天下事，實在使我敬佩。」她內心暗想：阿威其人，國字臉、劍形眉、鼻直口方，相貌堂堂，舉止得體，英俊瀟灑，滿腹知識，才華橫溢，風華正茂，口若懸河，言談不凡。在她心目中是一個不可多得的意中情侶，內心很愛慕。

他們一面說一面行，不覺已到了柳侯祠。參觀了一圈再拜柳侯墓。楊威少不了在每個點再作詳細講解。在墓後不遠的地方，有一幅開闊的場地，週圍有一片樹木，有很多人在那裡唱歌跳舞，做各種各樣的娛樂活動。他倆在場邊選了一張排椅，緊挨著坐下，楊威把身子挪開一點，保持兩個人之間的距離。

「怎麼了？你嫌我生得醜，不配和你一起坐，讓你丟人嗎？」她裝作很生氣的責備。

楊威感到很抱歉，只得說：「不是這個意思，你看，許多人向我倆投來羨慕的目光，以為我們是一對戀人，情侶。我倒不介意，可你是一位高貴的女士，被人誤解就不好受了。我是為了避嫌，請恕諒。」

「他人誤解就讓他誤解去吧，我偏不怕。」

她說著就乾脆放縱地依偎在楊威的胸懷裡。楊威不得不伸出兩臂，從她背側面抱著她的雙肩。只見她閉著雙眼靜靜的依偎著，不知她是因為走累了閉目養神，還是默默的享受互相依傍的情趣。

楊威心想，今天本來想找工作，工作找不到了，不料竟遇到這位如花似玉的女子，而且結伴遊園，現在又把他抱在懷裡，使人意足情滿，真是「失之東隅，收之桑榆。」這意外的收穫，

人生幾何！

　　他輕輕的撫摸她的雙肩，細細的觀賞她的容顏，見像蘋果般的臉頰白裡透紅，十分誘人，情不自禁的在她頰上親吻一下。

　　她輕微睜開眼，含情脈脈的看一眼楊威，又繼續閉目依偎著。

　　夕陽西下，他倆才離開柳侯公園，在街上走到一家比較大的酒店門前，楊威說：「是晚餐時間了，我們在這店進餐吧。」

　　楊威原本很早就想提出邀請她吃飯，只因經濟拮据，故遲遲不敢提請。但內心暗念，連請女友吃餐飯都沒有能力，還算什麼男子漢，稱什麼本事，是男子漢的所為嗎？在思想鬥爭中，好強戰勝了懦弱，所以決定邀請共進晚餐。

　　兩人步入餐廳，到服務台前，雲姐問服務員：「有小廳嗎？」

　　「有的，但要收廳費。」

　　「收費不成問題，大廳人多，聲音嘈雜，不清靜。」飛雲毫不計較地說。

　　楊威本想在大廳簡單點幾碟菜充饑便了，不料飛雲卻要開廳。開廳就開廳吧，即使明天沒錢開飯也得打腫臉皮，充胖子，不要丟臉，世上沒有我楊威過不去的坎。小廳裡倒很清靜，無人干擾。

　　酒菜上席了，雲姐舉起酒杯，說：「今日有幸相識威哥，歡快的度過一天，為慶祝我們初次相見，共同乾杯吧。」

　　「好，乾杯吧。」

　　雲姐繼續說：「今天聽了威哥的幾番高論，使我增加了不少知識，如果日後能得到你長期賜教，定然使我有很大進步，遺憾的是我明天就往貴州去，此一別，不知何日再相見了？」

　　「那你不能多住幾天，讓大家盡情玩個夠？」

「不可能的，因為我前天已預購了車票，以後如果你有時間請專程到貴州與我玩，我會作為上賓接待你的。」

「你的熱情邀請，我很感謝。其實人有悲歡離合，天下沒有不散的筵席，我們這次離別，在常理上是必然的。可從感情上來說，我實在捨不得。我們雖然是萍水相逢，但我總覺得好像是深交多年的摯友，在茫茫人海中，難得一知己。今日始相逢，明天又別離，你不感到痛惜嗎？為了吝惜一張預購車票，就匆匆決定遠別，雲姐，你太狠心了。」

「你把我當做摯友，視為知己，令我既感欣慰，又覺慚愧。其實我也很仰慕你的才華，只恨相逢太晚，我亦不願就此離別，但因工作需要，所以不得不割捨了，請見諒。」

「那麼，我們的離別，在所難免了，為此我倒有幾句不成熟的順口溜，如若不嫌陋俗，就留給我們做留念吧。」

「請說。」

於是，楊威即席朗誦：「柳侯公園甫相見，龍城酒樓設離筵。一杯醇醪為君餞，兩行離淚訴別言。今朝結下相思怨，何年再續重會緣。東去伯勞西飛燕，別離人對奈何天。」

朗誦畢，雲姐說這幾句順口溜很中聽，請再念讓我錄下來。

楊威處事，本是個敢想敢乾爽快的人，現在趁著幾分酒興，膽子更大了，更直率了。聽了雲姐以上幾句言論，當作是她的肺腑之言，竟離開座位，走到雲姐座旁，說：「既然你也不想離別，那就和我回南寧吧，讓我來照顧你的下半生，我會給你幸福的。」他說著一邊牽拉著雲姐站起來，隨即緊緊的把她抱在懷裡。大家沉默了一會兒，「嫁給我吧，我會愛你一生的。」

雲姐本來早已看上了楊威，在公園裡投懷送抱時，表面上是為了讓周圍投射羨慕目光的人而賭氣，實際是在眾多人面前

展示她能擁有如此一位才貌雙全的情侶，以滿足內心的自豪。眼下見他提出求愛，實是正中下懷。不過作為一個女士的矜持，故作姿態的說：「感情這事，來的這般突然，容我考慮考慮再說吧。」

　　這時，楊威借著酒精的興奮，醉眼朦朧看著雲姐白裡透紅的臉蛋，唇紅齒白，含情脈脈的丹鳳眼，中間夾著一個正直秀麗的鼻樑，隆起富有彈性的胸脯，使他情懷頓開，激動得一發不可收拾。薄弱的理智，抑制不了濃厚的感情，情不自禁地加緊抱著雲姐，像跳交誼舞般慢慢移動。她也半推半就地跟隨到沙發前。就這樣在餐廳裡沙發上，男歡女愛發生了關係。事後，楊威發現雲姐已不是處女。心想，事情已發展到這地步，只可怨自己太魯莽，不瞭解情況就草率行事，咎由自取，即使戴一輩子綠帽，也要對雲姐負責，不能因不是處女便把她拋棄。

十字街頭迷航向，
幸得佳人引路途。

雲姐雖然不是處女，可楊威還決定對她負責。

當他們重新回到席上時，雲姐說；「威哥，我想請問你：今次你來柳州有何公幹？」

「說來很慚愧，我是來找工作幹的。」

「找什麼工作？」

「建築工程。」

「單位派你出來，那你是單位的領導人或是技術人員吧？」

「不，我只是一個普通工人。此次找不到工作，連工人之職也被撤銷了。」

「騙人。你有這般廣博的知識，去做一個普通工人，不是大材小用麼？你以前是哪所大學畢業的？」

「你太看得起我，並且高估了。我沒有進過大學，初中還未畢業就輟學了。」

「你撒謊，騙鬼吃豆腐。我是高中畢業生，在校成績優秀，可我覺得知識上，比你有著天差地別，自愧不如。怎麼一個初中還未畢業的人，能有如此淵博的知識？」

「我說的都是實話，其實知識不一定全憑在學校才能學到，

社會、家庭也應起著很大作用。我們偉大領袖毛主席只是省師範生，後來卻成為全國，甚至全世界的政治，軍事家。當然，我不可妄自尊大，與主席相提並論，只是舉個例子罷了。確實我在家裡，除我之外，全是有學識的人。平日耳濡目染，也學會了一些皮毛知識。」

「原來是書香人家，難怪有這麼高的學識。此外，據你所言，你連一個工人的職務，即將被撤銷了，今後作何打算？」

「對今後的安排，還未作出決定，先回南寧再想辦法。總之，船到埠頭水自開，不愁無路可走。」

「你的家人呢？」雲姐欲探詢他的妻子情況。

「父母已亡故，兄弟又各走西東，只剩下我孤身一人了。」

「剛才你主張我和你一起回南寧，目下你竟然毫無打算，回南寧後的日子怎麼過？到時能養活我？」

「我自有辦法，請放心，你和我在一起，定能保你一生幸福。」

「我相信你，憑你的智力、體力，都非尋常，前途一定光明遠大。但在現實生活中，為了過得富裕，還需周密籌畫，努力實幹，才能闖出一片新天地，要達到所想追求的目的。光憑「自有辦法，保你一生幸福」，幾句口號式的言論，對實際生活是不濟事的。根據目前的情況而論：你曾勸我拋開工作，與你回南寧，我想，倒不如你和我往貴州。你不是說過想找建築工幹嗎？我所在單位正在新建商業大樓，和職工宿舍，如果你不嫌棄這種工作，我可以推薦你臨時參加該建築隊，工期起碼有一年時間。這樣，比起我們兩人都在南寧失業還合算吧。」

「你的安排固然很好，能和你在一起，而且有工作幹，我當然絕對贊成，」

「那麼我們明天一起出發吧。」

「明天出發？我未能走，你先走吧。遲幾天我前往找你。」

雲姐擔心他嘴裡雖然許諾，心裡卻不一定前往，「為什麼不一起去？」

「因為我未有攜帶去貴州的盤纏，又沒有往貴州的證件，需要回南寧一起取來才能解決。」其實，他心裡明白，回南寧，既拿不到盤纏，也拿不到證件，只因眼下身無分文，如何動身？只得敷衍過場了。

「我以為是什麼大事，原來是證件和盤纏問題。因此事回南寧再往貴州，幾番轉折，太麻煩了。這樣吧，你的旅費和一切費用我全包，到貴州在我家住，在我所在單位工作，有誰來檢查你。反正你也不是壞人，有無證件都不要緊，請放心。」

「不，我必須回南寧去，你的錢我是不可用的。」他口頭上雖充硬漢，但心裡明白，回南寧只能等死，什麼證件盤纏，只是一張空頭支票罷了。

「我們的關係已非一般，經濟上還分什麼你我？」

「我們的感情剛剛開始，就用你的錢，天下人會笑我是吃軟飯的。」

「我知道你很有骨氣，不願讓人說閒話。既然如此，錢就算是我借給你的，日後做工領到工資時，然後還給我好嗎？」

楊威見她說得這般誠懇，而且內心又希望她能這樣幫助，總算默認了。

雲姐繼續說：「還有一件事必須告訴你，今晚我兩人的事只能作為過去，我們是不可能結婚的。只恨相逢太晚吧，我已經有丈夫了。你到貴州後，我們只能以姐弟相稱，不能以情人的姿態出現。」

「天哪，原來你已經結婚了。如此說來我更不能和你去貴州了。無意中做了你們的第三者，破壞了你們美滿幸福的家庭，依情依理都不容。罪過、罪過。」

「自責也無用，這事也不能全怪你。因我事前不向你說明白，才使你跟隨錯誤下去。」

「不，這事責任在我。因為是我主動要求的」。

「事情已經過去了，誰對誰錯，責任歸誰，都不重要，好在無人向我們追究。現在且討論你目前的困境吧，我認為貴州你還應該去，這樣你的工作與生活都解決了。但必須謹記，以姐弟相稱就天下太平了。」

雲姐的丈夫名叫關山，是商業局副局長，40 余歲。現分管當地商業部門建築工程。因此，楊威很容易加入建築隊做臨時工。隊長很關照他，日間讓他和工友一起幹活，夜裡又安排他在工地雜物場守夜，可多領一份值夜費。其實在雜物場守夜很容易，雜物場周圍建有一堵磚牆，前面是一座門樓，場內堆放著建築器械和工具、鋼材、水泥、模板等物品，還停放著幾輛汽車和建築機械。日間有人在此辦公和上班，只在晚上工人下班了，楊威才去上班巡守。名義上去巡守，實際是關了大門上樓睡覺，天亮後交班了事，工作很悠閒。楊威就如此幹了幾個月，經濟上稍有積累。

在這期間，雲姐每月都有幾次來和他幽會。原本他很想避開和雲姐的接觸，擔心因此破壞她美好的家庭，更重要的是自己內心受到責備。但又不好意思拒絕她的情誼，也因無法抑制自己的生理需求。因此，這期間他是在理智和感情兩者之間的鬥爭中度過的。

有一天晚上十點鐘左右，他倆正在雜物場的門樓上幽會。

忽然間有人來拍門，楊威在窗口上向下看，見有兩個派出所的警員和關副局長帶著幾個商業部門的幹部立在門前。他驚愕了，對雲姐說：「他們是來捉姦的，我不能不走了。」

「周圍是圍牆，你從哪兒走？」

「我平日已留意到了，地下有一條排水道，可以爬行出去，水道出口有一扇用鋼筋做成的閘門。待我出去後，你把閘門放下關上，然後再去給他們開門。他們若問起你時，你就說我吃晚飯時，突然得了急病，忙乘車去安順（城市名）診治，因擔心小偷趁機盜竊，所以請你來頂班值夜。這樣說或許能敷衍過去的。

（17）

火車站老媼遭劫，
文化宮公園遇襲。

　　楊威逃出雜物場後，月黑風高，孤身一人，攀越關索嶺，度過黃果樹瀑布，跋山涉水，披荊斬棘，行走了一整夜。他一面奔走一面想；在柳州落難中，得雲姐把我帶來貴州，在此，住好、食好、工作好，這都是雲姐給予的，該感謝她。關副局長看在雲姐的面上，亦很關照。建築隊長為了照顧好局長的小舅子，對我也不薄，他們都是好人，該感謝的。可是，我和雲姐通姦，做了見不得人的事，極對不住關局長，內心甚感慚愧。幹了這些壞事，應該受到懲罰的。眼前，人雖然不罰我，而老天爺是不會放過的，今夜要我受跋山涉水之苦，或許就是老天爺對我的懲罰，我願棷受了，正如佛教裡有一句說話；「有幾多風流，有幾多折磨」，這該是報應吧。發誓今後不再幹這種壞事了。

　　天亮時才得乘車往貴陽。到貴陽火車站前的廣場上，忽然有人呼叫：「捉賊呀，他搶我行李包。」

　　喊話的是一個 60 多歲的老婆子，並指著遠處一個提著行李包逃跑的人。

　　楊威立即抄近路去追趕那個逃跑的傢伙。那傢伙因負著包裹，跑得很慢。看來就被楊威追上了。「站住，不許走。」楊

威吆喝著。

這人估計也跑不過了，只得把背包扔下，加快腳步逃竄。

楊威拾起背包，也不再追趕了。回到站前廣場，見許多人圍著失包的老婆子問長問短：「他怎能把你的包偷去？」

「不是偷，是搶。這包放在身邊，他突然過來將包搶去就跑。」

「包裡有什麼東西？」

「有幾件衣服和 2000 元。」

「你帶這麼多錢幹什麼？」

「我老伴在醫院治病，要預交費用。我在家東借西湊才籌得這筆款。誰知這沒良心的傢伙竟強搶去了。失去了這筆錢，我老伴死定了。他搶的不是錢，是我老伴的生命。」她說著，哭得聲淚俱下。

眾人異口同聲說：「這是救命錢，怎能隨便搶去？真是沒良心。」

「阿婆，這是你的行李包嗎？」楊威擠到人群中間，靠近老婆子放下掛包問，並打開包來取出包裡的鈔票，一數正是 2、000 元。

老婆子見了這個包，瞪著眼凝視著楊威，許久說不出話來，突然驚喜的說：「小兄弟，你怎能幫我追回這包？真的太感謝你了，你是我老伴的救命恩人！」

楊威把掛包還給老婆子，並親自把老婆子送到醫院才離開。回到街上，找了一家小客店住下，並打了一個電話回關嶺找雲姐。

雲姐說：「晚上來檢查的人不是來捉姦的，是來檢查外來人口。據說，凡沒有證件的外來人員，一律遣送回原籍。後來

我按照你囑咐的話說了，他們全不懷疑到有姦情。」

楊威知道雲姐一切平安了，便放下心來，說：「請代我向關副局長和建築隊長問好，並感謝他們在這期間對我的關照。還需向他們報告，說我所患的病，在安順醫院不能解決，需要回鄉——湖南——醫治。故此不辭而別，請恕諒。此外，你給予我的太多了，日後定當圖報。目前我不能回關嶺了，希望別後珍重。」

楊威內心念道：那天晚上幸好是歪打正著，如果不錯疑是捉姦，是不會逃跑的。不逃跑便被遣回原籍了，回了原籍，李昌研必然還要借著紅衛兵的幌子，報復我拒絕查夜，並擊落張三門牙之仇，說我不經單位批准，私自竄出外地搞野馬副業來折磨我，把我整到半死不活的。

楊威半夜逃離關嶺，是迫於自己所犯的錯誤而離開的，不是打算回鄉，所以還想逗留在貴陽，另謀生計。初步計畫是做些小買賣或搞小修理，包括修理自行車、鎖頭、手電筒等。但不管幹哪一行，必須和一位當地人合作方可。當地人雖然也不能領取個人執照，但起碼取得有關部門的口頭允許，才可經營。所以楊威一個外地人，是不可能取得任何單位口頭上允許的。必須找一個願合作的當地人方可？為此，他提出由自己負責全部投資，請一位當地人來做他的老闆，名義上自己是個受雇工人。當然實際工作是大家一起幹，所賺的錢平均分。

他打定了主意後，每天在客店、飯店、市場去多方探尋，尋覓合作者。可是尋訪多天，都覓不到人來當他的老闆。其中曾有三幾個人來打過交道，都說他們找不到許可單位，因此，全無成效。

一天傍晚，楊威在飯店裡自斟自酌，飲了幾杯悶酒，感到

百無聊賴，自個兒往文化宮河濱公園散悶。忽然，有兩個五大三粗的人出來擋道，不讓他前行。他只得向後轉，往回走。後面又有兩人把他攔住。他仔細一看，其中一個好像是前天在火車站搶老婆子掛包，後來被自己追回的那個賊。

「好狗不擋道，現在你們想幹什麼？」

「想教訓你。前天在火車站，你很威風。狗捉耗子，多管閒事，造成我們極大損失，現在該是你賠償的時候了。」

楊威練了幾年武，學得一身好武功，正愁無處使用，現在趁著幾杯酒興，正如俗話說的：「酒是威風，財為膽。」聽了他們蠻不講理地提出索賠要求，憤怒頓生，且覺得恰遇初試鋒芒的機會。

「搶了他人的救命錢，尚不悔改。現在要我來賠償，問過我的拳腳再講吧。「

「不賠償？給我打！」

於是 4 個人從 4 個方向向楊威進擊。

楊威雙臂撥開他們的來拳，一個箭步，吞身縮勢，像燕子穿雲般從他們兩者間的空隙溜出包圍圈，猛然躍起來，一招駿馬後踢，踢到其中一人的背部。只見他再用腳掌一撐，其人一個跟蹌摔倒到他對面的夥伴身上，兩人一起倒在地上。楊威立即回過身來，用一招力劈華山，在另一個人的耳邊劈下。

這一劈，力道很強，劈到他的左肩膀處，只見他「哎呦」喊了一聲，左臂立馬垂直抬不起來了。他用右手扶著左臂向一旁退下，大概痛得很重要，該肩膀不是骨折就是脫位了。

他們只剩下一個人，但此人很頑強，立刻抽出匕首，不顧一切的全力猛撲過來，亂刺亂戳。楊威手無寸鐵，只得退了兩步，左閃右躲，避開匕首的鋒芒。

　　這時開頭那兩個摔在一起的人起來了，也抽出匕首繼續向楊威進擊，三打一，且三人全操著武器，自然占著很大優勢。其中一個沖到前面，舉起匕首向楊威刺來。楊威迅速閃過，以電光火石般的速度，揮起一腳：「飛毛腿，」踢到他的手腕，他手中的匕首被踢飛了很遠。而另一歹徒已逼近揚威身旁，匕首將要刺到肩上了。楊威即來個窯子翻身，再用一招駿馬後踢，只把那歹徒踢翻在地上。最後一個歹徒，見幾個同夥被打翻了，也亂了方寸，只得持刀亂刺，以壯膽量。

　　楊威在沒有兵器的情況下，一面閃躲一面後退，其間也還擊幾次。這樣維持了十幾個回合，歹徒稍一拉空，楊威即趁機用一招八卦連環掌，打得該徒暈頭轉向；再一招推窗望月，便將此徒推摔地上，四仰八叉起不來了。

　　楊威並不過去追擊，不是懼怕他們，是不願加重傷人。摔下的人都盡力掙扎起來了。楊威以為他們再次組織進攻，只得嚴陣以待。不料其中一個說：「算他狠，等著瞧，我們走。」

貴陽收徒傳武術，
阿威勇鬥地頭龍。

幾天後，楊威在飯店獨酌，有個高瘦個子，儀錶很斯文的人到台邊坐下說：「朋友，獨自飲酒沒趣，我來陪你。」

隨著，店小二送來了新取的酒菜，他拿起酒樽往自己杯裡斟滿酒，再往楊威杯里加滿一杯：

「來，我們先幹一杯再說。」

「朋友？我們好像不相識，怎好意思接受你的酒？」

「有句俗話說，一交生，二交熟。誰是出生就認識的？有緣千里來相逢，無緣對面望不見。幹了這杯酒，我們不就相識了嗎？來，乾杯！」

「你很會說話，也說得很動聽。好吧，幹這杯酒，算是交了個新朋友了。」

「你如此豪爽，這朋友我交定了。未請教尊姓大名，貴鄉何處？可否賜教？」

「在下姓楊名威，廣西南寧人。」

「南寧到此很遠啊！未知來此有何貴幹？」

「我是個窮苦人家，來此是想找活路的。」

於是，他將自己投資，想請一個當地人作老闆共同工作，

共同分利的願望說個明白，並托他代尋願意幹的合夥者。

「好吧，你托我代查訪合作者，給予條件這麼優厚，應聘者應該不難找到。只是有關單位能不能發放個體經營許可證，這點我就無能為力了。按目前你的要求來看，只不過是想尋求一條出路。為此，我倒有一條生計可介紹給你，不知你願不願意幹？」

「你只管說吧。」

「我聽說你懷有一身好武功，現在我有四五個兄弟想學武，如果你同意傳授，他們想拜你為師。月薪 50 元，免費提供食宿。平日生活飲食，大家同桌吃，不分師徒，一律平等。未知尊意如何？」

「條件夠好了。工薪比普通工人還高，而且提供宿食，應該百分百滿意了。不過我還有兩點顧慮：

一、我年紀還輕，武功造詣太淺，經驗也不足，沒有為人之師的資格。學員們的年歲或許都比我長，他們能容許我這樣一個年輕、低能的師傅嗎？

二、學武功不是三朝兩日能促成的，用一年時間只能學會基礎，以後需要三、五、七年不等。依各人的天資而定，方可學成普通對打的技能。學員們怎能花這麼長時間去練習？或者學到一半就厭倦了，到時錢也花了，苦心也用了，時間亦去了，卻成了一個半途而廢的結局，大家落得個不歡而散，且傷了感情，我就擔當不起了。」

「你這人就是講信用、重感情，我就賞識你這種性格。至於你提出兩點顧慮，我認為無妨，

一、學術與技能不是憑年齡來衡量的，能者為師，是天經地義的，有高的技能，誰不佩服？

二、至於學武和學文都同樣，不是學三朝兩日就能成為文豪和天下無敵手的武師。這是眾所周知的事實，學員們也不例外，早已知曉，且做好了耐心練習的準備。只要你能長期住下來教導，他們都有恒心來學習的。即使有個別人因其他事棄學，也不會埋怨你的。用我的人格擔保。」

「你既然說到這份上，我相信你，就依你的主意辦吧。」

「好的，你這般豪爽應承，明天下午三點鐘，我來這裡接你到敝處舉行拜師儀式和一起聚餐。」

「不用舉行什麼儀式了，一切從簡，大家認識了以後共同練習就好了。」

「老兄，我們談了半天，恕我失禮，還未請問老兄尊姓大名。」

「在下姓高名江，是貴陽人，生平愛飲兩杯酒。願結交天下愛飲酒之人。今天有幸結識閣下，以後請多指教。」

舉行拜師儀式時，楊威收了 5 個徒兒。高江年齡最長，是大師兄，其餘 4 人似是在文化宮公園和楊威打鬥過的那幾個人。當打鬥時是傍晚時分，光線暗淡，自然認人不很清楚。不過其中一個正是在火車站搶老婆子掛包的那個人，不用質疑了。這幫人卻非善良之輩，但楊威從表面上卻裝作不認識，免得相互尷尬。他本欲想立刻藉故辭退這份工作，不和這班歹徒混在一起。但於眼前，在這麼熱鬧的場面下提出辭退，使大家的面子都難堪。這種表現會令人誤解本人是一個反復無常、不守信用的小人。更重要的是，辭了這份工，生活來源就斷絕了，如今只能是：「明知不是伴，情急且相隨吧」。

往後，一日三餐好酒好菜相待，起居生活服侍得十分周到。反使楊威難為情，覺得以前曾認為他們是一夥不可為伴的歹徒，

內心感到慚愧。

　　日常，除晨昏教他們習武之外，日間他們都外出幹活，只留下高江作伴。空閒時，高江陪著楊威到處遊逛，購買楊威所需的日用品和愛吃的食物，並飽覽貴陽風光，也熟悉街道的布列。在家中，他倆常把盞談心，說古道今，無所不言。高江很喜歡談水滸傳的故事，說到武松、魯智深、林沖、李逵等人物，尤其談的津津樂道。

　　有一次，他談到王倫、晁蓋、宋江三人的領導方式和方法時，楊威乘著酒興也參與評論一番：

　　「其實王倫其人本是聰明的。待人接物彬彬有禮，只是心胸狹窄，忌才妒能，擔心他人的才能勝過他，以後取代自己的位置，搶奪他的權利，所以處處提防。因此，聰明反被聰明誤，才遭致了殺身之禍。晁蓋就不同了。首先，他牢牢的依靠和緊握自己骨幹的核心力量，如吳用、公孫勝、劉唐、阮氏三雄等。然後再廣納人才，使梁山隊伍漸漸強大起來。宋江繼承晁蓋的原有基礎，發揚光大，更進一步，招納天下義士，使梁山隊伍不斷壯大起來，強大到連朝廷也不敢輕覷。

　　宋江是從一個小吏——押司做起，最終統領了數以千計的梁山好漢。這支隊伍中，有些是在朝中當過官的官員和將領，也有富甲一方的富豪，又有平民出身的貧窮者。有三教九流的人物，組成的人員很複雜。其中有些人，要好時稱兄道弟，翻起臉來，則父親當死敵，不管什麼領導也不賣賬。「領導算老幾？殺了像踩死一隻螞蟻那般容易。」因此，這班人是很難領導的。而且人與人之間，領導與下屬之間都是有矛盾的。作為一位領導人，必須善於處理、協調矛盾關係，才能取得隊伍中步伐一致的凝聚力。總之，到頭來宋江能率領這班兄弟，使他們心悅

誠服地聽從指揮，團結一致，能為梁山拋頭顱、灑熱血、肝腦塗地。這就表現了宋江的領導才能和運用了強有力的領導技巧，也說明了他平日對部下關懷體貼，情如手足，義重如山。如若不然，哪能使他們為梁山捨命？宋江還有一手約束能力，俗話說：國有國法，幫有幫規，法規制定了，上至領導，下至成員，都要共同遵守。誰犯了法規都得按相應的法規條例處罰，所謂公正嚴明，這就不能用愛和情誼對待了。這也是很重要的一環，我相信宋江當時已實行了，不然他就不能指揮好這支隊伍。」

「聽了你這席話，使我得到很多啟發。以前我只知道你是一位超群的武師，現在更深一步認識你，又是一位很有才學、有非凡領導才能的人。」

「你過獎了。我從來沒有當過領導，何來的領導才能。」

「你能把前人的領導技能和方式方法剖析得清清楚楚，那你就已經掌握了這套知識。如果你一旦坐上了領導位置，結合當前的動態，從實踐中吸取經驗，就能成為一位英明能幹的領導者了。你卻是一位懂得情義、能文能武、不可多得的人才。今能拜你為師，實是三生有幸，敬佩敬佩。」

一個月後的一天下午，每天外出幹活的 4 個人一起回來了。其中武二左臂骨折，古達被打得頭青臉腫，林充、李揆也各有皮外傷，神態十分狼狽。一問情由，才知道是和貴定幫打架。雙方互有傷損，只因戰況失利，武二和古達傷重一些罷了。

「貴定邦是怎麼回事？他和你們有夙怨嗎？」

林充說：「半年前，貴定幫從貴定來，共四個人，在車站幹的和我們是同一營生。他們認為我們妨礙他們的工作，因此互相間不斷爭吵。他們說車站是他們的地盤，不許我們在車站活動。我們說：「你們都稱我們是貴陽幫，我們又是貴陽人。怎

的不讓我們在車站活動，你們是貴定人應該回貴定去。」為此，各持己見，才造成了打架。但打鬥幾次都是我們吃虧，我們確實鬥不過他們。可是不久他們就回貴定了，我們以為他們走了，從此不再有紛爭。豈料近來，他們又捲土重來了，而且在車站附近開設了一家專營廢舊商品店。原來他們回貴定是辦理營業手續，看來他們已打算長期紮根在貴陽了。今天是廢舊商店開張的日子，我們在門前觀看熱鬧，他們幾個人趕將出來要攆我們走，頂撞了幾句就打起來。結果又是他們贏了，看來車站的地盤，讓他們長期占定了。我們失去這黃金地段以後怎麼辦？」

楊威心中暗想，他們在車站營生，實在是我的衣食父母，辛辛苦苦工作來養我，孝敬我，也算得是知遇之恩。今天被人欺負，營生之地被人佔領，而且還被打得狼狽不堪，如果我不站出來維護他們，內心怎能得安？

「貴定邦如此囂張，他們到底有多大能耐？明天待我去了解一會，苦看他們是否有三頭六臂。」

「他們為首的人叫龍鐵頭，據說在貴定是個地方霸頭，在黑社會裡頗有名氣，身高和你差不多，但很肥壯，體重起碼比你重 30~40 來斤，力大無窮。能拉動一台小汽車，用一塊磚頭砸到頭上可砸成兩半，一拳擊斷兩塊磚頭，一腳可把十來斤重的石頭像踢足球般踢出幾尺遠。聽說從貴定打到貴陽，大大小小打了數十架，從未敗過陣，號稱天下無敵手。他有三個徒弟，全在他手下工作，個個武功了得，所以我們打不過他們。和我們打鬥時也只是他的徒弟，他從未出過手，倘若他出手，我們的後果就不堪設想了。」

「如此說來，此人倒是有兩下子。但他到底只不過是人，並沒有三頭六臂，既然他這般驕橫跋扈，不可一世，稱霸貴陽

的囂張氣焰，我倒想會會他，和他較量較量。」

「使不得，千萬不要和他打鬥，這等於是虎口送羔羊。老兄（師傅）雖有武功，但還不是他的對手，不要冒此風險，我們要對你負責的。」

高江嘴裡雖是這麼說，心裡卻是希望楊威和龍鐵頭的徒弟鬥一場，打敗了他的徒弟，也算是為大家出了一口氣。至於龍鐵頭其人是不可戰勝的，所以要儘量避免直接和他打鬥。

楊威聽了他們的訴說，知道他們很久以來被貴定幫欺負淩辱，深表同情。當即說：「貴定幫如此倚勢欺人，我非要為大家雪恥不可。今晚我獨個兒去找他們算帳，要他們連本帶息一起還清，使大家吐氣揚眉。」

「使不得，我已經說過他們不是好惹的。尤其是獨個兒去，晚上黑燈瞎火的，更加危險。」

「我主意已定，無用再勸。」

「既然師傅決定和他們拼一場，我想這樣吧，明天我們大家一起去，先由我們招惹他的徒弟出來，然後我們一起襲擊，師傅也出手幫助，速戰速決，把他們打個措手不及。待龍鐵頭出來時，我們一起撤離，龍鐵頭即使再強也起不了作用。」

「這主意也好，先教訓徒弟，後打師傅，使他們師徒一古腦兒受懲罰，當眾出醜。如果是晚上去，打敗他們沒人看見，對他們太寬容了。」

「我說的是只打他的徒弟，不打龍鐵頭。」

「打龍鐵頭又怎麼樣，如果你們畏懼他，打完徒弟後，你們可全體撤退，我一個人對付他就足夠了。假設打贏了，則罷，若戰敗了，我可以立刻離開貴陽，全身而退，一走了之。以後你們當作從來不認識我，就不受連累了。」

「什麼話，誰連累我們？你是為我們去拼搏打鬥的，該是我們連累你才是。然而，說還說，此去，我非常沒有信心。不過我還是真心實意向你奉勸，千萬不要和龍鐵頭直接相鬥，因為他的個子比你大，且力大無窮，若被他擊中一拳，骨肉都碎裂了，還能全身而退嗎？誠然，如果師傅決意要去，我也無可奈何，只能要求不管怎樣，輸好，贏也好，你都得面來這兒，不可一走了之，萬一有什麼三長兩短，我們都該負責到底的。」

第二天，除武二骨折需要在家療傷外，其餘，古達，林充，李揆連高江也一起出現在廢舊商店門前。不久，果然有幾個龍鐵頭的人出來驅趕他們，並動手動腳，你推我搡的欺侮。

楊威假裝過來勸架，他們罵楊威多管閒事。楊威頂撞幾句，幾個人即舉拳便打。

楊威一個轉身，使出一招雙龍出海，叉開雙手分別給兩人各賞一拳。再換一套勾連鴛鴦腳，兩個漢子應聲倒下，像狗啃泥巴般摔在街上，另有一個逃回店內了。高江等 4 人見狀，馬上過去對兩個被打倒的人拳打腳踢，狠狠的揍了一通，算是報了前天一箭之仇。

這時，店裡出來一個像鐵塔般的壯漢，喝道：「何方鼠輩，敢在本店門前撒野，吃了豹子膽不怕死嗎？」

楊威抬頭一看，知道此人就是龍鐵頭了，說：「來者是誰？報上名來，敢口出大言，不怕被打倒趴地嗎？」

「洒家叫龍鐵頭的便是。知道怕了吧？現在賠禮道歉，滾蛋還來得及，否則，折手斷足喊爹哭娘就完蛋了。」

「管得你什麼鐵頭鋼頭，我一起砸碎，免得你在此稱王稱霸。」

龍鐵頭從未被人這般奚落過，今聽了這話，著實被激怒了，

竟仗著一身武功和碩大的體格，過來就是一拳黑虎掏心，向楊威擊來。

楊威一個閃身，避過此拳，反過來一個猴子偷桃，向他腦側擊去。他把頭一歪，接著一招烏雲蓋頂，雙手向楊威頭頂罩下來。這是一手毒招，如果罩個正著，腦殼則有破裂之虞。楊威隨即一矮身，乘勢施展掃堂腿向他雙足掃過去。若是功底不足之人，只顧烏雲蓋頂的上招，不顧足下空虛的處境，則會被掃堂腿掃摔地上。可龍鐵頭亦非等閒之輩，只見他雙足一蹬，跳離地面少許，避開來勢，落下來時，雙爪來個惡虎擒羊，居高臨下向楊威抓來。楊威的掃堂腿已落空，一時站不起來，自然避閃已來不及。其時，已有很多人在旁圍觀，見此形勢，料定楊威招架不住了。高江古達等 4 人也在人群中，不約同聲叫出「不好」的驚叫聲來。他們想沖出去打援手，但時間不待人，預料楊威非傷即殘，在劫難逃了。只為楊威驚出一身冷汗。豈知楊威身手也不凡，在這瞬息間，只見他像蛤蟆般兩手兩足一撐，用蛤蟆功躍出了兩尺開外，巧妙的避開了龍鐵頭的餓虎擒羊毒招，再來一招鯉魚打挺，立馬站起身來，反而用一招神龍擺尾，一腳掃去，急如閃電，正打在龍鐵頭腰際。好在他體壯腰圓，此一腳不很重要，只倒退兩步罷了。

此刻，龍鐵頭已知道對方不是任人揍打的弱者，不得不提起精神認真對付。於是，他另擺架勢，蹲下個四平大馬，穩打穩紮的兩拳護在胸前，可攻可守。用穩如泰山之勢，等待時機，他自己認識到輕巧不如對方，換取招式，正是他的聰明之處。

可楊威也不是等閒之輩，亦深知自己的爆發力不及他，正面硬碰是會吃虧的，所以立即變換了一招以輕捷為本的燕子穿雲，繼續用蜻蜓點水的架勢，如此，雙方相持了四十幾個回合。

　　龍鐵頭也不急進，只見他雙臂像彈簧般一伸一縮，身體卻屹然不動。其實他正在靜候機會，等楊威現出空門時，即猛然出擊。

　　楊威知道他是以逸待勞，以靜制動的策略，故以用黃蜂出洞，伸出兩指，直刺他的雙目。當楊威抬手直刺時，肋下已露出空擋，龍鐵頭即以電光火石般的速度，直搗黃龍，一拳猛然擊出。倘若得手，楊威起馬被擊折兩條肋骨。

　　其實楊威是故意顯露空門，早有準備了，待他出擊時，突然使個鷂子翻身，繼用八卦連環掌，一掌拍中他後腦勺。一掌拍到他肩上，只見龍鐵頭一個趔趄，摔倒地上。

　　「起來吧，不服重新再打一次。」楊威說著。

　　龍鐵頭想強撐起來，可是又癱下去了。原來後腦勺這一掌，已打得他昏頭轉向；另一掌把肩關節打脫臼了。

　　楊威見他起不來，說：「今天我饒了你，可三天內你必須帶領你的手下離開此地，否則，讓我見一次，打一次，不再輕饒了。」

　　他說著隨即大步離開現場，以避治安警員的到來。

推舉阿威為首領，
歧途越走越深。

　　當晚，楊威在駐地受到這班徒弟設宴款待，共同興高采烈祝賀今天的大獲全勝，全體成員皆對楊威稱功道德，讚不絕口，並一致公推楊威做大家的領頭人。楊威說：「做領頭人不敢當，以後和大家一起努力工作便了。」

　　「無需謙讓，我們一開始，就沒有一位得力的領頭人，當時他們暫時推選我擔當，但我能力有限，所以頻出差錯，經常領偏方向，造成兄弟們屢屢碰壁。在這段時間，我們都很留意你的一舉一動，一言半語，從中不但知道你的武功非凡，而且對人有情有義，對徒弟們愛護備至，更具備了當領頭人的知識和才能，能文能武，最適合帶領我們走向富裕。請放心，做我們的首領，不會增加很多工作，就按照以往慣例暫行便了。如若遇到什麼新的，重大的事情，你就加以指導和指揮便解決了。至於報酬方面，你的工資待遇照樣，這是我們集資的，另外，集體所得的財富，由大家均分，你是領頭人，當然也分得一份，而且是大份。我們大家都討論過了，一致通過。」

　　「說報酬方面是小事，關鍵問題是：你們平日干什麼工作我一無所知，怎能做好你們的領頭人？請恕我無法接受。」

「你說的很合理。那我就說明白吧，我們幹的是無本生意。」

「什麼是無本生意，如何做法？」

「挑明白點，即是偷和搶。」楊威聽了這話，大吃一驚。

「偷、搶的勾當，我是不幹的，有生以來從不幹過。而且我還要勸你們，不要幹這骯髒的工作。這是危害社會，擾亂治安，傷害人民的。」

「師父說得對，危害社會、擾亂治安，但不一定傷害到人民。我們偷搶的物件，大多是當領導的，做幹部的出差者，一般人民群眾沒有錢，搶來也沒有多大效益。領導人和有一官半職的出差者才有錢物，劫過來始可換餐飯吃。其實我們幹這行也是被迫的。」

「誰迫你們？是高俅抑或是蔡京童貫。」

「這我也說不清楚。我們幾個人，長期沒有工作幹，在家待業。業可待，但生活衣食不可待。我們曾到河裡捕魚蝦，拿到市場出售時，紅衛兵來沒收了，罪名是搞自發活動，到辦公室接受幾天教育。捕魚蝦不成了，轉而上山砍柴草，但如果被護林員發現，收繳工具不在算，還需領受破壞山林的罪名，管教後才放面家。上山下水都不行了，只得在家偷偷摸摸用手工加工一些甜品小吃，投向街市謀取微利。可紅衛兵又說：「這是搞資本主義」沒收製品和工具，還要鬥爭。要求勞配站安排工作吧，簡直是異想天開了。我們反復思考，認為反正幹什麼都不合法，已經是走投無路了，所以只得鋌而走險，幹起小偷來。俗話說得好，大丈夫能屈能伸，在艱難困苦的情況下，幹些下賤，屈就的事情，甚至是自己不願幹的工作，為了生存，都得幹！我說的全是實話，如果你能同情我們的遭遇，請留下來帶領我們走出困境，

引入正道，共同奔向富裕。當然，倘若你不願和我們同流合污，我們也不會勉強。人各有志，你走你的陽關道，我們走獨木橋，但絕不做你的絆腳石，而且還會盡力為你鋪平前程。大家都認為你是一塊無暇的美玉，潔身自愛，你的為人，我等一致贊同。小偷這種勾當，是不適合你這樣一個有才華，有壯志的人幹的，其實，我們很對不住你。這兩個月來，你被我們拉落水了，名義上你是師傅，實際上，已是我們的領頭人，已經介入了我們的工作，請回想一下：生活上，你享受著領頭人的待遇，當然，這是我們這班壞人願意供奉你的；工作上，除有時明顯向你請示之外，日常所有事情都是順著你的意思去幹。這期間，其實是我們暗地裡對你作為一個試用期。所以，你平素的清白，已經被我們沾汙了，今我只能向你賠罪道歉，請多多原諒！此外，即使你正式成為我們的領頭人，也不需要你親自去幹偷，搶，這些工作由我們來幹，你就按照目前的境況生活下去就足夠了。」

　　楊威聽了這番話，瞭解他們原來也不是想走歪門邪道的，因生活所迫，才走入歧途，實在可憐！而且又瞭解自己。在這段時間，無意中已成為小偷隊裡的首領，自我全無知覺，太麻木大意了。一直來，認為自己玉潔冰清，居然不自知是從馬桶裡爬出來的臭氣熏天的臭蟲兒，總然淘盡長江水，也洗不清的，覺得很羞愧。眼下我和他們已經混在一起了，繼續幹下去吧。固然是犯罪，停止不幹吧，也脫離不了曾經犯過罪的關係，立刻離開吧，結果，自然是生活無著。為此，只歎自己無能，找不到適合生活的來源，即使是英雄漢，沒有錢也是很為難的。正如俗語雲；大丈夫不可一日無權，小丈夫不可一時無錢。他們說的也有些道理，為了錢，暫且幹些自己不願幹的事情，等待時機，遲圖改作有利於社會的工作，始能解決當前的困境。為今之計，

只能一不做，二不休了。

經詳細考量，只能答應留下來。大家見師父應承留下來了，立即鼓掌高呼歡迎。高江說：「今晚這席酒，不但是慶祝今天的勝利，也是慶祝我們終於找到了新的領頭人，兩喜臨門，大家熱烈祝賀！現在請師傅兼新領頭人向大家說話，提出新的指示。」

楊威站起來說：「我沒有講話的準備，姑且說幾句不成文的話吧。首先大家看得起我，對我的信任和擁護，我表示衷心感謝，以後我們既是一夥人，希望大家互相團結，互相關心，互相愛護。有福同享，有難同當。從現在起，我們已成為一支新的共同體，對外要步調一致，統一行動。為了維護整體工作順利進行，從上到下，必須服從指揮，聽從命令，不得自作主張，鬧個人情緒，單幹獨行，胡作非為。此外，今後對被偷、搶者，需要選擇，凡老、弱、病、殘和明顯貧困者，一律不准盜取他們的財物，因為他們在社會上，是被欺負的弱群體，平日我們還應該幫助他們，怎能反過來對他們侵犯！我以上提出的問題，未知大家是否認同？請大家自由表個態。我的話講完了。謝謝大家。」

「師傅的說話，很合情理，我們都贊同。」

約一個月光景，貴定幫派代表來交涉：「貴定幫願意加入貴陽幫，連故舊商店也帶進來，《該店所出售的物品，大部分是偷搶來的東西。》合夥一起辦，要求貴陽幫收留接納。經大家討論後，一致同意。從此，兩幫人就二合為一了。由此，人員增加，而且不偷老、弱、病、殘和明顯貧困者的財物，收入減少了，每天所得，僅能維持生活，其它經費都匱乏了。不得不另想辦法。

楊威說：「在車站偷竊，只靠來往客人，物質都不很多，

我看乾脆改偷商店裡的商品，商品比較大宗，幹一次，就足夠我們一、兩個月的花銷了。」

「商店裡的東西雖然多，怎能去偷？我們沒有這種經驗和能力。」

「這有何難？只要日間先去察看地盤，商品所放位置，看守人員的生活慣性和規律，就可以了。到夜間，我先給大家做一次示範，一個人進去，你們在外面接貨及運走貨物，撤離後，就大功告成了。如果你們在外面太久，接不到裡面的信號，就是出事了，立即疏散離開，無需顧管我的安危。假設當真我被捕了，你們顧管也顧管不來。如果僥倖逃脫，我自然安全回家，所以顧管我是多餘的，危害和損失將會更大。」

就這樣，第一次我從百貨公司倉庫裡盜取了約萬幾元的商品，出售兌換現金後，每人分得千幾元，相當於普通工人三年的工資了。」

「你們盜取的商品這麼多，怎麼出售？」

「因防止被偵破，在本地一概不賣，全部運往昆明、重慶、柳州分散銷售。」

「這也是明智之舉。不過你幹這行當，太危險了。而且你是團夥的首領，罪責更大，若墜入法網，你一生就毀滅了。憑你有著剛毅的意志，遠大的理想和多方面的學識，應該是個大好青年，前程無量。可惜在人生旅途中，遇到一點坎坷，竟走入歧途，倘若不知回頭是岸，便將前程似錦的一生，毀於一旦。只看當前利益，不計後果，何輕何重？請思量！此外，我想向你打聽一個人：他叫鬍鬚威，也是幹你這行的，在貴陽很出名，你認識他嗎？」

「什麼，有什麼事要找他？我可以代勞的。」

「我不想找他！是為了你的安全著想，你既然認識他，那就危險了。你們不是同一夥吧？」

「浩哥，你打聽他，究竟是怎麼一回事？」

「前天我和你在飯店吃飯時，不是聽到旁枱的食客對《鬍鬚威》的議論嗎，我來貴陽時，在火車上又聽到乘客同樣的論調，估計現在貴陽全市，在街頭巷尾，酒後茶餘都會有人議論《鬍鬚威》的事了。俗話說；人怕出名，豬怕壯。《鬍鬚威》的名堂這麼大，自然就即將被捕了。所以我問你認不認識他，既然認識，要立即遠離他為宜，如果是同一夥，要馬上離開，不予合作，改邪歸正。否則，將會城門失火，殃及池魚了，如若不然，監獄正在等待你呵！」

那麼你肯定鬍鬚威即將被捕了？你不是警員、密探吧。」

「我不是警員，也不是密探。憑我的直覺，如果鬍鬚威不知悔改，繼續在此逗留，不管還作不作案，都會被捕的。」

「這是憑空想像，毫無依據。」

「信不信由你。他本是個極危險的人物，幹壞事出了名，被捕的時日，馬上就會降臨到他的頭上了。」

「其實我真的和他很密切。」

「那就更需要疏遠他，避免惹火燒身。」

「浩哥，我坦率地和你說：我和鬍鬚威的關係，也如同你和揚聲器的關係一樣，其實是同一個人。」

楊浩聽了這話，顯得非常震驚：「怎麼，我沒聽錯吧？鬍鬚威就是你？如此說來，你真的危在旦夕了。我不想失去一位好弟兄！刻不容緩。趕快收手吧，金盆洗手，知錯能改，善莫大焉。」

說到這裡，他似乎又想到什麼似的，「不，阿威，你撒謊，

你不是鬍鬚威，竟用危言聳聽的話來嚇唬我！據在餐館裡食客的描述，你的形象不像鬍鬚威，他個子大，禿腦袋，大鬍子，眼如銅鈴。而你除個子大相似之外，其他就沒有相似的地方了。」

「這全是我作案前化妝的形象，頭戴一頂薄橡膠頭套，成了禿腦袋，臉上粘貼上假須，則變作大鬍子，眼周邊畫上一圈灰黑色顏料，變成了眼如銅鈴。」

「浩哥，天底下的人我都敢騙，唯獨對你和文哥，我絕對不敢在你們面前撒半句謊的。」

「那麼你當真是鬍鬚威了。」

「是真的。」

「那我問你，作案後。在現場留下鬍鬚威三個字是什麼意思？」

「正如我和你在飯店吃飯時，旁台的食客三叔所言，留下名字即承認是我幹的，要逮捕就逮捕我，不要隨便懷疑冤枉他人。」

「在飯店裡那幾位食客，對你 —— 鬍鬚威 —— 有批評的也有小部份讚揚的，你對他們的言論如何看待？」

「讚揚的部份，是對的，應當繼讀發揚；批評部份，大體上是我不對，待慢慢改正。但絕不會因接受不起批評，去進行打擊報復。」

「對！這樣就對了。按你以前的脾性，是不容忍他人批評的。記起在飯店吃飯時，那個巧二哥對你極其不滿，既批評、又痛罵，你竟然不考慮去報復，可見得你性情已有所改變，比以前成熟許多了。還有一點，就是在餐館裡食客所講的：你在商店裡行竊時，被警員發現了，你是怎麼逃脫的？」

「這是我第二次，也是最後一次作案，雖未成功，但能逃

脫，算是萬幸了。當時事發在二樓。當警員打開整間售貨廳的燈時，我正在前後兩個貨櫃之間的售貨道上，兩個警員距離我約有十幾米遠，我借著貨櫃的遮擋，即縮身到櫃檯下，接著，用蛤蟆功快速三撐兩躍，躍爬到燕子窩陽臺，我不往下走落街道，卻一搖飛抓相反向上攀。上到五層天棚曬樓上，向另一方向，落下另一條街道，所以就躲過了這次劫難。」

「我祝賀你僥倖逃脫。但這已是漏網之魚。俗語有雲：避得了初一，躲不過十五。繼續下去，終歸是要被捕的，現階段社會有點亂，政府無暇管理。所以你們始能肆無忌憚的胡作非為，如果是太平時期，你早就被繩之以法了。其實，你已被這夥人矇騙引誘，引你一步一步走入深淵，甚至是地獄，還不自知。」

「不，不是他們威迫引誘。使我進入倉庫盜竊，是我自願去幹的，這班難兄難弟，從來不叫，也不許我親自參加偷盜，不要怪罪於他們。」

「你真是蠢到像一頭豬，被人利用去做壞事，擔當最大罪責，還為他人說好話。」

盜中有道，扶危濟困；
燈塔引航，駛出險灘。

另外，我還想了解一件事：據飯舘食客所言，解放西路張開業的父親患病，在病危之際，無錢交手術費，只有等待死亡了。後來費用有人代付，正是一陣及時雨，才得把病治好。這事是否與你有關？」

「正是我代他付費。」

「你和他無親無故，素無相識，此舉，不但花錢，且有暴露你自己的危險，你為什麼無償幫助他，有何企圖？」

「原因是這樣的，當時高江患胃潰瘍去就醫，他和張開業的父親叫張豐同一間病房。我去探望高江時，乘便和張豐閒聊，才獲知張豐患胃出血。

據張豐說；「我的胃出血，已經是老毛病了。反反復復，三幾個月就得發作一次，每發起病來，我兒子竟不惜一切代價，為我醫治。這樣下去，他擔心最後不可治癒，且使我不斷受苦。今次他要求醫生儘量為我切底治療，花多少錢都不計較。其實他並沒有錢，我父子祖孫三個人生活，只靠他三、幾十元工資維持，那來的多餘錢給我治病，所以今次他寫了一張出賣住宅的啟事，張貼出去。幸好無人來過問，如果有人未買下這間房子，

我一家人己無家可歸了。我倒沒有問題，這把年紀，不說是露宿街頭，即使宿到垃圾場裡也不礙事。但我的兒子，雖然是在街道辦的小廠裡幹活，到底還算是個工人，也應有尊嚴，有面子的；還有孫子，現在剛念小學三年級，在同學之間，仍須要有體面的。倘若他們兩人和我一起露宿街頭，除了不向路人討飯之外，與乞丐還有什麼兩樣？這樣我兒會受到工友們的譏笑，我孫會受到同學們奚落的，他兩人的體面還存在嗎？為此，我寧願不治病，也不可讓他們為了我一起受苦，失面子，這將會影響他們一生的。我這副老骨頭，來日無多了，已經是無用之人，即使死了也不怨命短，病又怎麼樣？我是不願看到賣住宅來給我治病的。只怨眼前我臥在病床上，不能出去把那張出賣住宅的啟事撕破、收回，內心極度不安。開業又跟我駁嘴說；「一間住宅重要，抑或是阿爸身體、生命重要？賣了住宅，將來還可重建，失去阿爸，是永遠不可彌補的。」孫子又說；「我不要這間屋，我要祖父，祖父必須壽老老，待我長大後，賺多多錢，另起一間大房子讓祖父居住。」

　　我有這麼好的子孫，雖窮，也十分滿足了，不枉此生！我願意立即死去，免得連累子孫，讓他們受苦。」

　　「這間住宅建得很美，住得很舒適吧，是你名下的嗎？」

　　「說來很慚塊。這間房子只可用來遮風擋雨，小到像白鴿籠那樣。雖然是陋室，但我父子、祖孫，父慈子孝常聚一堂，感到家庭無比溫暖。房子不是我名下的，我一生都碌碌無為，那有能力建房子！眼前這房子，是開業利用工餘時間，拾些殘磚、敗瓦、碎石自個兒壘起來的。所以，賣屋啟事雖然貼出去都幾天了，尚沒有顧主來商談，大概是因這屋子太簡陋。屋子很小，不值錢，賣了也只能夠醫療費，我不是可惜這小房子，但到底

這房子是我兒子用血汗壘成的，更重要的是痛惜這個溫煖的窩因我而破碎了。為此，我寧可死也不願看到賣宅子的下場。」

我聽了他的敍述，很受感動。

過幾天，我再次去探望高江時，高江對我說;「張豐原來胃出血，今惡化，變成急性胃穿孔，要立即動手術，遲則，就沒有救了。張開業的住宅又未賣得出去，所以急去籌借手術費，聽說只籌得 20% 的費用，未能解決問題。剛才張開業和他的兒子兩人還在這裡哭得天悲地慟，好像張豐已經死了似的，令我也隨之哀痛。」

聽了高江訴述，看見張豐躺在病床上直流淚。我暗想;他們因沒有錢，眼看著生命垂危也不能救，現在看還是一個人，一會兒就成為一具屍體，多可憐啊！不由得使我也悲從中來。想到張豐為人，不為名，不求利，一生樸實無華。為子孫後代，願自己去死，也不願拖累子孫。張開業也很不錯，孝順。為父親身體欠安，不顧傾家、欠債、買房子，極力挽救病患。孫子愛祖父，雖然是童子天真的話語，如果祖父平日不愛他，不是無微不至的照看著，孫子是不會說出要祖父不要房屋這番說話的，這是極愛祖父的表現。他們一家，雖然窮，但互敬互愛，使我十分感動，因此，我就默默地到收款處代他交付手術費了。還好，後來聽說他痊癒了，不枉我對他的資助。我也十分欣慰。」

「對這樁事，算是你幹了一次善舉，還有，你在車站為一老婆子追回行李包，也是善舉。但不管你幹了多少善事，也抵消不了你幹偷盜的罪過！我希望你從現在起，洗心革面，切切實實地做人，不再幹對國家，對社會不利的事。為兩餐，竟用生命做賭注，冒這麼大的風險，值得嗎？我勸你明天和我一起回南寧去，儘快離開此是非之地。連你現居的駐地，我估計已

被該管區的治安人員注意到了，只因他們還未取得你們犯罪的完整證據，所以未來抓人罷了。此刻離開，就安全大吉了。」

「浩哥，你的分析很中肯，且苦口婆心來勸導，使我茅塞頓開。這一年多來，自從離開你和文哥後，我好像是一葉孤舟，在暗礁林立的海上航行，時刻都有觸礁沉沒的危險。現今見到你，像見到一座指引道路的燈塔，指引著我這葉孤舟安全駛出險境，平安抵達彼岸，這就是本次相會的最大成果。該銘記於心。此外，你約我明天歸南寧，南寧還有建築工作幹嘛？李昌研等不會帶人來抓我回鄉鬥爭吧？」

「即使李昌研來南寧，他也沒有權隨便抓人的。現在南寧通街都是幹自由買賣，沒人管鬥爭的事了。建築工我早已不幹了，近來只打算做些小生意度活，南寧雖然沒有驚天動地，宏圖大展的事業給你幹，但現階段南寧處在兩派紅衛兵爭鬥相持不下的局面，市場，治安都少人管理。小商販的生意，到處氾濫，我打算回去開設一家大排檔，和你一起住，一起幹，比在此幹著對國家，對社會不利，做違法亂紀的賣命勾當還好得多。如果你聽我告誡，立即行動，我認為是最佳選擇。」

「浩哥，一直來對你的見解，我都心悅誠服，現今你的提議，我亦很贊同，可是回南寧的決定，請你先行吧，讓我多待幾天，回南寧再相見。」

「為什麼，你還想背著我，再作一次案嗎？」

「我不是已答應金盆洗手了嗎，還作什麼案？我只是為了這班窮兄弟辦最後一件事，安排好他們今後的工作與生活，改務正業。我這樣做人，才算是有始有終了。」

「這樣也好，但你打算怎麼安排？」

「自從分贓後，他們各人都有了一些現金，我想叫大家把

一部分的錢，投資入他們原有的故舊商店裡，並歸還故舊商店的原有資金，以後就變成了股份制，共同經營。如經營後，遇到困難，收不敷支，還可擴大經營。往貴定或者龍裡、安順、遵義等地開設連鎖分店，總之，供這十個人的家庭生活，應該綽綽有餘，這樣，使大家安居樂業，不再冒險去幹偷盜，危害社會的事情了。」

「很好，能感化得這夥歹徒轉入正軌，也算得為他們著想，為社會辦了一件好事。那就回南寧再見吧。」

楊威離鄉已一年多了，這期間，都是在風風雨雨中度過，和親人沒有聯繫，好像獨自在深夜裡，黑暗中行走。路漫漫兮，何以求索。抱著仿徨，緊張的心情，交替著在他腦海中縈繞，一直來都解不開。現今在火車上，已經踏上平安的歸程，享盡了「歸家心切馬蹄輕」的喜悅感，更啟動了他長久以來的孤寂心間。

狹道相逢，
杯酒釋前嫌。

　　楊威回到南寧，剛放下行李，想去萬國酒樓買些燒、鹵、臘熟菜回來，今晚和楊浩飲兩杯。到萬國門前，真是冤家路窄，見王大球兩手滿滿地提著大包小包，大概是菜肴吧，從店裡出來，因前幾年楊威用飯煲砸昏王大球，所以不好意思和他相見，故此，有意把臉轉向另一面，裝作不看見的樣子，免得互相尷尬。

　　「楊威？真的是楊威！像天星月亮突然掉到我的跟前，幾年不見了，越來越長得英俊。好吧，和我去喝幾杯酒，一醉方休。」王大球滿臉笑容，很熱情地邀請。

　　可楊威認為：「王大球是假意相迎，實際上是想報幾年前被砸傷之仇。故作熱情，騙他到外面人少的地方打架。」

　　「你想請我飲酒？好，千杯萬盞我敢奉陪，往那兒去？」

　　「不遠，就在河邊。」王大球很恭敬地頤示著。

　　可楊威暗想：約我到河邊，或者在那裡他還有幾個狐群狗黨，到時，對我群起攻擊，打個措手不及。不管怎樣，難道我還怕他不成，和他幹一仗，看他有何能耐？讓我把他打到落花流水，方知我不是幾年前受欺負的楊威。主意已定：「原來在河邊，

我以為是虎穴龍潭。告訴你吧，即使是鬼門關，我也敢闖。走吧，和你一起去，看你玩什麼花招。」

「看你說得這般恐怖，什麼虎穴龍潭，鬼門關的。我父親是搞水上運輸的，現在我繼承父業繼續辦下去，想起了吧，河邊是我的家，你去到便知，現在浩哥還在那裡，脫不開身。」

「什麼，你綁架浩哥，居然還敢說給我聽，那麼我更需要去了，非救出浩哥不可。」楊威以為王大球綁架楊浩，扣押在河邊某處。而王大球又誤以為楊威在開玩笑：所謂綁架是代表強留飲酒的意思。

「浩哥不用你去救，所有人都不及他，馬步也非他敵手，何以要救？幾年不見了，你的馬步很健吧？去玩兩拳，可能會把浩哥擊敗。」他說的馬步，是猜馬的技巧，玩兩拳是猜拳。可楊威錯解是紮馬擊拳。

「我的馬和拳是對外的，絕不向內對浩哥。走吧，到時才見分曉。」

楊威隨著王大球走到河邊，接著上一張船，「浩哥，放馬過來吧，這次我要你輸得口服心服，一敗塗地方休。」剛到甲板上，就聽到船艙裡的說話聲。

「浩哥，不用慌，我來幫你」楊威以為他們在艙裡鬥起來了，急速地說，也迅捷地沖到艙口前，一看，見艙裡擺著一席杯盆狼藉的酒菜，楊浩坐在主席座上，旁邊有幾個青年，看來他們已飲了一陣子，王大球是去加菜回來的，現在他們正在猜拳喝酒。看見這一場面，楊威感到迷惑不解；「浩哥，你沒事吧。」

「能有什麼事，我正和這班兄弟猜馬行酒令。來來來，坐下來再說。從貴陽才回到吧？回來就好。」

此時，這幾個青年全起立讓座。楊威坐到楊浩的旁座，王

大球已把方才買回的菜肴加到桌面了，重新換置各人的餐具，王大球說：「兄弟們，我向大家介紹，這位叫楊威，是浩哥的弟弟，也是我幾年前的工友，幾年不見了，方才在街上相遇，特請他來和大家相識，為了歡迎他的到來，讓我們大家一起敬他一杯，來乾杯。」出於禮貌，楊威只得和大家幹了一杯酒，並謝過他們的熱情招待。可是，心中很納悶：聽說自他砸傷王大球後，他逃跑回鄉。楊浩為平息相互繼續爭鬥，願出錢為王大球療傷。可王大球不領情，把此次受傷的憤恨，全部遷怒到楊浩身上，對楊浩百般刁難，常期欺負，楊浩只得忍氣吞聲，不和他計較，甚至躲避與他正面相遇，儘量免除械鬥。因此，他兩人一個是方枘，一個是圓鑿，永不對榫，格格不入。怎的今天出現了這般和諧？使得楊威莫名其妙，思想上始終存有疙瘩，無法解除。

席間，楊浩、楊威成了主角，尤其是楊威，更受大家敬重，在暢飲中，王大球乘著酒興說：「這幾日來，聽浩哥介紹——威哥即將面南寧和我們大家相見。今天實現了，為此，大家都很歡快吧？我曾聽說威哥已經名震黔西南，雄踞貴陽，想必武功了得，若不吝賜教，請表演一、兩招，讓我們見識見識，開開眼界，大家以為如何？」

「好啊！威哥，請表演吧。」眾口齊聲歡迎。

楊威暗念，也好，趁此機會，露一兩招給王大球他們看，使他們知道利害，今後對我不敢小覷，且不敢再欺負楊浩。即說：「好吧，可我的武功很淺陋，我和浩哥雖師出同門，但我的功力大部分是浩哥輔導的，不應該在浩哥面前獻醜，但我確實好久不練功了，既然大家有興趣，我作為複習弄兩招，讓浩哥和大家對我作檢驗，並請提出寶貴意見，讓我得到改正。」

當時大家正在席間吃水果，他叫一位青年取兩個完整的梨

子。分別裝入薄膜袋子，用繩吊在空間，一高一低，高的離地面約 1。7 米，低的只有一米，另一人用小繩子拉扯，使兩個梨無規律的晃動搖擺。楊威說：「現在我練的是鴛鴦腳。試看還有以前這般準確和有力嗎？我脫鞋用赤腳來踢，如果能把兩隻梨踢爛，就算功力保持了。」於是他跨快兩步，一躍起來，從正面揮起一腳，踢中了 1。7 米高的那個梨，足還未落地，來了一個鷂子翻身，在側面又揮起一腳，踢中了 1 米高的那只，命中率已達 100%，很準確。兩隻梨都踢爛了。梨雖然不很堅實，但用赤腳踢爛兩個擺動不定的梨，亦非易事。接著見楊威拿著一隻已飲完酒的酒瓶給眾人檢查有無裂紋，然後將瓶子橫放在一張堅固的凳面上，再用一塊布，折疊成若干層包裹在瓶子外，猛然一拳擊下去，酒瓶已破碎。大家看的目瞪口呆，吐舌驚歎，都說：方才踢梨的是腳，現今擊瓶的是拳，此拳簡直是鋼錘，倘若打到人身上，定然骨折肉裂。大齊一致折服。

散席後，楊浩和楊威回到家，楊威急不可待地問楊浩：「幾年前，王大球被我砸昏後，聽說是你代我付款給他醫治，他傷癒後反而把你視作敵人，處處把你刁難，當時你倆人看來已是水火不容了。今天，他居然一反常態，如此熱情招待，這究竟是怎麼回事？」

於是楊浩才將前因後果說個明白；王大球傷癒後知道你已逃走，復仇無望，但一肚子怨氣未消，只能把一腔怨恨發洩到我身上：在路上，每逢兩人相遇，他就怒目相視。有時用冷言冷語來挑釁，甚至用肢體碰撞，希望引起打鬥。因此，有很長時間我不願和他直接相遇，相遇時，且繞道而行。久而久之，大家都認為我是縮頭烏龜，懼怕王大球，怕到連屁都不敢放，見到影子都得彎路避開。王大球見我這般懼憚，越發得勢，常

聲言找機會用拳腳來教訓。而我總是不聲不響，儘量避免正面衝突，想使矛盾緩解。

1967 年初的一個傍晚，在工棚屋前的草坪上，一群工友圍在一起，中間立著王大球。工友韋平川跪在他的跟前，王大求執著他一隻手，用鞋底擊打著他的手掌，擊一擊，數一聲數字，韋平川則痛苦得皺一皺眉。我問圍觀的工友：「怎麼一回事？」工友們說：「剛才他倆用撲克牌賭博。王大球輸光了，把桌面上的錢搶回去，為此爭執起來，我們見他們爭了起來，不好意思繼續觀看了，所以走開，後事就不得而知了。再後來見王大球要韋平川跪下來，並打手掌，大概是處罰吧？」

「豈有此理！」楊浩聽了工友們的訴述，即撥開人群走進人圈內。

「停手，不准打人。」

王大球聽到喝令，停下打人的手，仰頭一看見是楊浩。即輕蔑的一笑說：「我以為是何方神聖？原來是個縮頭烏龜。憑什麼叫我停手？你想代他受打嗎？」

「不管怎樣，打人就不對，欺人欺到這地步，還有公理嗎？」

「我欺人？我怎的欺人？再說一聲，連你都打。」

「請大家看」楊浩向圍觀的工友說：「他多橫蠻，打了平川，現在又想打我，是何道理？」

「我就打你，又怎麼樣？」

「告訴你吧，想打我，亦非容易，要付出代價，始能奏效。像你這樣蠢笨如牛的粗野人，就想稱霸世界，真是肌肉發達，頭腦簡單。遇事不細想，他人對你忍讓，你卻認為是他人的軟弱，正是愚蠢至極。你不是想打架炫耀武力嗎？來吧，就著這時機，

讓我替代你父母來教訓你，免得以後由他人教訓你時，就不是和風細雨了。放馬過來吧，讓這個縮頭烏龜來奉陪。」

此刻，王大球立即沖了過來，揮拳沖楊浩的臉面便打，圍觀的人見他們真的打起來了，都散開離遠觀看。楊浩個頭雖然有 1。7 米高。但與王大球 1。95 米身高相比。簡直就像成人和小孩的差距，矮了一截。猜想方才楊浩的說話，只不過是鬥前的恐嚇罷了。眼下當真打起來，他豈能抵擋得住牛高馬大的強手？很多人都為楊浩捏了一把汗。

當前王大球的拳已打到楊浩的臉面了，只見楊浩機靈靈地向一旁閃開，來個順手牽羊。右手搭接住他的手腕，左手攢握著他的上臂，一插馬步。一腳卡在他雙足之前，順著他沖過來的慣性，雙手一拉，王大球雙足被卡死，上身卻向前傾斜。像順水拉舟般把他拉倒，趴在地上。

楊浩不但不乘勝追擊，反而退離兩步，說：「起來吧，重新再來一次。」楊浩已看出王大球不習過武，只憑一身蠻力來打鬥，如此拙笨的對手，不難對付。

而王大球見楊浩不敢趁機進擊，以為是懼怕自己的力量，不敢貿然莽進。於是爬起來，又迅速向楊浩側面猛擊一拳。楊浩一閃，又躲過去了。為了緩和他的猛烈攻勢，退了兩步，再擺出一套雄鷹展翅的架勢，亮出胸腹的空門，待他進攻。王大球不知天高地厚，認為空門正合打擊，舉出雙手，用餓虎擒豬的勢子沖過去，想掐住他的喉嚨。

如果楊浩被他招著，自當全盤皆輸。只見他雙手迅速收攏，且插入王大球的雙臂間向外一挑，王大球兩臂已起不了作用了，楊浩順勢將兩拳化為按兩下掌，夾攻打了他兩側耳光。再雙掌合力，用推窗望月之勢，把他推坐在地上。

　　王大球兩次倒地，可全身沒有受傷，暗念：「我比他高出一個頭，體重超他 30%，怎的打不過這小子？」

　　越想越狠，變作惱羞成怒，再站起來，舉起雙臂，用盡全身之力，直向楊浩胸部衝撞過去。楊浩深知這一推，力量極猛，不宜接打，只得退了一步，不料他又揮起一腳，弄了一招連環鴛鴦腳，一腳踢到他的肋下。他正想用手撥開，豈知另一腳又重重地踢到肩上，一個跟蹌，站立不穩，摔倒趴撲在地上。楊浩用腳踏著他朝天的背上。

　　他想掙扎起來，卻感到壓在背上的腳仿佛有千斤重，動彈不得。

　　此刻，韋平川走過來懇求說：「揚技術員，放過他吧。其實他沒有欺負我。」

　　「怎麼不欺負你，他不是把你的賭本搶去嗎？還要你當眾跪下，用打手掌來羞辱你，你能忍受屈辱？而我不能不為你抱不平了。」

　　「請聽我說，這次賭博是我主動約他賭的，錯是我錯，與他無關。」賭的過程中，他的錢輸光了，最後他把桌面上的錢，其實也包括我的賭本，全都收入己囊。

　　我問：「這是什麼道理？」

　　他說：「一開始他就發現我耍假，出老千。但他不聲張，默默地賭下去，意思是：萬一僥倖他贏了，則假裝不知曉。倘若輸了，就把錢搶還。我說，「你如何證實我玩老千？」

　　他拿出這副撲克牌說：「你看，全副撲克，每張牌都畫上記號，還有什麼可辯？」

　　我說：「既然如此，取還你的賭本就是了。現在連我的賭本你一起拿，不如去搶？」

「我的賭本拿回了，至於你的賭本就當作你雇我做鐘點工，陪你玩的報酬。。」

韋平川知道他平日喜歡恃強凌人，但現在說的也有一定的理由，只得要求說：「王師傅，是我不對，請原諒。希望高抬貴手放我一馬，把我的賭資還給我。因為我老母生病，在醫院要動手術，急需用錢。我已千方百計去籌借，但已經借貸無門了，所以約你賭搏，希望贏了錢去交手術費。誰知偷雞不成反蝕把米，怨我無能，無法把母親挽救，她死定了。」

「原來你還是一個孝子，千方百計為母親治病籌款。好吧，我成全你，你的賭本全還給你，連我身上所有現金都送給你。如果還不足以付手術費，明天再向我要。我給你補夠，但你必須在工友面前當眾跪下罰打手掌，以告誡今後不玩老千，不再賭錢。你願意受罰嗎？」

「願意，願意受罰」。

「這次受罰是我甘願接受的，不是他欺負我，所以我請求你放過他吧。你的見義勇為，扶弱抑強，一片好心幫助我，使我感激不盡。但王大球也是好人，被我弄假，騙了錢不但不怨恨，還慷慨解囊資助我。你們倆的恩情我永記不忘，以後定當報答。」

「這麼說來，是我欠調查。恃強打王大球。好吧，既然如此，就放過他了。起來吧。」

他說著，把踏在王大球背上的腳鬆開。王大球如釋重負，站了起來。

「我誤會你了，現在向你賠禮道歉，請多多見諒。」楊浩雙掌合起來躬身向王大球敬禮。

「無需道歉。其實你維護正義的行為使我十分敬佩。你的

武功造詣，更使我崇拜。以前我有很多得罪你的地方，請你大
人不計小人過，以後請多多賜教，我聽你的。」王大球誠懇的說。

「自此之後，王大球和我之間已冰釋前嫌。他不但向我學
武功，為人處事的道理也不斷求教，在日常生活中他也幫我不
少。所謂日久見人心，久而久之，我們就成為莫逆之交了。這
就是你所見的他對我們尊重的原因。」

「原來如此，能化干戈為玉帛。實在是高著，也是浩哥平
素的強項，使我十分佩服。」

羊肉餐飲店，
拳打胡衛。

　　楊浩去貴州之前，在南寧交易場《地名》，早已租有一幅閒置的宅基地，且請工人蓋了一間臨時的棚子。外面雖然簡陋，內裝修卻優雅別致。眼下購置了一些台、椅、餐具，請兩、三個工人，即可幹起一攤飲食大排檔。該大排檔專供羊肉，其中有紅燒羊肉、清燉羊肉，和各式各樣的羊肉菜肴。山羊是有人宰好供應的，只把羊肉加工成菜肴即可。該店全日經營，至晚上 12 點才打烊，工作雖然不很吃力，但營業時間長，亦有點辛苦，可是生意很興旺。

　　楊威原本是和楊浩一起幹的，但他回到南寧不久，就結識了一位從越南來的朋友，名叫阮石，他經常從越南販來一些鋁製品、手錶、香煙等走私物品，常找楊威代銷，給楊威很優厚的中介費，所以楊威不閒顧及大排檔了。只能在夜晚有空時，義務來檔口幫忙。王大球也差不了幾多，因他父母亡故後，他即繼承父業，幹起了水上運輸，現在日間走船，晚上才有空來幫楊浩的忙。每晚 10 點後，顧客逐漸少了，他們幾個始得一起啖羊肉，一面飲酒，一面招呼顧客，倒也感到很歡快。

　　大排檔開業約三個月光景，有一天晚上約 12 點鐘左右，有

最後一席共 5 個人，還在猜拳喝馬，沒有撤席之意。王大球到桌旁說：「各位師傅，打擾一下，我們將要打烊了，但你們可以放心飲，飲到天亮也不礙事，只不過沒有服務員侍候罷了，請見諒。還有，我想請你們先結帳，我們的收款員和服務員都將要下班了，請將就一些。」

「你是收款員嗎？新招工來的吧，還不懂規矩，這餐酒是你老闆招待我們的，完全免費，快滾。」

「老闆沒有囑咐免費，所以我不能不收費。」

「你這人真是不知趣，我們已經說明白了，你還賴著不走，想挨揍嗎？快滾！」

王大球知道他們是來蹭飲蹭食（白吃白喝）的，如若是當年，按他的脾性，早就要動手打人了，但這幾年來，得到楊浩的教導和感化，凡事首先忍讓，經三思後，方可動手，所以才把一腔怒火壓下來，只得說：「我們是小本生意，一天賺下的錢，還不夠吃喝一餐，請你們體諒體諒！」

「你這人，真的不知天高地厚，囉囉唆唆幹嗎？滾。」這人說著，過來揮手一掌，王大球猝不及防，被摑了一記耳光，臉熱辣辣的，怒氣頓生。即還手一拳，打到這人胸膛上，這人趔趄著站立不穩，幾乎將要摔倒，另一個像是頭目的人走過來：「你敢打我的人？知道我是誰嗎？」

「你是誰我不管，但吃喝就要付費，這是硬道理。」

「我胡衛保護你老闆這間店，尚未收保護費，來吃一餐飯，居然還敢收我的錢？」他一面說，一面過來向王大球揮了一拳。王大球把來拳撥開，一勾拳向他腮幫打去。他一低頭縮身，避過勾拳，卻乘勢來一手水底撈月，欲將王大球的陰囊拉扯掉。王大球身高腳長，見他從下部竄來，立時向他踢了一腳，他閃

過來勢，順手抱住王大球起踢的腳，往肩上一扛，王大球即仰摔倒地上。他掏出一支手槍指著王大球說：「不許動，動則一槍斃了你。」

其時，楊威倏然到來，見此場景，急忙一個箭步，立刻揮起一腳，正踢中其人持槍的手腕，手槍飛出幾尺開外，落在地上。這時，楊浩聞聲從裡屋出來，馬上去拾地上的手槍。其時，胡衛見半路殺出個程咬金，既驚慌，又忿怒，一個跨步，沖到楊威跟前，用一招雄鷹抓雞之勢，雙掌朝楊威抓來。楊威一個閃開，從側面緊握著他的右前臂，以順冰拖舟之勢，把他向前一拉，他一趔趄，幾乎摔倒。只見他一個鷂子翻身，向後揮起一腳，像鱷魚擺尾般橫掃過來，楊威退了半步，雙手抓住他掃過來的腳，用一招雙推磨的架式，把他推出幾尺遠，隨即扒伏在地上。

楊威一個跨步上前，用單膝跪在他的背上，用勾拳向他臉面打去。他掙扎著想爬起來，卻又動彈不得。此刻他幾個手下，也被楊浩和王大球打得七零八落，不閑來救援。王大球乘空過來，向胡衛踢兩腳，痛得他「哎喲！哎喲！」大聲號啕。

「還來白吃白喝嗎？連自己尚且保護不穩，還強要保護別人。」王大球罵著，還要繼續踢打。

「哎喲，不再打了，我付錢，我付錢，小五子，拿錢給他吧。」那個叫小五子的人，趕忙拿錢付給王大球。王大球按價結了帳，楊威才鬆開跪在他背上的膝，他起得身來，向手下招呼一聲，其餘的人都和他一起走了。幾個看熱鬧的人也散了場。楊浩急叫著，想把手槍還給他，可他們已走遠了。楊浩在燈光下仔細一看，原來是一支嚇人的模擬假槍，既沒有子彈，也不能發射子彈的。

十幾天後一個晚上，楊浩的大排檔正是顧客盈門的時候，

一群紅衛兵乘著一輛卡車到來，其中一人出示市管會的檢查證，並叫楊浩拿執照出來查看。當時所有這些攤檔都是臨時經營的，大都不夠條件領取執照。楊浩也不例外，是沒有執照的，該市管人員說：「無證經營是不合法的，現在我將你經營的物品和器具，拉回市管會，明天你到市管會辦理手續兼領回這些物品。」于時，他寫了一張扣留物品的清單給楊浩，並指揮紅衛兵把扣留物品搬上卡車，卡車噴了幾口油煙溜走了。楊浩的大排檔夢，也隨著煙消雲散。

為此事，楊浩暗想：現在通街都是無證經營者，為什麼獨自處罰我這間攤檔？不容置想，分明是有人去舉報，從中添油加醋、挑撥調唆做了手腳。此人是誰？平素我不得罪於人。莫非是前次想來白吃白喝，後來被我們打的胡衛這夥人？如果是那夥撥皮所為，我和楊威、王大球的處境就危險了，必須加以提防。再退一步來看，他們雖然居心不良，添油加醋去舉報，造成我的經濟損失。但我畢竟確實是無證經營者，不合法的，受罰是理所當然。況且報復之心，人皆有之，不可全怪罪於他人！

視他人生命當兒戲，
決定生殺隨意而為。

　　正如俗話說的：「禍不單行」。大排檔停業了，經濟受到了很大損失，兩個月後，楊浩又突然患了急性闌尾炎，往醫院動手術，十數天后，闌尾炎基本痊癒，可手術切口又感染，繼而延續留醫。

　　這期間，越南的朋友阮石不來南寧了，和楊威斷了聯繫。楊威正好空閒，所以能日夜在醫院服侍楊浩。王大球三天兩日也來醫院探望。來時，常帶些酒菜來和楊威對飲，消磨護理病人的寂寞時光。更帶來了眼前在南寧最新新聞，和兩派紅衛兵武鬥的戰況，能使楊浩、楊威可瞭解當前本市一部分的形勢。到了後期，兩派紅衛兵武鬥結束了，戰勝方到處追捕戰敗方戰後藏匿起來的成員。

　　有一天，醫院也被搜查了。胡衛手下的小五子，領著一群紅衛兵，李昌研和張三也在隊伍裡。小五子發現了楊浩和楊威，認定他倆是從外地來南寧參加武鬥的，戰敗了詐病來醫院躲避。於是，他兩人被拘留了。其實醫院有記錄，在武鬥期間，楊浩都在留醫。只是，楊威是服侍人員，沒有記錄吧了，但醫務人員證實，楊威確實天天在此服伺。

　　審訊他倆的，不是別人，正是被他們打過的胡衛。李昌研也在一旁陪審。原來胡為現在已當上了紅衛兵紅色聯合總指揮部的司令員。今次武鬥中，他立下了不少功勞，俘獲不少俘虜。現今楊浩、楊威也被列入俘虜之中了。

　　在審訊期間，為防止串供，楊浩、楊威被隔離了。

　　幾天後楊浩被判為參加武鬥罪犯，押回原籍處理。押解罪犯的兩輛卡車，其中一號車滿載著犯人，楊浩被押上二號車，該車只載著七個人，他們還慶倖搭上這輛載少人的車，免受擁擠之苦。押送人員都背著槍，荷槍實彈，全副武裝押解。

　　李昌研和張三也是押解人員。濱城位於南寧與縣城之間，車到濱城時，押送人員停車吃飯。當李昌研和張三下車時遇見縣委林副書記，林副書記問：「這兩輛車是什麼人？」李昌研如實報告。

　　「現在在幹什麼？」

　　「停車吃飯。」林副書記聽說是吃飯、即叫他們隨他走。到飯店餐廳，林副書記要了幾個菜和他們一起進餐，李昌研和張三真的有點受寵若驚了。「首先讓我感謝書記的招待，真不好意思，今天使林書記破費了。」

　　「不用客氣，反正我也是來吃飯的，相請不如偶遇，和你們一起吃餐飯，很應該。」

　　「謝謝！不知書記還有什麼指示？只管吩咐，我們一定盡力而為的。」

　　「沒有什麼，我是一個管地方政法的人，對地方安全事務也很關心，凡地方有什麼異常的事發生，都想瞭解，今見兩車犯人過境逗留，而且是全副武裝人員押解，你倆是押解成員，所以我想問一下，車裡是什麼罪犯，從哪裡來，往哪裡去？是

否還要我們協助保護？」

「這兩輛車都是在南寧參加武鬥的罪犯。現在從南寧押到縣拘留所去。至於協助方面，我代表押解隊向林書記感謝。我們押解的武裝力量很充足，不敢勞煩書記了。」

「車裡的犯人，全部是參加武鬥的嗎？」

「不，據我所知，楊浩就不是參加武鬥的。」

「楊浩也在囚車上嗎，你說他不參加武鬥，此話怎講，你怎麼知道他不參加武鬥？」

「因為拘留他時，不是在武鬥現場俘獲的，而是在醫院病房裡抓捕的。審訊時，我是陪審員，所有資料我都看過，據醫院病歷記錄，在武鬥期間，他正在留醫手術治療，那裡還有時間參加武鬥？除此之外，再沒有其他犯罪資料了。所以，把他判作死犯，實在冤枉了。」

「楊浩雖然也算得是我的親人，但犯了罪，亦應該服法的，既然政法機關把他判為重犯，必然有一定的依據，不然，政法機關不會草率到至於誤判的。」

「哪裡是什麼政法機關的判決，只是紅衛兵司令部單獨審訊作出的決定。」

「那麼說，未經政法部門審理，就是未有定案、定罪。冤枉這個詞還用不上。」

「林書記，你還未瞭解情況。如今我們押解的犯人，按檔指示，把所有犯人通通押解到收容所，但上級口頭命令，把一號車的犯人，按文件解往收容所，而二號車的犯人，到半路僻靜處，故意把他們放跑，製造一個假像，然後開槍射殺。待到收容所交差時，就說這車犯人集體反抗，最終一起逃跑，喝令不止，迫於無奈，只得開槍擊斃。到時死無對證。一切就結束

了。而楊浩就是被押在二號車上，一路上，我看著他還像是個生龍活虎的，可一會兒，竟死於非命了。我內心不斷為他悲歎！你說他冤不冤枉！」

「那麼二號車的人不僅是重犯，也是死囚了。」

「當然，是肯定的。」

「你既然認定楊浩是被冤枉的，而且又同情他的遭遇，為什麼不想法把他營救，為他伸張正義？」

「請原諒，我愛莫能助，我在押解隊裡只是一名副隊長，沒有決定權，一切由正隊長抓主意，況且他也是只能執行上級的命令，命令是不能更改的。」

「現在他（隊長）在哪裡？」

「他在車上指揮和看管犯人。」

「他不來吃飯嗎？」

「我和他是輪班吃飯的。」

「我看這樣吧，你吃飽飯後和張三一起立即回車上接班，輪換隊長他們來吃飯，就說我在飯店等候他，並有話和他商量。他不認識我，叫張三陪同他來。他來後，你即把楊浩改乘到一號車去，這樣楊浩就可以被送到收容所了，如此，楊浩就有機會得到政法部門正式審理。該判刑，就判刑，該釋放，就釋放。這般就能使犯人得到公平公正的判決了。

李昌研本也認為楊浩是被冤枉的，而且和他從小玩到大，感情頗深，很想把他救援。今見林書記說得也很有理。覺得此舉，不但能救活楊浩，更重要的是：能贏得林書記一個人情，為以後的工作鋪路搭橋，何樂而不為？

於是李昌研和張三離席了。須臾，果然見張三領著三個人來，並向書記介紹：其中一位是隊長，兩位是隊員。林書記也把

自己的工作證給他們驗看,並請他們入座,叫服務員另加酒菜,他們因公務在身不敢飲酒,只和書記一起吃飯,一會兒,一個服務員托著菜碟走進來,並對書記說,「方才售票員說,書記吩咐換票的事已經辦妥,叫我來回稟。」

「好,我知道啦!」林書記明白,事前他並沒有叫換什麼票,這只是李昌研暗示把楊浩改乘一號車的事已辦妥,這只能心領神會了。隊長也不留意飯店要換什麼票,只是說:「承蒙書記招待,衷心感謝。」接著,他繼續把押解犯人的情況介紹一番。

書記說:「你們這次任務很重要,必須提高警惕,小心謹慎,不能讓暴亂分子有機可乘。劫持而去,如果你們需要,我可以加派人員協助保護。」

「承蒙書記關心,並大力支持。上級給我們配備的武裝力量已足夠,不用勞煩書記了,謝謝!」

「都是為了公務,何需道謝,總之能把所有罪犯安全送達收容所就好啦。到了收容所,政法機關必然逐個審查。這樣,罪犯就得到了公平公正的判決。我們大家都相信黨,相信國家的政策法令吧,政法機關是黨委派的,是執行法律的單位。他不會放過一個壞人,冤枉一個好人的,請大家放心。不過在路上,除了嚴防暴徒劫持之外,我希望你們也要奉公守法,不要自作主張,隨便打人殺人。不教而誅,這樣有損我們這個法治國家的形象。」

「書記的提示很有道理,我們按照你的意旨辦事的,」隊長雖然唯唯諾諾的答應,可心裡卻另有打算。一個縣委副書記官職不算太大,但也不小,他的權力只在縣內,而我是縣外人,即使他想提拔我,權力卻不及,如果我不按照他的意旨去幹,得罪了他,他要處罰我,也會顯得鞭長莫及,奈何不到我。但

畢竟他是一個官，既有權勢，也有威望。雖然目前對我的關係，不關痛癢，但日後，或多或少，對我倒是有助益的，為今之計，首先口頭上做到百依百順，可行動上必須服從原來的上級，因為我的工作與生活的生命線，都操在他的手上，稍有不慎，線斷了，就翻天地覆的跌倒下來，落入的不止是深淵，或者是地府了。

書記見他這般承諾也放心了。

李昌研叫楊浩改乘一號車，自然就安全抵達收容所，楊浩在收容所裡呆了幾個月，經政法機關多方調查，審理，最終得到無罪釋放。劉芬來接他回原籍濱城，這天正是星期日，何純和何二嫂倆母女聞訊即來探望。甫見面。何純卻痛哭流涕，語不成聲。楊浩不知何因，只得勸慰，以為久不相見，女子特別愛流淚。其實她是見了楊浩從鬼門關繞了一圈再轉回來。可楊文竟回不來了，觸景生情，所以很悲痛。再經劉芬勸解，哭泣始可休止。

「阿浩，你在南寧參加武鬥時，戰鬥得很激烈吧？竟然毫髮無損，真是吉人自有天相。」何二嫂說。

「不，兩派鬥爭的武鬥，我根本不參加。」

「既然如此，為什麼把你定作武鬥分子，判為死罪？真是太不公平了。」

「何人把我定作死罪？沒有這回事吧。」

「你還未知內情嗎？當時你被解回縣城時，和你共乘一輛車的人，通通是死囚，在半路上全部被殺了。幸好當你所乘的這輛車，到濱城時，得林書記及時指派李昌研把你換乘第二輛車，你才倖免於難，要不然，你已經往馬克思那裡報到了。」

「那麼說來，我的生命當真已懸於一髮了，俗話說的：真是險若剃頭！」他轉向劉芬說：「多得你爸和李昌研救了我，

正是再生之恩，當銘記於心。」

「什麼你爸我爸的。不也是我們的爸？其實不是他們救了你，真正救你的是黨和政府的政策。」

「你說得對，應該感謝黨和政府的好政策。但沒有他們，我還是逃不過那種私刑枷鎖的。」

「你確實不參加武鬥？」何二嫂再去追問。

「實在不參加，當時我還在醫院病床上。醫院有記錄在案」。於是，楊浩把從大排檔打胡衛開始，一直敘述到在醫院病房被抓的過程說個明白。

「那麼判你們參加兩派武鬥的依據，是和胡衛的打鬥，這純粹是私人鬥毆，怎可列入派性武鬥，真是張冠李戴了。這般審判，簡直形同兒戲，草菅人命！這事你是和楊威在一起的，現在他怎麼樣？」何二嫂問。

「他已經過世了。他為了服侍我，在病房寸步不離，才一起被捕的。被捕後，我和他被隔離了。至到我被押回本縣時，用貨車押解，車到邕江橋上受到堵車，只能在一米一米地緩慢行駛。原來在橋面上有很多人被一組一組的人鞭打，這正是被堵車的原因，當時最顯眼的是胡衛。他在橋面上走來走去，忙著指揮那些打手打人，喊得聲嘶力竭，有時甚至赤膊上陣，親自毆打，完全不像個指揮員的形象。

車到橋中間時，見一班人用皮鞭、木棍毆打楊威，打到楊威摔倒在橋面上直挺挺地躺著，一動也不動了。見胡衛過去摸了摸他的面孔，大概沒有呼吸了，胡衛做了一個揮手的動作，幾個人即來把楊威的屍體抬起，舉到橋欄上，扔下邕江去。不說是一個死人，即使是活生生的人，被扔到河裡去，也會死的。

「住手」楊浩見狀，情不自禁地大喝一聲，繼而欲從車廂

後面跳落橋面去營救楊威。可是，被押解民兵用槍把子撞打：「不許亂動。」楊浩無可奈何了，只得眼睜睜看著楊威被人打死，棄屍江河。令他很悲傷，心如刀割，可是，他到底是個在押犯，不得自由，那就無能為力了。在車上，楊浩一眯上眼，就閃現出楊威被打的場景，他很堅強，棍棒交加，卻一聲不哼，仰著頭直到摔下去。

一路車程，我腦海裡一直縈繞著楊威生前的點點滴滴，是是非非，「他小時讀書不多，文化水準低。做事莽撞，遇事不慎重考慮，做錯了事，不知悔改，為一點小事，就可拼命。但他對親人、朋友很好，講義氣，見義勇為。為朋友可兩肋插刀，為知己者甘當牛馬，為人慷慨，通達人情。愛抑強扶弱；長大後自學了不少知識，能文能武，極其聰慧，頭腦靈活，是一個幹大事的料子。」如此好的兄弟死了實在可惜。其實他的死跟我有很大的關係和責任，說確切一些，是我害死他的。如果我不勸他回南寧他就不會死了。既然回了南寧，我又不能保護他，我太失責了，不配作為他的兄長，千錯萬錯皆是我錯。內心將愧疚一生。

強奸未遂，
勇鬥歹徒保貞操。

楊文死了以後，何純的情緒十分低落，感到世上任何事物都不能引起興趣，性情也改變了。平素對人一副笑容，待人接物都是很熱情的。而現在給人的卻是冷若冰霜的面孔，不相與人了。他從來不信鬼神，更不信人死了以後還有靈魂。但現今她很鄭重其事地請人打造一塊小木牌，親自寫上「亡夫楊文之靈位」油漆得光鮮亮麗，擺在臥室裡朝夕禮拜，每落課回來時，對著靈牌默默祈禱，好像已把精神全部寄託在神鬼之間。她稱楊文為亡夫，其實她和楊文並沒有什麼婚姻關係，更沒有夫妻之實，只是心許罷了。

1969 年，此期間，她常想到楊文的一生遭遇：從小沒有父母，給人領養，自懂事以後沒過上一天好日子。幸好還得讀書上學，學了滿腹知識，為人謙和、厚道、助人為樂、性情善良，受人欺負了也不計較。可是，最終還是被戴上了右派，資本家的兒子，「叛國投敵」、「現行反革命份子」的帽子死去，他的死當然與家庭有關。倘若他的生身父母不為革命而犧牲，現今還健在的話，起碼是縣或公社級的幹部，如果是書記、局長或者是更高級的官，在父母的庇蔭下，他就是官二代了，再加

上他是北京鐵道學院的高材生，校青年團的團委，應該是紅到發紫的人物。眼下那些經常欺負他的人，該相反對他拍馬屁，巴結諂媚，阿諛逢迎，處處為他服務才合情理。如果是這樣，他不但不死，將來還可為國家建設事業獻出力量。但世間事，往往就是如此的。正如有句鄉諺說：「富貴如靈神，能招天下五鬼。貧窮似餓虎，嚇退遠近六親。」佛家語又雲「是者是之，非者非之。無是無非，何必是非。」真是人生如戲；登場時，互相鬥得你死我活，收場後，原來是一夥，甚至是最親的夫妻、父子、兄弟。人生太可笑了。

這段時間，何純除日常向學生授課外，即回宿舍讀書解悶，很少接觸外人，三伏天的一個晚上，氣溫很高，空氣悶熱。她打開窗戶，房門虛掩，在室內床上休息。時至半夜，朦朧間睡著了。突然覺得有人壓在她的身上，她起了一種自然反應，將此人一推，可力氣太小了，不但推不開，反而被他緊緊地抱著。她掙扎著說：「什麼人？快滾！不然，我大聲喊人啦！」

此人用耳語的聲音在她耳邊說：「不要聲張，喊也沒用，整所學校都沒有人。我愛你很久了，我們結婚吧。」

聲音雖然很低，但聽來還清楚，而且有點熟悉，可也不知是誰。

「誰和你結婚，快滾！」她說著，掙扎著，一手觸碰到枕邊的針線盒，上面有一把剪子，她攢起剪子向那歹徒刺去，那歹徒用左手一撥，刺不著他的身上，竟刺到了他的前臂。此歹徒感到痛了吧，登時起身，何純也跟著坐起來，握著剪子的手，還不停地亂刺亂戳，最後刺中了歹徒的臉上。黑暗中不知歹徒傷到了什麼程度。歹徒挨了兩下剪子，惱羞成怒。舉起拳頭，一拳直沖何純的面門打來，正打在左眼上。何純覺得火星四濺，

頭暈眼暗。昏摔地上。歹徒卻不知何純是昏倒的，以為他還要起來繼續拼命，內心害怕，所以匆匆逃竄啦，何純醒過來時，不見歹徒了，可是眼傷卻痛得很劇烈，她捂著痛眼往辦公室打電話，叫救護車來接她往醫院治療。檢查後，醫生說：「眼球已經徹底損壞，不能修復了。現今只能處理外傷，消炎止痛，且留醫觀察。」

第二天，何純的痛眼已經得到緩解，自個兒去醫院飯堂買飯，路經門診部，雖然是單眼球，遠遠見李昌研從九號診室出來，左面覆蓋著半邊臉的紗布，左前臂又紮著繃帶。低著頭往醫院門外走，何純本想喊住他，順便告訴他昨晚自己的遭遇。但因距離遠，行人又多，不好高喊呼喚，又轉想：他怎的也受傷，而且又傷在左臉和左臂上。不是昨夜那個歹徒被刺的部位嗎？莫非昨晚那個歹徒就是他，歹徒的說話聲的確有點像他。但他平日膽小如鼠。豈能有膽子幹出這些事來，而且他還是堂堂革委會委員，不應該有此舉動的，傷處只不過是偶然巧合罷了。不應懷疑到他。

不久，何純除了左目失明之外，其他一切已恢復正常。為此事，校主任曾叫何純去報案？將歹徒繩之以法，何純說：「報案要麻煩公安警員，動用人力物力。破案後，歹徒充其量被捕，並賠償醫療費，即使他傾家蕩產，也拯救不了我被打壞的眼球。而且賠償的錢，是強姦不遂的骯髒款，我不想使用。他被捕後，也只不過是把他教育、改造，認識錯誤，從新做人罷了。現今我不報案，是給他一次機會，以觀後效：倘若他不再作案危害他人，就說明他已知錯就改，悔過自新了，如果他不知悔改，頑固到底，繼續作案，我相信他不會逃出國家的法網」。

校主任說：「他已經侵犯了你，你反過來為他著想，太厚道，太善良了。」

再世相逢，
千言萬語盡傾訴。

　　1970 年 7 月，一個星期天的下午，何純在校園前操場上曬衣服，見一個穿著白色衣裳的人，像影子般朝她方向緩緩行來。她在陽光底下，本已感到有輕微眩暈。且未習慣用單眼球看東西，且隔著一層平光眼鏡的鏡片，和白色衣裳在陽光下的反射作用，更感受到物體的模糊。人漸漸走過來了，他才看清是個男人，而自己是個女人。怎可專注地看人家，為了避免失禮，因而低著頭。可又好奇地偷窺著，覺得此人像幽靈般飄過來，待到跟前處。「啊！你……」她倏然十分驚訝，愕然驚呼，不顧一切禮儀跑上前去，雙臂緊緊的擁抱來人。唯恐來人瞬間離去似的。「好啊！你的靈魂終於願顯靈來見我了，我盼星星盼月亮似的。終歸盼到了，又相聚了，我們再不分開呵！你把我帶去吧，帶到陰曹地府我都願意。」

　　「什麼魂靈？什麼陰曹地府，我是活生生的人呀！」

　　「是人？真的是人？」她用兩個指頭。在他的腰背上猛力捏一把。

　　「哎呦，你怎麼啦？捏得我很痛。」

　　「有反應了。你真的是人，不是做夢吧？」

「光天化日之下怎的是夢。」

「天吶，今生我們還能相聚真是極大極大的喜訊。我的心已沸騰得要躍到頭頂上了。來，返回宿舍再說」。她鬆開擁抱著的手，再把他仔細端詳了一番。看得他很不好意思了。　他是誰？原來是兩年前在鬥爭中被吊死在會場上，然後拋屍到竹林邊的楊文。

楊文隨著何純回到宿舍，剛進門就看見一塊靈牌，上面寫著「亡夫楊文之靈位」。靈位前設有香案供拜祭，楊文暗想：「她竟然認我做丈夫，倘若我真的死了。還有一位准妻子真心實意對我懷念，此生還有何求？」隨即脫口說：「此靈牌比泰山還重。」

「不，這是不祥之物。銷毀吧，但願我們將永遠安寧」。她說著已將靈牌和香爐一古腦兒全都投入廢物桶去。隨即泡了兩碗加雞蛋的速食麵和楊文一起吃，一起傾訴離情。

「離別後，我很想念家鄉，也很想念你們。可又不敢和家鄉通信，怕暴露自己的行蹤，也怕連累你們，引起不可估量的麻煩。請多見諒，這期間你們大家都過得好吧？」

「我想還是請你先講。你被鬥爭那個晚上，我在鄉校，我媽在鄉店。我兩母女都不在場，也不知曉，苦第二天聽說你被吊死後，拋屍到打靶場邊。一早，我兩母女冒雨不約而同從鄉間趕回來。欲去收殮，可是，當時整片沙洲已被洪水淹沒，我們都以為你被洪水推走了。不知你是怎樣又活過來的？」

「說來長篇了！不知你是否有興趣聽？」

「說吧，即使講三天三夜我也要請假來洗耳恭聽。」

26

鬼門關上繞一圈，
向鄰居遺體告別。

　　「好吧，我那得從頭說起，當時我大概已經昏迷了。什麼都不知道，當醒來時，還覺得昏昏沉沉。靜默了一會才睜開眼，見周圍還是灰濛濛的。好久以後才看出來，這是「打靶場」。」驀然間，腦子裡閃現出被批鬥的場景，立刻想起：莫非批鬥後，被押來「打靶場」槍斃？既然槍斃了，那麼我已經是在陰間了。目前我究竟是人抑或是鬼？自我已經分辨不清。我知道人代表善良正直，鬼代表兇惡歪邪，我一生不兇惡歪邪，當然是人。但我又聽說；有時人成鬼，有時鬼變人。這種錯綜複雜的人生道理，使人很費解。不再鑽牛角尖了，再鑽研得更詳細也沒有用，既然死到了陰間，當務之急，就應該立即去找已死去的養父和親生父母，向他們打聽陰間的環境和情況，和他們好好相聚，好好服侍他們。還有一點：以前曾聽人說過：「人死後第一個七天可上「望鄉台」，去看望我再生的母親——何二嫂和賢妹何純，以及各位兄弟，還有北京的林教授。並向他們告聲永別。啊！我明白了，我是被槍斃的，凡被槍斃的人都是壞人，不得入籍陰間，是不得轉生的「孤魂野鬼！怪不得我死了，還留在「打靶場」尚未得進入地府，所以未得許可上「望鄉台」。但為什

麼凡是被槍斃的都是壞人呢？歷代有很多為國捐軀的忠臣烈士，近代也有不少的革命勇士被槍決，然而他們都是公認的好人，閻王竟不分青黃皂白，一刀切，都把他們列入了孤魂野鬼，不得轉生，太不公平了。想不到陰間還存有這樣糊塗的閻王、判官，不明事理的官員。天王和佛祖安在？對陰間的腐敗官場卻視而不見，還有公平合理的淨土嗎？現在我已經死了，雖然不能和那些忠臣烈士，革命勇士相提並論，但撫心自問：一生沒有做過傷天害理。損害國家和人民大眾的事，怎又把我列入孤魂野鬼？公理何在？想著想著。因時間關係吧，我更清醒了，於是摸遍全身，想找被槍斃的傷口。可只摸到幾處被打傷的痛點。並沒有槍傷。怎麼？我並沒有被槍斃？還未死！只是胡思亂想罷了。我趕緊坐起來，觀察四周，仍然是萬籟俱寂。心中暗念，回家吧，此地是不可久留的。再轉想，我是被批鬥而死的。就這樣回家，被他們發現我未死，再生回還，能放過嗎？不，他們一定繼續設法迫害。不至我於死地，決不甘休。眼下怎麼辦？第一點想到的就是逃亡。好在以前楊威曾教過，平時把一些鈔票，糧票和假證件藏在人工挖空的鞋跟裡，遇著緊急和危險時，穿上鞋子逃跑就解決路資了。眼下鞋子還穿在腳上，這辦法果然很管用。於是連家都不敢回，反正家徒四壁，一無所有不值得留連。此刻，唯一辦法就是趕緊過河，因為河對面才有公路可以乘車。可是渡口的河段水深，目前沒有渡河器具。必須泅水而過，若選擇步行過河，就得沿沙洲北上一公里，才能步行過河。

　　我過了河，在黑暗中的水草邊旁，有一具東西把我絆倒，爬起來回頭一看，在水邊草叢間旁臥著一個人，我用腳碰了碰他說：「對不住，拌到你了，天氣已經寒涼了，你怎麼還在這乘涼？」此人毫無反應，其時，天空閃了幾閃雷電，借著電光

我看清楚了。此人原來是家富，他穿著我借給他的學生裝。這是前天他要去表兄家做客時向我借的。「家富，家富。」我輕聲的呼喚著。他沒有醒來，我拉著他的手，想把他牽起來。他的手是冰涼的，我再把手放在他的鼻孔下，已經沒有呼吸啦。再想按他的心臟，在胸口摸到一灘粘糊糊的糊狀物。一看，原來是暗黑色的血，他已經死了，當時我心裡十分恐懼。驚慌失措。還記得不忘向他遺體默念告別，祝願他離開這煩擾的世界，到那邊過著無憂無慮的日子。登上極樂的天堂，得到最好的歸宿。

其實，我內心極其惶恐，趕快離開此地，一面走，一面想：如果當時我和家富一起逃跑，下場當然是同樣的。之前，張三曾勸我不要逃跑，現在看來，張三的勸告是對的，現在我終於避過此劫了，很幸運。

天下之廣何處去，
唯可投奔教授家。

　　我順利到了南寧，找一間小客店住下來。這期間，南寧兩派紅衛兵相持不下，各不相讓，社會治安，無人管理，市面還有些紊亂。我應立刻離開此地，而且小客店的登記人員說，我沒有證件，僅能住一個晚上，所以，不可不另尋安全的地方。可是，往那裡去？自小讀書，認識的人不多，除了同學還是同學。現今所有親近的同學，大部份畢業了，已離校分散回歸各地，各奔前程。況且又不知各人的去向和地址，更沒有其他親戚朋友，無依無靠，自己也沒有流浪生活的經驗，又沒有一技之長，以後何以為生！

　　經反復思量，能去投靠的地方，唯有北京林教授家了。在北京鐵道學院肄業期間，有空常到林教授家討教。教授很樂意悉心輔導。平時我常幫教授找參考資料，或抄抄寫寫。他年老體弱，經常患胃痛，熬湯煎藥，病榻前伺候，護理，楊文都搶著幹。所以幾年來，相互間建立了深厚的感情。

　　唯一值得擔憂的是教授的女兒——霞影，她和我的關係，向來都不好，甚至抱有怨恨。以前我去她家，是向教授討教，她對我的態度，尚且是冷若冰霜；現在去是投靠，依靠她們生活，

她能容納得我嗎？或許是，立刻把我逐出家門。幸好前些日子，教授來信說：「霞影去陝西插隊了，他一個人在家，很寂寞。還邀請我有空去北京和他作伴」，因此，這正好是去投靠的最好時機。

教授的夫人早逝，雇一個家政叫馮嫂，人很和氣。此外就只有林霞影了。霞影生得面如滿月，五官端正，豐潤秀氣的直鼻樑，丹鳳眼，臥蠶眉，櫻桃嘴。四肢適中，體態勻稱。肌膚白裡透紅，真是貌若天仙。只是品性有點高傲，乖僻，少和人相與。楊文和她是同班同學，常到她家。但相會從來沒打過招呼，面對面時，也視而不見。

由於楊文親近林教授，所以引起很多同學注意。大夥認為他去教授家，目的是追求霞影的愛情。不過也難怪，他的成績在全校是數一數二的，常常名列前茅；而霞影是全校最美的校花，美麗又端莊，成績也優良，正是郎才女貌，很般配。很多同學在羨慕中和他逗樂說：「你三天兩日往教授家跑，霞影和你必然很相好吧，既是情投意合，該儘早請我們吃喜糖！大家都饞的引頸相盼了。」

其實楊文也認為霞影是天底下最美的女子，亦很羨慕。但她太高尚了，簡直高不可攀。現在同學們誤認為她倆的愛情很成熟了，且提出吃喜糖的要求，使他感到很羞愧。因為他根本和她沒有接觸過，連親近說話的機會都沒有，何曾談得上進入婚姻的殿堂，請同學們吃喜糖！因此，他很不好意思對同學們說：「請你們以後不要和我開這樣的玩笑，我和她沒有這種關係，這玩笑讓她聽到了，將會鬧翻天的。他是一位在天上的仙女，而我僅是一個窮鄉巴仔，拒離有數億光年，縱然乘著火箭去追求，以我此生的壽命，都無法追上的，所以，要求大家多多諒解，

不再以此話題來戲謔了。」

楊文和霞影的流言蜚語，不但在男生中流傳，在女生中也傳播，有些不知趣的女同學對霞影說：

「你多好！出生在一個美好的家庭，喝著甜水長大，得飽讀詩書。現在又有一位學識優秀，不！是超等好成績的狀元郎，天天到你家，拜倒在你的石榴裙下，正式是郎才女貌，天生一對，婚後必然前途無量，家庭美滿幸福。真使人羨慕極了。」

「誰羨慕，誰就嫁給他吧，我可做媒。」

「你真的捨得把他放棄？」

「什麼放棄不放棄，我從來和他沒有交往。如果不看在我老爸對他的器重和愛戴的份上，我早就拿起掃帚把他掃出門外，永遠不許進入我的家門了。」

霞影向來對楊文心存惡感，為了此事，且變本加厲，竟化作憎恨。她內心暗念：「楊文常來我家，名義上是向我爸請教，實質上是醉翁之意不在酒，目的是想親近我，找機會向我求愛。天下傻子何其多，竟不自量力，異想天開，白白浪費歲月 。一個窮鄉巴仔，能娶我回家嗎？我在北京住好、穿好、食好，到週末，可坐在高樓大廈，金碧輝煌的豪華餐廳上，享受著燈紅酒綠，牛奶咖啡，佳餚美味。北京到處洋溢著香氣，不像他在鄉村天天嗅到牛糞味。穿粗布衣裳，打著赤腳去下地，喝的是稀飯。吃的是豆醬鹹蘿蔔，這就是每天的美味了。正如俗話說的：「癩蛤蟆想吃天鵝肉，永不實現。」

霞影的態度和談話，早就有人告訴了楊文，他都聽到、看到了，心中當然很明白，知道她對自己有很大的成見，不過她是她，我是我，互不相干。何必理會！

眼下已被下放面鄉，與霞影的關係，自然終止了，但對教

授的感情還很深，回鄉後，時刻在懷念，曾多次想去北京探望。
但因經濟拮据，且與霞影意見不合，互存齟齬，所以不敢前往。
這次楊文逃亡到南寧，已無路可投了，想來想去，唯一只能去
教授家了。

同學收留、沽藥、
獻血、捐腎謝恩師

　　楊文到了北京，急不可待地往教授家走去。到了附近，卻見霞影從街上走進家門。忽然間，內心竟涼了半截，幾乎要凝結不跳動了，心念：我本是個倒楣人，所遇到的必然是倒楣中再倒楣的事了。今次來投奔，本認為是很順利的，誰料到碰巧又遇著霞影從陝西回北京探家，對我的投奔希望，必然受到極大的阻力。以前來時，是求教于教授，並沒有破費到她們的經濟，她尚且還想把我逐出家門；今次來是投奔，以後或多或少，都會損害到她們的經濟利益，她豈能容納得我，不立刻下逐客令才怪！思來想去，還在猶豫不決中，最後，終歸沒有勇氣走進教授家了。他背著行囊，無目的地在街上徘徊。直到傍晚，華燈初上，他感到很疲倦，行到一處小型的便民市場，市場打烊了，冷冷的燈光，照著穿破舊衣裳的他，滿臉憔悴，目光呆滯，沒精打采的選了一張空著的攤台，打算休息一會再想下一步的辦法，須臾，不覺間已倒下睡熟了。當他覺得有東西觸到肩上時，睜眼一看，見一位中年婦女用手拍著他：「起床吧，天快亮了，即將開市啦，請不要妨礙我打掃場地。她一邊掃地一邊低聲吟唱：「小時懶讀書，大了做乞兒，老年更淒涼，孤獨無所依。」

她吟唱罷，且對他說：「這就是你以前懶讀書的下場了。我雖然以前也懶讀書，但還認識自己的名字，幹一份清潔工作，還應付得來，可以糊口，不像你這般一個目不識丁的文盲，雖然年紀輕輕的，什麼工作都不能幹，只識去乞討了。我這兒還有一元錢，你拿去吃早餐吧。多可憐！」聽了此話，使楊文感到十分羞愧，一言不發，背起行囊，匆匆走了。在路上細想：幸好遇到的是清潔工人，若遇到的是治安管理人員，把我拘留起來，送歸原籍，那就死定了。現今流浪街頭，終非久計，既然來到北京，終歸是要到教授家的。醜婦難免見家翁，不管霞影怎的刁難，拒絕，不容納，還是面對面講個明白再作道理。

　　天亮了一會，進了林教授家，見以前窗明几淨的客廳裡，現在變得有點雜亂了，靠牆邊增設了一張小木板床，床上有個半倚半躺的老者，穿著一件睡衣，睡衣寬鬆得像掛在衣架上的樣子，一眼便看到寬寬的前額，雙目深陷，顴骨突出，鼻樑高高的，兩頰凹成兩個窩，差不多是一副骷髏了。

　　「林教授！」楊文驚愕地喚了一聲，快步走進廳堂，不知是因驚愕還是悲傷，鼻子一酸，淚從眼眶裡湧了出來。他抱著教授的肩膀：「怎麼了，教授。一年不見，怎變成這樣子！是什麼病，身子那兒不適？醫院診斷如何？真使人擔心！」

　　「我父親沒有病，請不要亂詛咒。」在臥房裡傳出霞影的聲音。人也隨聲走出廳堂。

　　「霞影，不可這麼說，楊文不是詛咒我，而是關心。楊文，今天你得抽空來看望我，內心很快慰。坐吧，馮嫂，給楊哥上茶。」

　　楊文坐下來，聽教授說：「我到醫院檢查了，除胃潰瘍的老毛病之外，沒有其他病，只是體弱，休息調養就好了，請放

心。」

「不感到哪裡不舒服嗎？」

「各部位都沒有問題，只是近來胃總是隱隱作痛，不思飲食。由於食量少，才形成肌體消瘦，精神萎靡不振，四肢無力罷了。休養一段時間會康復的，不要擔憂。好啦，我也想聽聽你的近況。今次來北京，辦什麼事？」

「不是辦事，是逃亡來的。」

「是怎麼回事？」

於是，楊文把在家鄉的遭遇，一五一十向教授陳述，並要求教授暫時收留他，待安排生活穩定後，再另做打算。

教授聽罷，說：「住在這兒不大好，這裡很不安全。你還是另找地方住吧。」

教授說話的語音很低，但楊文聽來，好像是晴天霹靂，震耳欲聾。他原本擔心的是霞影的拒絕和阻攔，現在她尚未表態，想不到教授卻搶先把他推出門外了。他想來投靠的願望，已徹底破滅了。無意識地立起身來說：「教授說的是，既有不方便之處，我就不打擾了，我去另尋地方便妥。」

他的話說很輕鬆，其實面色驟變，變得像一個罪犯突然被判死刑立即執行那般難看，他已經六神無主，舉止失常。這一切的變化，霞影都看在眼裡，即對楊文說：「別急，先坐下飲杯茶再說。」

他認為霞影不會為他說好話的，只能是落井下石，所以不願聽了：「我趁早外出找住地，回頭再談吧。」

「請再待一會。」她轉過臉向教授說：「爸，楊文千里迢迢來投奔，當然很渴望你的收留，看在他平日對你崇拜和尊敬的份上，你就收留他吧，免使他投親不遇，流離失所，舉目無

親的困境。」

「我也很想收留，而且之前我曾寫過一封信函，邀請他來。但根據目前情況，紅衛兵三天兩日找上門來，不是索要檢討書，便是追究臭老九罪行的材料，或強迫提供技術權威的罪證。看來下一步鬥爭的主角該是我了，我這把老骨頭，已經是半死的人了，怎樣鬥，倒不成問題。只是楊文正處於大好韶光，風華正茂，正適合為國效勞的年齡段。因為他以前曾被校紅衛兵鬥爭過，並放回鄉參加勞動。現在若在此與紅衛兵相遇，紅衛兵再次把他抓去鬥爭，甚至打傷打殘，毀了一生，不可惜嗎？我們又沒有能力把他保護，怎麼辦？」

「原來老爸考慮得很周到，為了他的安全著想。這般處理，也很正確。可是，我還有一個建議：為了解除楊文投親不遇的困境，還是把他收留下來，如果有人查問到，就說他來和我相親的，相親結果怎樣，誰也說不準。但相親沒有犯罪，不會被抓去吧。」教授聽了霞影的提議，緩慢的點了點頭。

霞影知道父親已默許了，轉面對楊文說：「你就安心留下來吧。馮嫂，把客房整理一會，帶楊哥進去休息。」

霞影忽然改變的態度，是楊文做夢也想不到的，事實面前，不能不使楊文感動得雙眼溢滿了感激之淚。

林教授收留了楊文，楊文在北京漸且安頓下來了。就在當天晚飯後，教授突然吐了很多血，急忙送往醫院救治，診斷為胃大量出血，情況緊急，急需止血和輸血治療。教授的血型是AB型。這種型號的血很少，而且恰巧血庫庫存沒有這種血，不能應教授之急需。

楊文聞訊後說：「我的血型正是AB型，請做個檢驗，是否適用？」結果楊文分次輸了幾百毫升血給教授，使他的病情轉

危為安。十天后出院了。當在出院回家的途上，教授所乘的小汽車被一輛大車撞著，司機和教授都受了重傷。正是一波未平，二波又起。再往醫院搶救。結果是教授的左腎嚴重撞傷、損壞，必須切除。霞影向醫生諮詢：「切除腎後，是否還需找健康的腎填補空缺。」

「能找到腎填補，當然更好。」於是，霞影和楊文都願意捐腎。經檢驗後，楊文的腎最符合移植要求。楊文很高興地說：「那麼教授有救了，那就趕緊做移植手術吧。」

「請等待。」幾天後，醫生說：「我們已經會診過，對病者的情況，進行全面研究分析，病者健側的腎還很健康，功能正常。即使切除了左腎，對身體無大礙，無需移植腎來填補空缺，請大家放心。」

腎切除後，果然不久就康復了，皆大歡喜。霞影對楊文的獻血捐腎的義舉，很感激。腎雖然結果不用捐，但為了教授的傷、病，不惜自己的血和腎，全力挽救，已足以致謝了。

教授出院回家後，霞影與楊文除了照料病人之外，有空兩人常在一起出街購物，在中藥展銷的市場上，楊文看見一支特大的吉林參，標價不菲，他把參拿到手上，緊握不放，好像惟恐被他人搶購似的，竟不惜金錢，立刻傾囊購取，順便另購半斤北黃芪。他購物時的動作和表情很堅決，霞影都看在眼裡，她深知他經濟有限，立即搶著付款，但楊文已先一步結了帳。霞影忍不住發問道：「你既然逃難來北京，經濟必然緊缺，為什麼你對這般昂貴的物品，發生這麼大的興趣，很有用嗎？」

「以前我父親曾一度身體虛弱，有一位老中醫指導他飲服人參黃芪湯，不久，果然強壯起來了。現在教授的身子，也是四肢無力，精神疲乏，體質和症狀都與我當年的父親相似，所以，

我想用這兩種補藥，給教授補養一段時間，或許很快可以強壯起來，你不反對吧？」楊文此舉，使霞影感到他在極度貧困下，還時刻記著我父親的病體，而且把我父親當作他父親看待，不惜金錢買藥調理，可見他的為人，確實有情有義的。當初父親看重他，是見他既有學識，又虛心學習，他日必有成就的看法，尚未發現他具備著有情有義的優點。

平素少語寡言，爭論起來是雄辯者。
一場舌戰群英，駁得令人啞口無言。

　　以前霞影對楊文很鄙視，認為他是從鄉間出來的，滿身鄉土氣。生活習慣全是鄉間習俗，土頭土臉，著裝跟不上時代，全是十年前的款色，沒有半點時髦，不合時宜。班裡同學集會，唱歌、跳舞、聚餐等活動，很少參加，好像不合群，平日花一分錢，像花一百元那麼重要。正色是吝嗇鬼。在班上選舉班長時，大夥原本是選我的，他憑著成績好爭去了。我只得退居副手，青年團常務團委的職務，也是他搶走的。這還不重要，最重要的是：通常跑來我家，惹得同學們的誤會，嘲笑我和一個鄉巴仔談戀愛，使我有苦說不出，羞得無臉見人。因此，對他從鄙視變作憎恨了。

　　當楊文被校紅衛兵批鬥時，霞影為了報復，積極參與鬥爭行動，親自登臺對他質問批鬥。雖然質問，批鬥的材料，都是紅衛兵司令部提供的，她只不過是照本宣科罷了。但能登臺罵幾句，把他鬥倒、鬥垮、鬥臭也得解恨！在鬥爭中有人上臺，批判他是工商資本家及右派的兒子，對現政府不滿，曾拉攏幾個臭味相投的同學組織餓語學習組，學習餓語。學成後，企圖偷越國境，跑到蘇修（蘇聯）去，實行叛國投敵。

　　他答辯道：「學俄語是事實，而且學俄語之前，我已熟讀英語、日語，其實，對外語我還嫌學得太少。一個人能讀懂世界各國的語言，對各國的事和物，必然會增加不少認識，對自己的知識便可充實，這不是好事嗎？而且中國法律哪一條是禁止中國人學外語的？學外語並不犯罪。現在我們國內起碼有 1 億人或多或少懂得一些外語。甚至中央也有不少高官不但學過，而且很熟練，他們不但沒有叛國投敵，且還忠心耿耿，為國效勞。因此，學外語和叛國投敵，是兩碼事，不可混在一起談。」

　　此時，另一位紅衛兵責問說：「楊文，你真想負隅頑抗，全不認罪嗎？這是沒有好下場的，你要好好坦白認罪才有出路，你把偷越國境的想法全過程好好交代，否則，你是不可能僥倖過關的。」

　　「我從未離開過國門，當然說我偷越國境就不成立了，只能勉強說：想偷越。但從推理上來講，偷越必須具備兩個條件：

　　一、要有偷越的資金。盡人皆知，我是一個窮學生，平日靠獎學金和勤工儉學的收入來維持生活，那怎能籌措往蘇修莫斯科千里迢迢的路費？縱然國家給予我出國護照，可堂而皇之過境，當然已經不是偷渡了，但車費也解決不了，而且到達目的地後，食宿又如何安排？

　　二、偷越必須熟悉過境處的地理環境，或境內外，起碼有一方的聯絡人引路，否則寸步難行。

　　我自小讀書，所接觸的人不是老師就是同學，既無親戚，又無朋友，家裡就只我一人。所到的地方，只有家鄉和北京了。地球之大，別無去處。我這般三步不出國門，孤陋寡聞的人能找誰來和我聯絡帶路？能有千里眼去觀察邊界的地理環境嗎？這兩點條件無一符合，即使馬上長出兩副翅膀，也不能飛過蘇

修去。」

「楊文，你那頑固不化的花崗岩頭腦，想讓我們革命的紅衛兵用鋼錘砸碎嗎？你再拒不認罪就得當心鋼錘對腦袋了。現今你唯一出路就是徹底坦白交代，把你叛國投敵的行為說清楚，才能爭取寬大處理。」

「關於叛國投敵問題，既要叛國投敵，就必須先和敵方有所聯繫，如若不然，誰肯輕信我是真正的叛國投敵？那麼我能找誰聯繫呢？找蘇修中央政府、找外交部？找情報機關、找軍事部門？我沒有這麼大的本事，這些部門是設有門衛保護的，戒備森嚴，即使是其本國人，也不能隨便進入。何況我一個沒有任何證件的外國學生，不被逮捕，算是給盡面子了，哪還能找到一塊敲門磚闖進去？即使有能耐闖了進去，裡面的官員不經審查就盲目輕易相信我是來投敵的，並吸收我進入機密單位工作嗎？如果放到普通單位負責搞清潔工作，那就相當於往蘇修打一份掃地的清潔工了，那就失去了叛國投敵的意義了，所以叛國投敵不是一椿輕易而舉的事，我有何能耐能進入叛國投敵之列呢？太高估了。」

「楊文，你想抵賴不承認叛國投敵？我問你以前你曾多次提出嚮往到蘇修留學的意圖，這些言論很多同學都聽過，你不會否認吧，倘若你不想叛國投敵，為什麼這樣熱衷於去蘇修留學？」

他答辯說：「出國留學並不是一件見不得人的醜事，當然可以公開說明，我承認，以前曾有這一願望，甚至現在還未忘初衷。只可惜一直未能如願以償，請問去蘇聯留學，就是叛國投敵？就有罪？請回憶一下，我國以前不是有很多前輩、先賢，前往外國留學嗎？我相信以後我國還會派出更多的學者出國攻

讀，與國外交流學術，利用他山之石取為己用，何樂而不為？學成歸國，把我們國家建造得更加繁榮富強，難道不是一件好事嗎？為什麼出國留學就是想叛國投敵呢？」

「革命師生們，請認真看清這資本家兼右派的後裔少爺，還夢想往外國讀書，將外國的資本主義、修正主義一古腦兒帶回中國施行，毒害我們，使廣大的無產階級勞苦人民吃二遍苦，我們能答應嗎？」

「不能答應。」

霞影也登臺按資料批鬥楊文，但都和其他人一樣被駁得無言以對。起初她認為他是一個性情溫柔，品性隨和，膽小氣弱，口才笨訥的弱者。誰知一旦辯駁起來，竟然變作外柔內剛，臨危不懼，態度沉穩堅定，有膽量、有學識，言詞剛強有力，不畏強梁，一語破的，切中要害，有理有據，使人難以駁斥。

在這場鬥爭中，他仿佛是一位舌戰群英的雄辯者，使得霞影大為佩服。

這次批鬥楊文的資料，是紅衛兵司令部挑選出十幾位對楊文平日的生活行動較為熟悉的，辦事能力很強，且很雄辯的智者集中合議擬出來的，為了列舉他的罪責，取證了不少證據和理由，欲使他難以辯駁，不能脫罪。想不到十幾位智者擬出的罪狀，竟被他反駁得一文不值，不但使人覺得他無罪，反而認為他是一個求學心切，胸懷祖國，放眼世界的優質學生。

楊文申辯歸申辯，結果還是被紅衛兵判作企圖越境叛國投敵罪，不發畢業證書，下放回鄉監督勞動。

馮嫂說媒將情牽，兩相默許結良緣；
舊誼未捨新歡來，任何擇選兩難全。

　　批鬥楊文雖然過了一年多，這段時間霞影在反復思考中覺得楊文不但勤奮好學，有膽有智有學識，而且還是一個熱愛祖國，放眼世界的大好青年，她對他從鄙視到憎恨，再轉為佩服。這幾個歷程的變化，只在她內心慢慢品味、欣賞，外人是不知道的，尤其是楊文，已被下放回鄉，霞影對楊文的心態改變了，當然更不瞭解。所以他來京投靠教授時，她不但不反對，反而向教授提議收留楊文，就是因為這些原因的變化。

　　最近又見到楊文為教授的病體，獻血捐腎，不惜重金購買昂貴的人參，像對他自己的父親那樣給她老爸補養，使她深受感動，從而更為敬佩。

　　在他們的精心護理下，教授的病體一天天好轉起來。一天，楊文陪教授在廳堂裡閒聊，只見霞影從門前背負著一大袋物品進來。

　　「袋裡是什麼東西？怎麼不請車卻背著回家？很吃力吧？」楊文說著急忙起來接替霞影的重負。

　　「車送我到門前，進來不遠，不很吃力。袋裡是衣服，我見你從家鄉遠道而來，攜帶的衣服不多，所以買給你替換。」

她一面說一面從袋裡把衣服掏出來。共有三套內外衣，有保暖
服和一件呢子大衣，一雙皮鞋和一對保暖鞋。

「快試著穿，如果不合身段可以立即兌換。」

「怎麼要你買衣裳給我，使你破費，實在不好意思。多少
錢，讓我日後清還。」

「什麼清還不清還的，我還要給你補償，而且致謝！」

「我有什麼值得你致謝的？」

「服侍我老爸已成個月了，尚未給你付過工資。你獻血和
買人參的款項又未結算，所以我向你致謝還來不及呢。」

「你太見外了，照顧教授是我的本分，理應要做的。我和
教授情同父子，獻血買人參還要結算嗎？還有，我在你家吃飯
住宿，是應該付錢的。現在你又給我買衣裳，在我身上所花的
錢已經不少了，要致謝的應該是我。」

「你說哪裡話來？吃飯住宿要付費，我這兒是開餐館旅社
的嗎？而且假使我請人來服侍老爸，也同樣要安排食宿付工資
呀。」

教授不耐煩的說：「你們算這些糊塗賬幹什麼？我們的感
情是這區區的小事，花三文十二的錢能買來的嗎？楊文，你以
後在這裡想住多久就住多久，不用說食宿付費問題。有你長期
作伴，我求之不得。」

「好吧，就聽老爸的。這些衣服，請試穿吧。是否合身。」

楊文試穿了，衣鞋都很適合。

「你怎麼挑選的，件件都合尺碼。」教授問。

「我早已留意楊文的身材和鞋碼了。」

「可見得你對我的生活很關心、照顧，今購買回的衣鞋，
連我自己還未詳細瞭解所需的尺瑪，你竟然買到件件都適合穿，

即使我親自去買，也未必如此周到，太感謝你了，衷心感謝。」

楊文穿上新服裝，煥然一新，神情上一改故態。在霞影面前展現的是一個風度翩翩，相貌堂堂，瀟灑俊逸，溫文爾雅。儼然是一位時尚青年，以前的鄉土氣，一洗無遺。

霞影暗想：以前怎麼看不見他這般的風姿，該是偏見吧，其實鄉巴仔又怎麼樣？偉大領袖毛主席和宣導革命，推翻帝制的孫中山不也是農村出身的嗎？可他們的成就影響全國，影響世界。正如有句話說：草莽出英雄，出生農村並不一定是卑賤的。以前我對他的鄙視著實是個錯誤。如今看來很慚愧。

往後，他們兩人天天在一起，有空時一起逛街，買東西或去公園散步談心，互相間更進一步加深瞭解。

兩人間，一個羨慕她如仙女般的美貌，舉止高貴，神態端莊。更使他愛慕的是，當自己走到日暮途窮的絕境時，她伸出高貴的同情之手，把他收留。此恩此德難以忘懷，使他衷心感謝。

一個佩服他的學識，敬仰他的志向和抱負。外貌英俊瀟灑，落落大方，近來為老爸獻血捐腎的義舉使她很受感動。因而兩人很談得來，親近度如膠似漆粘在一起了。

他兩人的日常生活，馮嫂都看在眼裡，有一天，馮嫂對楊文說：「楊哥你年齡也不小了，我見你和霞影很相好，我想給你兩人說媒，你意下如何？」

「馮嫂，你的好意我很感謝，可此事是行不通的。霞影她不會看得上我，我和她是兩個世界的人，我高攀不起，請見諒。」

「你兩人平日有說有笑很談得來，學識長相也很般配，正好是天生一對，怎麼說是高攀不起？」

「馮嫂，說心裡話，我此生能娶到霞影，是我祖宗八輩子造的福，但她能下嫁給我嗎？你記得嗎？年前一個傍晚。我照常

來教授家，剛到門前見廳堂上燈光明亮，教授和一位肥頭大腦，
紅光滿面的中年人並排坐在賓主桌旁。中年人身旁坐著一位俊秀
的男青年。霞影坐在教授側畔，她穿的是白色連衣公主裙，頭上
雙鞭用紅綢布紮了兩個蝴蝶結，穿一雙高跟鞋。看來是經過打
扮的，她肌膚白淨，態度嚴肅，形態猶如冰雕玉琢，一塵不染
的玉石雕像。神情高傲，使人覺得高貴到不敢挨近。這一場面，
已把我嚇退，不敢也不願進去了，轉身往外走，行不了幾步。」

「楊哥，怎麼就走了。」

「聽到你——馮嫂的叫聲：「不進屋飲杯茶嗎？」

「謝謝，他們有正事要談，不打擾他們了。」

「正事是正事，但吹了。」

「怎麼吹了？」

「他們是來相親的，那位中年人士是廳長，帶著念清華大
學的兒子來相親。可林姑娘太倔強了，一口就回絕他們，沒留
半點餘地，大家都很尷尬。上個月又有一位處長也是為他兒子
來說親。處長的兒子是北大學生，林姑娘不加打扮就出來接見，
照樣給人家一副冷面孔，搞到不歡而散。今次教授強調要她打
扮，說不打扮出來見客是不禮貌的，她才勉強答應。可還是吹
了，我真不知林姑娘要選擇些什麼人，這麼好的求婚對象都不
理睬，不可惜嗎？好吧，請進去飲杯茶。」

「不去打擾他們了，再見。」

「好，祝晚安。」

「此事雖隔一年多，但我還記憶猶新，其實最瞭解的還是
你。一位廳長、一位處長的兒子都是全國一流名牌大學生，向
他求婚尚且不答應，哪能下嫁我一個沒出息的鄉巴仔？不是異
想天開嗎？我勸你不要管此事為好，免得碰壁。」

「她曾拒絕以前多次的婚事，當然我都知道，但此一時，彼一時，今時不同往。林姑娘從插隊接受貧下中農再教育以後，思想上有了很大進步，行動上也做了 180 度的大轉彎，人際關係大大改善了，尤其是對你更為明顯。你不覺察嗎？請放心，我自有分寸，只要你有意，林姑娘和林教授方面我會做工作的。」

「我當然十分滿意。但我口才笨訥，又沒有戀愛經驗。不知說什麼話才可表达！。」

「那你從未談過戀愛？」

「以前在家鄉有一位叫何純的姑娘，和我同吃一雙乳長大，一起讀書，直到我來北京求學時，每月按期付款供我生活，直至學業結束。我和她雖然沒有戀愛過，但這份情我是不能忘記的。如果現今我見異思遷，移情別戀把她拋棄，豈不是《包公奇案》中的陳世美嗎？」

「楊哥，我沒有看錯眼，據你所言，是個真正不棄舊情者，的確是一位有情有義的人。但我想再請問你：你和你家鄉那位姑娘既然未曾有過婚約，又怎能說是拋棄她？假如你和林姑娘婚後對她的生活、工作給予幫助作為補償，就可以兩不拖欠了。不過你倆既然有此歷程，情深誼厚，我還是勸你回鄉和她舉行婚禮，或者接她來京，雙雙走進婚姻殿堂。此後，雙棲雙飛，展翅長空，前程萬里。」

「眼下我的處境你還未夠瞭解，其實我已自顧不暇，自歎仿佛是一隻沾水的蜜蜂，連一窩小泥淖都爬不出去，那可奢望展翅長空，鵬程萬里？根本就沒有條件接他來京，我是逃亡出來的，回鄉更不可能。」

「原來如此，這麼說來，你是無緣和她結婚了。可是，為了這點情，難道你就終身不娶，甘願獨身一生？但這也違背了

你父母、家族傳宗接代的傳統觀念，中國有句話說：「不孝有三，無後為大。」為情而忘卻了先輩的期望，值得嗎？再說，你目前的境況只是人生道路上一個坎，不要為一個坎來決定自己的一生。遇坎，要有信心和勇氣跨越，前途還是平坦光明的。至於愛情方面，也不應該只在一棵孤樹上吊死，要知道孤樹前面還有著萬樹春。世界之大，日子還長著呢，無需為一個坎而停步不前，也不必為一段無結果的情，來決定終身不娶，請再三思量吧。」

「你說的是，此事待考慮。馮嫂，想不到你能諳熟這套高深的人情世故，佩服，佩服。」

「過獎了，這只不過是教授平日言傳身教，使我略知皮毛而已。」

和往日一樣，大家同桌吃飯，教授說：「我身體正常了，霞影，你還是回單位工作吧。常期缺工，對國家對單位都不利。」

「爸，你剛康復，我還是放心不下。」她確實放心不下，也捨不得離開楊文。

「傻女，你不返工，能陪老爸一輩子嗎？」

「如果沒有國家的任務，我願陪。」

「這就對了。你還知道以國家任務為重，那你就回單位吧。放心，這裡有馮嫂和楊文照料已足夠了。倘若有急事，打個電話，你不是回到我身邊嗎？」

「說是這麼輕鬆，到底是水遠山遙，往返一次是不容易的。」

「林姑娘說的也是。路程穿州過省，一個姑娘家走這麼遠路，實在有點不便。我想冒昧提個建議，今次請楊哥陪送一程，以便路上有個照應。你們看如何？」馮嫂說。

「這也好，只是太勞煩楊文了。」教授說。

「勞煩倒沒問題，只是我……我。」

楊文原本想說我沒有盤纏，教授搶著說：「勞煩就勞煩一次吧。不過，霞影，關於往返的食宿車旅費、與及生活上的小費，要隨時付帳，免得文哥破費。」

「我懂得了。你不用擔心。」霞影，聽了馮嫂的安排，得楊文作伴，內心很合意。

之前，楊文在街上遇見一位低兩屆的同學，名叫莫凡，現在是鐵道學院學生組織的紅色兵團指揮部的司令員。楊文，在校時，他就佩服楊文的為人和成績。現在在街上遇見，聽楊文說：想回校探尋分配工作問題，並且逗留北京。

「分配工作是否有了消息？」莫凡問。

「還沒有。還得繼續等候。」

「眼下住在哪裡，給我一個地址，以便聯繫。」

「尚無定處，暫寄居林教授家。」

「那麼你參加我們紅色兵團吧，指揮部有地方住，便於你到學院探詢。」

「兵團有工作需要幫忙嗎？」

「工作多著呢，抄寫檔和大字報，收集材料搞編輯壁報、快報……，總之，幾個人工作都幹不完。不過是沒有工資的，包括我本人都是幹義務的。」

「幹義務就義務吧，反正現在我沒有工作，我樂意參加。」楊文暗想：幹些義務工是力所能及的，不成問題，得住在司令部裡比較安全，免得教授擔心。於是，就在司令部住下了。此後，日間有空在司令部抄抄寫寫，工作不算得很累。

護送同學往陝西，
一棒打斷鴛鴦夢。

今次要陪同霞影往陝西，請求莫凡給予一張往陝西的證明。莫凡很爽快給他寫了一張紅衛兵往陝西串聯的證明書。這次出行，算是有半個合法的身份了。

在火車上，楊文覺得此次出行是最幸運有體面的，因為既有證件，身旁還有一位如花似玉，世上最美的美女作伴，自我感到是天底下最幸福的男人。

霞影也很歡快，原因也是；有一位自已很滿意，才貌雙全的男子漢護送。整列火車有哪一位男子比得上楊文的才華和英俊？

車上，人們都向他倆投下羨慕的目光，更使霞影感到幸福和自豪。他倆互相在傾慕和陶醉中，雖然尚未確認婚姻關係，但在馮嫂為他倆撮合時，對雙方的談話，在兩人的腦子裡都很清楚地印記著，因此，兩人的內心已經默許為夫妻了，行動上處處都表現出是夫妻關係。

他們到了陝西一座縣城，霞影把楊文帶到一間宿舍，吩咐他暫作休息，她去找單位領導報告，有客人來。她回來時，兩手提的酒菜放到桌上，滿臉怒容。

這時，房門口出現一位少女：「原來是霞影回來了。還有客人。」

「卓丫，來得正好，我正想找你。來，我來介紹：這位是我在北京的同學，名叫楊文。」轉面對楊文說：「這位叫卓丫，住在隔壁房間，是我最要好的同事。他父親是當地派出所所長。」

「幸會幸會。請坐。」楊文說。

「我不坐了。你們遠道而來，必然有很多話要說，不打擾了，以後再談。」

「不，請順便和我們吃飯吧。我剛從街上買回來的酒菜，大家趁熱吃。」她一面說一面拉著卓丫坐下，並把酒菜整理到桌面上。

卓丫說：「既然如此，恭敬不如從命，我也不客氣了。剛才你說想找我有事嗎？」

「因我的同學來，我想讓他在我房間住，我去你宿舍和你一起可以嗎？」

「當然可以，從北京遠道而來，自然要住一段時間，我們可熱鬧了。」

「不說還好，說起來真使人氣憤。剛才我去報客，那個「三寸釘」丁三說，這證明是來串聯的，你說他來探親，他來探什麼親？誰是他的親人？」

「他來探望我。」

「他是你什麼人？」

「他是我的同學，而且是來和我相親的。」

「我們這裡是做商業的，不是婚姻介紹所。要相親，請到婚姻介紹所去，在這裡不行。」

「現在我不是來討論相親的問題，是來報客留宿的。」

「你只有一間單人宿舍，客人怎麼住？你打算未婚先同居嗎？」

「我的房間給客人住，我到隔壁房間同卓丫住不成嗎？」

「那就批准留宿一夜，明天叫他走人。」

「明天叫他走？千里迢迢從北京來，只住一宿就趕人走，說得過去嗎？」

「正因為見他是從遠方來才批准住一宿，如果是近處來的，10 分鐘也不讓他逗留。這全是為了我們單位的安全著想。現在有不少階級敵人千方百計想顛覆我們無產階級的政權，所以不能不提高警惕，你也應該諒解我作為一個領導人的難處。而且他的證明是紅衛兵來串聯的，不是來探親和相親，串聯應該去紅衛兵接待站，為什麼跑到我們公司來？所以准許留宿一夜，已經夠給面子了。回去吧，要記住，倘若留宿超過批准的時間，一切後果自負。」

「你們看這不全是強詞奪理嗎？還有什麼情理可言？」霞影憤憤地說。

「霞影，恕我直說。你是個聰明人，可對此事你犯糊塗了。自從你來本單位工作以後，「三寸丁」早已對你暗戀著，這是眾所周知的，只有你不自知罷了。現今你忽然帶來了一位瀟灑俊逸，風華正茂的帥哥，不正是撞破了他的醋罈子嗎？你再說是來相親的，他的妒忌心更要爆炸了，你還需注意爆炸時的碎片是會傷人的。」

「哈哈，原來如此，真是令人匪夷所思。這個「三寸丁」（職工中背地裡都叫丁三為「三寸丁」，意思是形容矮短，因為他身高僅 1 米 5）不用鏡子照照自己的尊容，眼突、鼻扁、嘴巴閣，

臉無二兩肉，恰恰像個癩蛤蟆。誰嫁到他，將要三輩子倒楣。虧他這般癡心妄想，真是笑煞天下人！怪不得他平日對我這般恭順，原來是心有所圖。他今天一反常態為難我，正使我很納悶，現在得你點明，才真相大白。不理睬他，文哥，你要住多久就住多久，充其量我們就結婚，不許住？看他有何能耐攔阻，強橫的攆人走？」

丁三這個人，念初中時，因和同學打架受處分，未畢業就輟學了。到單位後工作很積極又有計謀，借著他父親是商業局局長，很快就當上了百貨公司一所銷售部門的主任。在部門裡十幾個職工中，除卓丫和霞影兩人外，都被他視作敵人。這個是殘渣餘孽，那個是地富反壞右兒子的兒子。張三是不法分子，李四是反黨反人民的敗類，談戀愛者是搞腐化生活，著新潮的衣服者就是奇裝異服或崇洋媚外。總之，每個人在生活小節上有不順他眼的，則套上一頂大帽子，且上綱上線來處理，使大家對工作都不安心。文化大革命運動一開始，他竟是造反派的急先鋒，鬥走資派，揪臭老九，他立下不少功勞，主任的位置更穩固了。今天霞影去報客，觸破了他的醋罈子，才使他百般刁難。自然，這事，理應是霞影自責「不識時務」才是正理，豈能怪他？。

吃晚飯時，楊文沒有胃口，感到全身不適，頭腦眩暈，咳嗽，體溫正在 41 度高燒。到醫院檢查診斷為肺炎，必須留院治療。第 2 天早上，丁三來醫院探視。霞影知道，丁三是不懷好意的，他一定是先到宿舍探聽虛實，聽說他們昨夜已住進醫院才追來的。今看到楊文在病房昏睡，所以不提出攆走楊文的話語。

楊文在醫院治療六七天，病情也好多了。本可以出院，可霞影要求繼續住院觀察。她的意思是想留楊文多住幾天，反正住院比在自己宿舍住安全得多，不會受丁三的干擾。此期間，

他倆已成為一對名符其實的熱戀者。日間在留醫部的花園裡、樹蔭下、花叢中、亭臺上常見他倆的身影；夜間在病房裡還是情意綿綿。

霞影說：「但願我倆以後永不分離了。」

楊文說：「我此生有你陪伴，真是三生有幸了。」

這樣在醫院住了 10 數天，一天傍晚，卓丫匆匆地跑來對霞影說：「叫楊文快走，趕夜班車回北京去。晚飯時，丁三到派出所舉報，要求我爸（派出所所長）立刻把楊文傳訊審查。若涉案嚴重，即時拘捕。原因是楊文的證明和留宿實況不符。我爸同意了，一會兒員警就到了。快走吧，遲緩就趕不及了。」

他們聞訊後馬上辦理出院手續，且收拾行李，正想趕往車站，員警已經到了。當兩名員警押著楊文往外推時，丁三在背後舉起一根短棒，朝楊文脊背打下。

「不得打……」霞影急呼著撲向楊文。打字下面的話還未說得出來，木棒已打到她的頭上，她癱軟的摔倒了，昏了過去。楊文見狀，急轉身想把霞影扶起。兩名員警不容分說，把楊文推出去。

「霞影，霞影！你們快叫醫生。」楊文被員警推得踉踉蹌蹌，一面走，一面大聲喊叫。在派出所錄口供時，還多次要求打電話到醫院探詢。第二天下午，楊文被押上火車回北京了。楊文被送到紅衛兵紅色兵團指揮部。經莫凡等人問清楚在陝西的經過，楊文即自由了。

楊文在紅衛兵指揮部裡住，不好意思再回教授家裡打擾了。只回去向教授彙報在陝西的經過，且道歉自己對霞影保護失職。教授又告訴他：有電報來了，霞影被丁三打後，得到及時搶救，已痊癒了，今已恢復工作。

楊文住的地方暫且解決，可吃飯問題，全靠在陝西時霞影給他 100 元的零用錢作生活費。能支持多久？所以得加緊想辦法。

有一天，聽到幾位同學說：「在和平里《社區名》有一所各省的聯絡站，凡逗留在北京從外地來的，紅衛兵和流竄者去報到，一律收留，管吃管住。」

楊文去報到了，果然如願以償，在站裡每天按時上課，學習政策和法律，並認知國內外的形勢。這樣過了一個月，一天，站裡發來通知：說站裡所有被收容的人員一律遣送回鄉，明天啟程。並請大家放心，站裡已和各自當地黨政部門聯繫好了，只要大家回鄉後，安分守紀，遵紀守法，服從領導，則可保證你們人身安全。

楊文去向教授告別，並感謝一直來受到關懷照顧之恩情。還寫一封信給霞影，告訴她回北京的情況，近來接到聯絡站遣送回鄉的通知，並把家鄉的通信地點寫給她，希望以後多通信。

縣收容所接收了楊文，他在所裡和原有被收容的人在一起，每天除接受政法教育和學習心得之外，還參加勞動，未得正式自由，實際還在被監管中。這段時間，楊文很想寫信告訴何純和霞影，但覺得自己尚未得到自由，前程不由自己掌握，寫信反使她們為自己擔心。自己的事還是由自己承擔好了。

6、7 個月過去了，收容所才將這批人陸續釋放回家。原來收容所在這幾個月間，為了這批人的人身安全和各自鄉間的黨政聯繫，做了大量工作，確保無患後，才釋放回家。為此，大家都感到黨政的關懷，對收容所亦致以感謝。

我的故事就說到這了」。

「我回到家時馬上去找你們，聽說你母親在鄉村守店（分

店）。你在鄉校住，家中無人，所以我就到這鄉校找你了。我說了一整夜的話，你也該聽厭了。現在我也想聽你說一會我們別後的情況吧。」

於是，何純便將尋屍、收斂、埋葬、竹林鬧鬼，直到歹徒夜闖學校，強姦不遂都說出來。

楊文說：「你所埋葬的人不是我，其實是家富，當晚我見他的屍體正在江水邊，洪水來時，即把他的屍體沖往下游。他穿的衣服，是我前幾天借給他去探望老表時用的，所以才使你錯認。但至於竹林鬧鬼的事，我有點不明白，何來一個只有上身，無腳足的鬼影？究竟是怎麼回事？」

「這不是鬼，實際是我本人。我平時不是愛穿黑裙子白衣裳的嗎？當晚就著星期六的假期，我到竹林悼念你。大概看見我的人距離遠，且在夜色中只見我的白上衣看不到黑裙子，所以就產生了這種錯覺。後來聽說林書記因此事率民兵夜進竹林搜查，我就不敢再去竹林了。從此，竹林鬧鬼的傳聞即漸漸淡忘下來。」

「那麼你夜走竹林，沒一點畏懼嗎？」

「畏懼什麼？夜行我早已習慣了。從小時起，我母親在鄉村守商店，家與鄉店之間的往返，是我經常用夜間行走的；長大後，我在鄉村教學，鄉校、家和鄉店的三角形距離的道路，也是我半夜常走的通道。因為日間沒有很多的閒置時間，因此，夜間走路，我已習以為常了，談不上什麼畏懼。其實，這只是人們心裡習慣的畏懼，見一具人的屍體，竟害怕了，如果見的是一頭豬或狗的屍體，就若無其事了。」

何純和楊文就這樣促膝夜談，說不盡的離別情緒，從晚飯後直談到天亮。顧不得休息，兩人又一起去拜望何二嫂——何

純的媽媽和李昌研母子、楊浩等人。鄉親們作為特大消息,都說楊文死而復生回來了,也紛紛到來探望,互相傾訴離情。熱鬧了一陣子才安靜下來。

四封遲來信函，
道盡生離死別。

　　星期天，何純來楊文家幫助打掃衛生，屋前屋後清理乾淨，當清理到門前的信箱時，發現箱內有幾封從陝西寄來的信，楊文按郵戳日期順序，打開信封和何純一起閱讀。

第一封信

文哥：

　　北京來函收悉。聞君近日得重歸故里，慶賀！並祝一路順風。

　　別時我被丁三擊了一棒，昏厥片刻，幸好及時醫治，很快康復。勿念。

　　近來我被單位揪鬥。揪鬥內容：

　　一、我是技術權威臭老九的女兒，滿身散發著臭老九的氣息，整天擺著小姐的姿態，高傲得看不起廣大的貧下中農，蔑視無產階級的革命幹部和群眾，所以我們必須把她那種陳腐的思想，高傲的資產階級態度改造過來，一定把她鬥爭到底。

二、近來她又勾結來歷不明之徒，密商潛逃外國，甘當民族敗類。

總之，「莫須有」的罪名一大堆。所以感到很屈辱、羞恥，無臉見人。後來由於回憶到你在學院被揪鬥時，態度沉穩，泰然自若，臨危不懼，意志堅強，口若懸河，據理力爭，不屈不撓的大無畏精神，鼓舞了我的勇氣，使我認識到主要手握真理，什麼強梁、雄辯也不怕，為人無愧於心，光明磊落，為何羞於見人？這種心態的改變，全賴於你的感化。令我樂觀對待現實，敢於翹首挺胸去面對「莫須有」的罪名，把羞愧化作自豪。

順祝　一路平安

霞影

69 年 4 月 10 日

第二封信

文哥：

望穿秋水，不見回音，十分掛念。

近來對我的鬥爭浪潮似乎減弱了。

日前丁三派遣女會計員來說媒。她說：「如果你倆成婚，就說明你已回歸革命隊伍，站在革命隊伍一邊的人，就是一家人，鬥爭就取消了。」又說：「丁三現在是主任，他父親是局長，你是大學生，這般組合的家庭，許多人求都求不來。如果你答應了，家庭必定是幸福美滿，個人前途無量。」聽了她絮絮不休的嘮叨，很不耐煩，把她斥責幾句，她丟下一句「你看著辦吧」的話，就灰溜溜的走了。

根據她的態度判斷，看來還要報復。不過我不會被威脅性、蠻橫無理等要求妥協的。冷眼靜觀，看他能弄出什麼花招？

此致　祝平安快樂

霞影

69 年 5 月 9 日

第三封信

文哥：

　　為什麼沒有回音？你得到自由安全嗎？實在使人放心不下。

　　現在我又再次被卷回鬥爭的漩渦中。鬥爭！我倒不畏懼。只是突然來了一道最壞的消息，使我震驚得像晴天霹靂，悲痛欲絕。

　　北京鐵道學院拍來電報，報導我父親——林教授于 69 年 10 月 15 日在北京病逝，學院於 10 月 18 日 12 時主辦追悼會。我作為唯一的家屬，被邀請回京參加追悼會和葬禮。

　　公司說我是被鬥爭的當事人，必須接受鬥爭的現實，不得擅離單位。天哪，我參加父親的追悼會和葬禮的權利被剝奪了。我犯的是哪一條天大的罪呀，真是冤枉至極了。

　　母親過世得早，父親既當爹又當娘，把我養了二十幾年，供我讀上大學，希望我長大做一個良好公民，為國家貢獻一點力量。可是我一事無成，辜負了父親的期望，而且對父親養育之恩也不能報答，他生病時不能在他身邊伺候，過世時又不能在床前送終，連追悼會葬禮都不得參加。顯然，我是一個真真正正的無能之輩，沒有擺脫困境之才，力挽狂瀾之能，簡直是個廢物。生在一個偉大的國家，長在一個幸福的家庭，得到良好教育，現在竟然落到這般地步，留在人間還有何意義。我想隨父親而去，脫離了人生苦海，但又念及黨和國家對我的栽培，我還未報效，這樣一死了之，怎能對得住黨國的恩情？此外，我們兩人的情緣尚未了卻，你的深情厚意，還須待我還願。豈能抱著滿懷相思離開人世？我必須活著，陪你一生，共同為國效勞，也實現我父親對我的期望。

所以決定留下來繼續奮鬥。我的苦水吐完了，內心也得到一
點點的安慰。

　　順祝　平安快樂

霞影

69 年 10 月 20 日

第四封信

文哥：

　　請耐心聽我訴說：目前我的日程表是：天亮起床盥洗，接著是接受不知姓名和職務的人輪流審訊，飯後又審訊。去衛生間回來，還是審訊，直至晚上送往鬥爭臺上接受所謂的造反派批鬥、謾罵、侮辱。

　　在會場上宣佈我是混進共產黨的，當場立刻取消我的黨籍。散會後，我被押回審訊室寫檢討書、悔過書、坦白書。有時瞌睡了，卻被拍桌子、怒罵聲、驚醒了，直寫到凌晨。然後在桌面上睡覺。天濛濛亮被大聲喝醒了，繼續前一天的日程，如此連續三天，第4天凌晨，我在桌面上睡熟了。夢中覺得褲子被人卸解，模糊中被人壓到身上，可是自個兒感到四肢癱軟，無力反抗，意識淡漠，眯著眼又繼續睡著了。當醒來時，已是第5天上晝，在被子裡發現下身赤條條的，用手摸索，摸到粘糊糊的糊狀物。伸手一看，使我大吃一驚，原來是帶血的糊狀液體。轉過臉來看看，見丁三也在桌面上睡在一旁，頓時使我明白了一切。很噁心。但又欲嘔不能，知道被他姦污了。想到這裡，怒從膽邊生，恨不得馬上躍起拿刀砍死這惡棍，並剁成千塊方解恨。可是哪來的刀，連能做武器的東西都沒有，赤手空拳，我一個弱小女子，能鬥得過他嗎？於是，只得假裝繼續睡下去，冷靜下來慢慢想辦法。但已搜索枯腸，也拿不出什麼好主意。只想到我的黨籍被取消了，變成黨的棄嬰，父親已亡故，成為無家的孤兒，意中人遠走天涯，音信全無，生死不明。有苦向誰訴？怨我無能，連自己的肉體還保護不好，被人姦污，此生已無顏見意中人

了。鵲橋已斷，何處寄相思？接二連三的打擊，我實在承受不起了，思想上已經徹底崩潰，天底下已沒有親人，無依無靠，恰像在晚風中一朵稀薄的霞影，色彩斑斕，鮮豔奪目。可自身不能發光，照亮大地，溫暖人間，無根無本，孤立無援在夜空中飄搖，本欲乘風飄到天盡頭，到天涯與君相會，傾訴苦情，了卻相思。可風不作美，只能於原地徘徊，在茫茫的長空中，等待夜幕降臨，隨著黑夜而消失，永遠消失。

我的前程被丁三毀滅了，愛情被他砸碎了，一生也被他葬送了。我這樣想著想著，突然間心血來潮，想到了一條絕計。立即起床，穿上衣裳，搖醒丁三責問：「昨夜你幹了什麼，以後打算怎麼辦？」

「請原諒，我們結婚吧。請放心，我會負責任的，婚後保你一生幸福。」

「我是問你給我服了什麼藥？使我迷迷糊糊到這地步！」

「我在開水裡混入苯巴比妥（安眠藥），才使你困睡的。」

「還算你坦白，事已至此，不結婚也得結了。但是我還有兩點要求。」

「請說，請說。」

「一、立刻放我自由，停止鬥爭；

二、今晚我們還要補飲一杯交杯酒，才得順理成章。能答應嗎？」

「全都依你的。」

「那麼你去辦幾碟菜，我去買酒，今晚痛飲一番。」

「好，好。都聽你的。」

　　我去買了一瓶酒，心想：開除我的黨籍，只不過是在會上說的，沒有檔下來，未知是否當真。不管是真是假，我還是去交最後一次黨費。於是去郵電局付了 20 元鈔票，作為我向黨最後打一聲招呼。然後回來和丁三對飲。

　　至此，我想請求文哥為我辦兩件事：

　　1。倘若你已亡故，請在黃泉路上、奈何橋頭接我，讓我兩人進入陰間設置的婚禮殿堂，完成我們的情緣。

　　2、如果你還在人世，請代我轉告天下人，我霞影捫心自問，無愧於天下。對黨、對國、對人民沒有幹過虧心事，除殺丁三之外，沒有犯過罪。被鬥爭的罪名，歷史會還我清白的。

　　看在我這封用血和淚寫成的信的份上，相信你會答應的，以了卻我的心願。

　　最後，我得告訴你：丁三已被我判了死刑，為社會除害，此人不死，將來還要危害他人的。我執行他死刑的手段是：我買回的這瓶酒，已下了兩包毒鼠藥，我和他喝完了。趁著毒性未發作，我搶時間給你寫下此信。當你接到這封信時，我早已離開了這個世界，請不要為我悲傷，好好的活著，你還須肩負著建設國家的重要任務。我在天上看著你，保祐你。

　　祝你　長命百歲，一生幸福。

霞影絕筆
69 年 11 月 5 日

　　楊文和何純讀完這幾封信，知道霞影與丁三已服毒身亡。何純暗想：據楊文所述和信中內容，知道他倆已有一段時間的戀情，雖未有婚約和夫妻之實。但到底內心還是產生了一些醋意，心懷妒忌。可又轉念：霞影對楊文起初是蔑視到憎恨，再轉而佩服到敬重，進而到愛戀，所以投懷送抱，是自然而然的。怎可對他嫉妒？其實他倆才是最合配的一對，意志相投，才貌相當。若把自己和她相比該有天壤之別了。我雖未見其人也得承認自愧不如。他倆的婚姻，其實是因我夾在其中成為絆腳石，才造成他們不能結合。如果沒有我，他倆該已結婚了，丁三則無機可乘，就不至於如此胡作非為了。霞影也不會死於非命。因此，總覺得此事與我有關，內心感到對不住霞影和楊文。至於楊文，既遇到這般如花似玉的美人，有才有貌，且有恩於自己，朝夕相處，默默含情，豈有不動情之理？但在兩人情意綿綿之際，還念念不忘何純這個低學識、無才無貌的村姑，自然是難能可貴了，而且現在又破了相——瞎了一邊眼，他不但不嫌棄，還情深義重的愛護著，關於這點，使何純更覺得楊文的可愛，因此，滿懷的醋意全消了？

　　楊文讀完幾封信很悲傷，俗話說，男兒流血不流淚，可現在已是淚溢滿眶了。心中暗想，霞影生前對我的關照太多了，我遇到危難時她極力幫助，當她走入困境，我卻沒有絲毫援救之舉。她曾許願：和我永不分離。而我當時為牽掛何純，沒有明確向她表態，現在想來實在辜負了她的深情厚意。臨死時，她還盼望我的支援，可我給予她的只是無情的「全無音訊」。由於收不到我的回音，才引起她的絕望，甚至而死。造成了這不可彌補的損失，我實在難辭其責。她的死，我的責任最大，如果我不和她去陝西就平安無事了。即使到陝西，回鄉後，照

常通訊，使他感到尚有依靠，也不至於死亡了，因此，我怎能對得住她？！此後再也沒有機會向她解釋了，如果能渡過奈何橋向她解釋和安慰多好啊！眼下。只能終生遺憾和愧疚了。

平反獲職展鴻圖，
千里往祭運骸骨。

　　楊文回家不久，在何二嫂的催促下和何純結婚了。為了節省開支，結婚時不舉行結婚儀式，不宴請賓客，只到民政局領取結婚證書就草草了事。婚後，楊文沒有工作幹，暫依著何純生活，空閒時常和楊浩飲酒談心。楊文生活雖然清貧，倒也悠閒快樂。當時，楊浩經營一家廢舊鋼材店，專供私人鍛工打造農具傢俱，有很多時間陪楊文閒聊，也得到不少教益。

　　時間過了幾個月，已到 1971 年初，北京鐵道學院來了一封公函，說：對他以前的案件處理不當，經黨委縝密調查研究，認為罪證不足，准予平反，並補發畢業證書，分配到鐵道五局工作。10 天內，可持函到五局報到。

　　當時，鐵道五局正在建《南防》鐵路，該鐵路正在楊文家鄉經過。因此，楊文很快就到五局報到並投入工作了。從此開始，他辛勤地幹了十多年，每年都獲得先進工作者的稱號，受到單位的表揚和獎勵。因此，從職工提了幹，在從技術員、設計員直到當上工程師。在工作上，算得是一帆風順了。

　　這期間，他認識了局裡的黨委書記。原來書記也是林教授的學生。他說：十幾年前，林教授曾向他推薦楊文，我估計楊文

其人一定是個人材,所以吸收楊文進來是他向學院提名收取的。

楊文說:「原來書記一直來在幕後對我的關懷照顧和提拔,我一無所知,為此,請接受我衷心感謝,此恩此德,永生不忘。」

「你錯了,吸收你進五局,確是我的提名,但照顧和提拔是沒有的。你從下層走到上層,都是你自己的學識和努力得來的。從每個階層,層層員工都推舉你為先進工作者,這就是你能升級的主要階梯。如果你幹不出成績來,即使我想提拔,也提撥不起來的,俗話說,扶狗也上不了樹。所以說,成績是你自己闖出來的。沒含有我恩德的半點成分。再說我們五局吧,也屢屢獲得全國先進單位獎。其實單位獲先進,都是有著像你這樣的先進者累積而成的。以全國而言,首先有黨的英明領導。能使人盡其才,物盡其用。每個人都能發揮自己的聰明才智,盡力為國家,為單位做出卓越的貢獻。成為一名先進者,國家也因有著千千萬萬的先進工作者,始能繁榮昌盛,國富民強,走向世界先進水準,這都是先進者幹出來的成果。先進者也應得到愛護和晉升,這全是黨和國家給予的。所以你要感謝,就應感謝黨和國家。」

此後師兄弟相識了,且在同一條戰線上工作,更加默契了!

何純幹了十餘年代課老師。于 1973 年獲得轉正,成為正式教師,工薪提升了。而且從鄉校調出鎮中心校,生活比以前方便多了。至 1982 年乘著暑假假期,何純向楊文提議說;「以前林教授對你很熱心指導和幫助,霞影也幫助不少,這兩人都對你有恩,應當紀念。現在我們的工作與生活已安定了,今我有假期,如若你也可以請假,我想陪你去北京和陝西,去拜祭教授和霞影,不知你意下如何?」

「讓我先向單位請假,如獲批准,當然是一樁十分好的事,

我百份之百同意。」楊文暗想：何純確是通達人情世故，知道我平素對林教授的敬重和對霞影的情意，竟主動提出陪我去拜祭這兩人。這不是意氣相投，正合我意嗎？真是一位好夫人！

　　他們到了北京，在公墓前莊嚴肅穆、誠心誠意地向教授奠酒獻花，莊重拜祭後，即乘車往陝西去拜祭霞影。「其實楊文早就想去一趟陝西。看望霞影最終歸宿的場境。但擔心何純對此事產生醋意，以免造成家庭矛盾，所以不敢提出。今見何純這般善解人意主動提出，巴不得立刻飛往陝西。之前，他曾和卓丫多次通信，知道卓丫已接替丁三當上了主任，霞影過世時，是卓丫出資殯殮的。因此，這次往陝西得到卓丫陪同和協助，很順利找到霞影的墳坐，他們都在墓前奠祭。楊文看著墳坐周圍的環境：見在這片遼闊的黃土高原上，茫茫原野，滿目蒼涼，夕陽西斜，風卷殘雲，孤墳荒塚，昏鴉哀啼。正是「枯藤老樹昏鴉，……古道西風瘦馬，夕陽西下，斷腸人在天涯」的淒涼感覺，凝視著孤零零地壘起一堆黃土，連墓碑都沒有的墳塋，內心百感交集：想到霞影生前極其美麗，儀態高貴，在北京高樓大廈的繁華中心，熱鬧場所，燈紅酒綠的大廳中間，穿著華麗的衣裳，在燈光明亮。周圍金碧輝煌的襯托下，使不少高幹子弟拜倒在石榴裙下，多麼熱鬧啊！現在只剩下這堆黃土，冷落在這荒野上，無人問津，十分淒涼。歎人生的興衰，好像是一場戲。她落得如此結局，實是因我而成。霞影啊！我此生怎能對得住你！想到此，悲從心來，兩眼溢滿了淚水。何純不忍見到楊文如此悲傷，對霞影的墳墓所處，與楊文亦有同感。所以，即向卓丫提議說：「卓主任，得你收殮霞影，我們今天才得拜祭，十分感謝，我們還想將霞影骨骸遷葬回我們的家鄉，以後便於紀念和拜祭，你意下如何？」

「難得你們有這份情誼，我十分贊同。但千里運骨骸，是有一些困難的。需要什麼幫忙？儘管吩咐，我會盡力而為的。」

何純突然的提議，出乎楊文的所料，他萬萬沒想到何純在不徵求他的意見下，竟然自我主張，向卓丫提出我內心早已想提出的要求。這一要求，楊文不是擔心卓丫不同意，而是擔心何純含有醋意的反對，今既然是她提出的，自然萬分滿意和感謝！」

回鄉後，楊文和何純把霞影的骨骸葬在楊光、楊明兩位夫婦的墓旁，算是家族中的一員了。可是，這塊墓碑刻什麼字？還頗費躊躇。

何純說：「還猶豫什麼？就刻「愛妻霞影之墓」吧，下麵落款是楊文，何純同立 年 月 日不就完善了嗎？」

「這樣刻寫，你不計較嗎？」

「計較什麼？你和她戀情在先，我和你結婚在後，當然他屬於第一任妻子。其實你們之間沒有夫妻之實。現在人已過世了，只不過是給予她一個名分給後人看，還有什麼可計較的？如果連這個名分都不給予，就枉費了我們千里運骸骨的情意了，我們倆人都對不住她的。」

死亡十余載，
鬼魂還鄉顯靈。

　　他們葬了霞影，有了空閒，有很多鄉親來拜會。其中有一位年歲較大，名叫導士的叔父說：「楊文，你知道嗎？死了十幾年的楊威，陰魂不散，近來魂魄還鄉，害得鄉民不得安寧。」

　　「他是怎樣害鄉民的？」

　　「一天傍晚，江才建三哥遠遠看見楊威背著一個行囊，穿著十年前款式的舊衣裳，從郊外行回來，行得很快，他想追上去問個明白，但已追不上了。方見阿六。也是同一天遠遠見到楊威，因傍晚光線弱，看得不是很清楚。只見他朝著楊浩家走去。進了家門就不出來啦！俗話說：「見鬼三分衰（不走運氣），傷鬼進宅必有凶煞。」江才建三哥第二天騎摩托車出行，出了車禍，方見阿六第三天發了高燒。他們倆人只不過是見了鬼魂吧了。都破財進了醫院。而楊浩因楊威魂魄進了家宅就更慘了，好好的一個家，竟然吃了官司，被人告到法庭。聽說要賠償幾百萬元，不但傾家蕩產，甚至連住宅都要拍賣，以後的日子將要留宿街頭啦！你想，他們僅僅是接觸一下鬼魂，就被害得這般慘了。眾鄉親倘若以後遇著楊威，將不知又要倒什麼黴呵！楊威生前對鄉親們都很好，誰知他死後卻毒害鄉民。你是他的兄弟，

希望你請幾個法師來做法事，為他招魂，把他的魂魄召回來。使他儘快得轉世投生。免得作為孤魂野鬼到處流浪，禍害鄉民，這事已經在鄉間傳遍啦！影響非常之廣，務必加急著意處理。」

「這事你們誤會了！江才建三哥和方見阿六住進醫院，洵屬巧合。楊浩吃官司的事。 我雖未瞭解，但我相信法庭不會因鬼進宅，就不問青黃皂白盲目受理案件的。」

「那你就不打算為楊威招魂啦？」

「這是迷信。我不打算這麼做。也不必做。因為江才建三哥和方見阿六所見的不是鬼。而是活生生的楊威。他實在沒有死，何來什麼鬼魂，況且，按他平素的為人，是不會危害鄉親的，請大家放心。」楊文說著，使眾鄉親像丈二和尚那樣，都摸不著頭腦。

「那麼自從方見阿六見楊威進入楊浩家後。就不出來了。現在他還和楊浩在一起嗎？怎的一直竟然不見人了？」導士問。

「不，他和楊浩只談了一夜闊別，第二天天剛矇矇亮，即乘車往我的住地，和我住了幾天，說；「要回南寧聯繫工作，待他的工作有了頭緒，他一定會回來拜會大家的，以後面談的機會，就有充足的時間了。」

「那麼這十幾年來，他在那裡，幹什麼工作？」

「他到處闖蕩。外出時間長了，自然會想念家鄉和眾鄉親，所以今次他回來，目的是探望大家和瞭解家鄉的變化。」

「飛倦了的雀鳥，還知歸巢。作為一個遊子，能記住和想念家鄉，總是一件好事，這就說明了不忘本。不過據方見阿六說的，見他穿著破舊的服裝，沒有半點時髦感，甚至還懷疑是十幾年前他死時，帶到陰間去的舊衣裳。從裝束上來看，這十多年來，他的處境，估計是很艱苦的。既然他沒有死，楊文哥，

我想請你勸他一聲，叫他歸來吧，不要往外跑了。在他鄉作客，人生地不熟，遇到什麼困難，舉目無親，無人照顧，是很淒涼、孤單的。如果回來家鄉，即使遇到天大的難題，還有鄉親們商量和照應。所謂遠求不如近覓，何必遠走他鄉才能謀取生活！現在國家政策開放了，鴻圖大展正在等待我們，讓他回來和我們一起打拼，我相信好景就在眼前」。

「你們對他的關照，我且代他向大家致謝！」

「致謝什麼？楊威以前性情雖然有些暴躁，但肯見義勇為，不少鄉親都得到他的幫助，所以大部份鄉親對他都懷好感的。如果他願意回來和大家一起幹，大家一定樂意歡迎的。」

「好啊！大家既然喜歡接受他回鄉幹事業，他必定很樂意。我曾聽他說過，他面南寧找政府、稅務局、工商局、土地局、招商局等有關單位諮詢和聯繫，正打算回來開設一家房地產開發公司，到時，希望大家鼎力相助。」

「什麼，他今次返來，是打算辦房地產開發公司？不是說笑吧！房地產開發公司不是幹三分十厘的糖水攤「小買賣」，要投入大宪資本，幹的都是大生意，交易額是成千上萬的，這是大老闆、大富豪所為的事，不是我們那些小打小鬧的人想幹就幹的。」導士說。

「楊威離開家鄉已十幾年了，這期間，你不許他發了大財，腰拴萬貫，衣錦還鄉嗎，你對楊威的看法，總是停留在十多年前，這是不切合實際的，所謂士別三日，當另眼相看，世界上的事物，總是向前推移，進步、發展的。」鄉親甲說。

「這說得也有道理。只可惜他不是「衣錦還鄉，」而是穿著破舊衣裳回來的，倘若真的是「腰拴萬貫」，這就難完其說了。」導士說。

「這是先敬羅衣後敬人的老一套看法，現在不一定還適用。」鄉親乙說。

「關於這一問題，我還得向大家解釋一會；一般人出門，都愛著裝打扮，穿華麗的衣裳。可楊威就不同了，他每次出門，尤其是在旅途中，穿的都是舊衣衫，這是他的習慣。之前我曾問過他，他解釋說；穿舊衣衫出門，免使很多人注意，連小偷也不願、甚至不敢接近，所以比較安全。」楊文說。

「楊威出門多，曆風險也多，原來穿舊衣服出行，是有很多好處的。」鄉親丙說。

「那麼現在他在南寧就是搞聯繫了。」導士問。

「正是。」楊文恭敬地答道。

「那十幾年前，當時楊浩親眼見楊威在邕江橋上活活被人打死，再扔落邕江河去，這不是事實了。」，

「這點我得慢慢說來。」

窮小子成大富豪，還鄉關照眾鄉親。

　　楊文繼續說；

　　「這不是楊浩撒謊，是千真萬確的事實。當楊威被扔落邕江時，適遇南寧連日降暴雨，河水漲洪，水流湍急，屍體很快被河水推到下游，下游有一艘船，船上的人，把他撈上了船。

　　「當他蘇醒時，第一眼就看見他的朋友和工友王大球，坐在自己身旁。並歡叫：「醒啦！楊威醒啦！謝天謝地！阿威總算還陽了！快加熱姜糖水湯，讓威哥飲；小三，速去告訴醫生。請他立即來複診。」楊威見大夥忙碌得亂作一團。

　　「怎麼啦？這是什麼地方？」楊威問。

　　「船上，是我的船上。你已經昏迷了兩天一夜。使我們擔心極了！前天我是從河裡把你撈上船的。見你遍體鱗傷，好在心臟還在微弱跳動。我們不敢把你送往醫院。只得求大夫來給你診治。大夫也算盡心盡力把你搶救過來了。放心吧，船上很安全，請安心養傷。到底是怎麼回事？哪個烏龜王八把你打成這個樣子？」

　　「還有誰呢？就是胡衛那狗雜種。還記得嗎？在楊浩的羊肉檔上。他帶來幾個手下來吃霸王餐。我和你把他打到落花流水。

　　「今次楊浩突發急性闌尾炎，往醫院動手術。我在醫院陪著

他，三天兩日你也去探望。

「楊浩即將痊癒那一天，忽然有一群紅衛兵闖入搜查。說我們是參加兩派武鬥份子。把我和楊浩都押去了。原來該司令員就是胡衛。據說在本市兩派鬥爭時，他是一員悍將，後來再提升為司令員。目下武鬥剛平息，他竟到處抓人，名義上是搜捕參加兩派武鬥，戰敗方藏匿起來的壞份子。因此，我和楊浩在病房裡被當作武鬥份子被抓了。其實我們和胡衛的確打過一架，但這純是私人械鬥，與兩派鬥爭毫無相干。被抓後，我和楊浩被分離關押，楊浩的情況我就一無所知啦。可看來理應和我一樣。該是凶多吉少的。胡衛為了報復，多次把我嚴刑拷打，使用手段，則極盡其能。其實報復之心人皆有之，可他比誰都兇狠，未免太過分了， 在邕江橋上。想迫我屈服，結果讓我痛罵，給他顏面 吐唾液，他惱羞成怒，就把我打到致死。醒來時，竟然在你船上，還是你從鬼門關裡把我拉回來了，大恩不言謝。胡衛此人心狠手辣，殺人不眨眼。以後你還得當心，免得遭他毒手。」

「有你的告誡，提醒，以後多加警惕便是。」

楊威在船上療傷，王大球天天給他請醫購藥，悉心護理，在無微不至的服侍下，一個多月來就康復了！其實楊威從貴陽返回時，帶回不少盜竊得來的贓物──玉器、金銀首飾、手錶等值錢物品。回到南寧後，見市內兩派鬥爭的風雲驟緊，估計打鬥起來，市內一定很混亂。為了安全著想，他把這些財寶放進塑膠袋，拿到南岸磚瓦廠附近河邊，埋藏在地下。被捕後，隨身攜帶的現金及物品，全被搜刮一空，現在已是身無分文了，今趁著王大球的船，泊在船廠維修。

船廠和磚瓦廠挨近，離他埋藏的財寶也不遠。清晨，他像

上岸散步那樣去挖回所埋的物品。他回船時，在河邊遇到越南的朋友——阮石，兩人即敘談起來。

「怎麼，這個時候你還來這裡，玩命嗎？今次帶來什麼貨物？」

「我是兩個月前來的。來時適遇武鬥，不能回去了。甚至連命也幾乎丟掉。幸好得朋友收留，才免於難。」

「那麼現在沒有貨啦？」

「還有貨？！在此逗留了一個多月，所帶來的貨已賣光吃光了，連返回越南的盤纏都沒有了。」

「那你現在打算怎麼辦？想回越南嗎？」

「想！當然想。昨天我到火車站查看，開往邊境——憑祥的車照樣通行。」

「為什麼你還不走？」

「我還得等一個欠債人拿錢來還我，才有路費。」

「原來如此，越南那邊有什麼門路嗎？」

「你應該瞭解我。我一直以來都是靠小打小鬧，走私兩文錢的生意來糊口。其他門路不敢過問。」

「我以為你熟悉門路。若有門路，我可出資，過境後和你合作，一起闖。」

「怎麼，你對越南也有興趣嗎？」

「我想去碰碰運氣。」

「那就容易了！你想去越南就和我一起走吧。我負責帶你過境，到越南後，先在我家住，然後再找門路。」

「過境有什麼困難和危險嗎？」

「困難和危險不算很大。但絕對平安是沒有把握的，你想；我以前三天兩頭跑。甚至一天過兩次關。我過境如往鄰居家那

麼容易，你怕什麼？」

「好，有你這樣的朋友帶路。就放心啦！好吧，我決定同你一起去。什麼時候起程？」

「不是說清楚了嗎？我還得等欠債人拿錢來還我方可出發。」

「這不必等了，你的旅費全由我負責。」

「如此說來，當然更好啦，那就後天吧。後天上午 10：00 點鐘，在火車站見。」

楊威回到船上拿出十幾隻全新日本產的手錶給王大球，要求他派人拿到市場低價出售。所得現金分成兩半，一半給王大球。一半留給自己，並告知想到越南去。且邀請王大球一同出發，並肩闖世界。 倘若此行不利，還可回轉南寧。但王大球自從父親過世後，繼承船運的父業，一下子丟不開，因此，不願冒險去越南，只得依依不捨的告別了。」

「那麼王大球救楊威，楊威赴越南的經過。 王大球早就告訴你們了。」導士問。

「不，因為在楊威赴越南的幾天後，他還未來得及告訴我們，就被紅衛兵拉去了。罪名是：在兩派武鬥中他是一名悍將。打、砸、搶、抄的壞份子。可他的家人和船工們說：「武鬥期間他一直都在船上，沒有參加武鬥。但拉去後，從此全無音訊，失蹤了。

幾個月後，楊浩獲得無罪釋放回家，為此事往南寧多方調查：有人說王大球是被胡衛拉去殺害的。但沒有證據，楊浩和王大球的家人都毫無辦法。現今對此事，不管是不是胡衛所為也沒有意義了，反正王大球失蹤這麼久，看來己沒有性命了：胡衛因在武鬥前後殺人放火，任意抓人，擾亂社會治安，壞事幹盡。

政法部門已將他繩之以法，送去勞改場，至今還未得釋放。

　　至於楊威得救和去越南的經過，王大球的家人和船工們，只知救過一個人上船，此人是誰，和以後的去向一無所知。這是楊威回來後才告訴我們的。

　　「那麼王大球失蹤十幾年，楊威是否都知道？」

　　「他原本也不知情，回來和楊浩談了一夜闊別，楊浩才向他細說詳情。」

　　他卻悲歎著說：「王大球救過我的命，還未得到報答就失蹤啦，真令我嘆惜不止。當初我若強求他和我去越南，他就不會失蹤了」。他想起王大球送別他上火車時揮手道別的情景，卻料不到竟成為永別。 思景生情，竟流下兩顆悲傷的眼淚。可見他的內心，也極度悲痛。

　　「如此說來，楊威今次返來籌辦房地產分公司，就是在越南發了財才回鄉籌辦的？」

　　「這事說起來還很長篇！」

　　「請慢慢說來。」

36

萬里征程謀生計，出國流浪闖天下；
拾金不昧高風節，義士救美顯仁心。

　　楊文繼續說；「當他到越南後，在阮石家住了一個多月，天天外出找工作，尋商機，並把部分珠寶玉石賣掉，充做日常應酬使用。因語言半通半不通，又沒有戶籍，行動上半遮半掩，所以總是找不到工作門路，門路雖然找不到，卻意外的得到另一種資訊；幾天來，他在碼頭發現有很多人乘船到外國去，詳細打聽，才知道他們去的地方大抵是香港、澳門、新加坡、馬來西亞、印尼、澳大利亞等地。去的人都是沒領護照的。付了船費，就可以搭乘，這當然是半公開的偷渡。他想：這許多人可以去，我自然也可以去。這一個多月來，他看到越南的社會環境、政治、經濟、工作都不適合自己居住、生活和發展的需求。所以又萌發出離開越南的念頭，於是回家和阮石商量，並徵求阮石和自己同往，阮石說：「他世代住在越南，對越南比較熟悉，不願，也不敢到國外冒險。」只祝楊威到外國一帆風順，鴻圖大展，楊威謝過他的祝福。

　　別時楊威說：「今次你到中國，遇著紅衛兵武鬥，折了本，經濟必然有些困難。我對你沒有多大幫助，只能給你一些小本金，你且做些小生意暫度日吧。我走了，不知何時再相見，你

得保重。」阮石得了這筆款，樂得不可開交。

　　他們告別了。楊威本打算回港、澳，但聽說港澳入籍困難，印尼、馬來西亞，言語不通，和當地人打交道、溝通不便，澳大利亞通英語，以前在楊文的教導下，英語雖不很流利，還可應付得來。他曾瞭解澳大利亞工礦業很發達，地廣人稀，缺少工人，入籍比較容易，所以就選定了。到銀行兌換了澳幣，立即出發。

　　船在墨爾本泊岸，楊威住進一間小客店。該城市不很大，約二、三十萬人口，白種人占多數，繼而在郊區一條新開發的街道上，租了一間臨街兩層樓的小房子住下。底層是客廳，居室在樓上，倒也清靜。

　　一天入夜，華燈初上。他在居室窗前，擺上兩碟雞頭鴨腳花生米的小菜，對著靜悄悄的街上，自斟自酌。倏然見有一個人從東頭街急匆匆地跑過來，慌慌張張把一小包垃圾扔進對面街的果皮箱裡，又繼續往西頭街跑去。頃刻，又有幾個人從東頭街走來，也向西頭街跑去。不一會，後者幾個人從西頭街轉回來了。且唧唧喳喳地說著：「該小偷挺狡猾，居然能在我們幾個人的眼皮下溜掉。回去不知如何向劉董交代啊！……」

　　楊威對這事本不關心，後來聽了那幾個人的談話，估計前者是小偷，後者幾人是追捕者。小偷丟進果皮箱的是什麼東西？出於好奇心，楊威即下樓開門去對面街查看，見果皮箱內有一隻手皮包，即拿起來回居室查看。見包裡有一遝現金，數目足夠自己使用三個月，另外還有半合名片和一份土地轉讓的契約，一張簽了名的協議書。楊威想：我來此，未知前景如何，反正缺錢是固然的。今夜天公作美，把這筆錢送給我，真是雪中送炭！在欣喜中又想到：失主對這份契約和協議書，可能很重要，不然的話，他怎能派幾個人來追捕？估計失主現在應該急得像

熱鍋上的螞蟻，坐立不安了，輕則急出一身汗，或昏倒，重則或許尋短見跳樓。所以這份協議書和契約應該還給他。我一生的貧與富，應由自己的體力、智力所左右，不應由此區區一小筆現金所決定，眼下這筆財富，又何足掛齒？況且將自己眼前的利益，建立在別人的危難之中，能安心嗎？即使餓死街頭，也不能這樣做，於是，決定一起歸還失主。

第二天早上，楊威到咖啡館飲咖啡，按名片上的電話號碼接通了電話：「是劉先生嗎？昨天晚上，我拾到一件物品，好像是閣下遺失的。如果閣下確實丟失物件，請立即到維多利亞咖啡廳 8 號台認領，我在此恭候。」

須臾，見一位風度瀟灑，體態偏於高瘦的中老年人到來，讓坐後說：「閣下是劉先生吧？請飲杯咖啡。我請你來，是想請你認領失物的。」

「謝謝，未領教先生尊姓大名？」他說著，遞上一張名片。楊威接過來，見和包裡的名片一模一樣，隨即答道：「敝姓楊，名威。我想請問劉先生昨夜丟失何物？」

「一隻手皮包。」

「包裡有何物品？」

「包裡有些現金，數目不詳，還有半盒名片和一份轉讓土地的契約和協議書。」

「這麼說來，失主確是閣下了。請查收吧。」他說著，從袋裡拿出皮包來，原璧歸還。劉先生接過包來打開看，物品相符。他拿出所有鈔票放在桌面上說：「多謝先生把包還給我，這張地契和協議書很重要，是我公司的半壁江山，關係到公司的興衰存亡。今失而復得，真是喜從天降。我得衷心向你感謝。這些現金請你收下，當做酬勞。日後我還另有重謝。」

「劉先生太客氣了。我不愛取意外之財。請把錢收回，擺在桌上不雅觀。」

「先生不收這些錢，嫌我不夠誠意嗎？」

「不，誠意十足了，而且我心領了，謝謝！」他拒絕領款的態度很堅決，反使這劉先生自覺難堪。

「楊先生拾金不昧的行為，令我很敬佩，高風亮節的品格，更使我十分感動。我很想交你這樣的朋友，日後定當有更多的教益。未敢請問府邸居於何處，讓我日後拜訪求教。」

「在下不是本地人，到處漂泊，四海為家，沒有固定位址，所以無法奉告，請見諒。」

劉龍認為，他不願報出住處，是不想接受我日後的報答。施恩不圖報，確實是個好人，所以就不再苦苦相求去追問了。

一個月後的一天早上，楊威出街吃完早餐回來，見一輛摩托車在家門前撞著街旁一棵樹根頭，騎車人摔倒一旁，他近前察看，其人頭盔撞破了，不省人事，滿臉流血，血還繼續流淌著。他趕忙到街邊公用電話亭掛了醫院的電話，要求火速派急救車來救援。打完電話回到現場時，有幾個人圍觀。他再去檢查這輛摩托車，車倒沒有多大損壞，只是人傷得很重。他想把車立起來，可不夠力量，立不起。只得求助圍觀者其中一人，幫他一起把車推回自己的住宅。再回到傷者身旁時，急救車到來了。他隨著傷者乘急救車到醫院，他付了車費和醫院的預付款，辦完了急救住院手續，在手術室外侍候。傷者從手術室轉移到監護室，楊威都伴隨著。

下午三點幾鐘，傷者蘇醒過來了，並要求楊威給他買一碗海鮮粥來，楊威照辦了。傷者再托護士代掛一個電話回家，叫家人來探望。楊威買粥回來，可因傷者手也摔傷，不能自己進食，

只得小心翼翼地一勺一勺給她餵食。

　　此刻，幾個醫生和護士進來，給傷患量體溫，測血壓，換點滴液。接著，有一位中老年男人和一名青年女士，又跟著進來，看樣子那兩人好像要探問什麼似的。但聽到醫生和楊威對話，他不想打斷他人的談話，很有禮貌地站在這群醫生的背後靜聽。

　　醫生說：「你愛人的傷勢很重要，摔破一根靜脈，出血不止。幸好你把傷者及時送來，若拖延時間，出血過多，就不堪設想了。即使現在，看來還得輸血。還有，大腦受到輕度震盪，但不礙事，靜養一段時間就可康復的。」

　　楊威低著頭，聚精會神給傷患餵粥，一面回答說：「要輸血，請先驗我的血，如若適配，就用我的血吧。」

　　「你兩夫婦的感情多好！你真是個模範丈夫！」

　　「模範丈夫？她是女的嗎？」楊威問。

　　「奇怪，你連愛人的性別也不知道，真是天大的奇聞了。」

　　「你們誤會了，他不是我的愛人。她跌車時，已昏迷，穿著亦男亦女的運動服，頭上戴著頭盔，滿臉是血，現今又滿臉繞著紗布，焉能辨別男女？其實連她姓什名誰也不知道。請不要誤會。」

　　「你在病人登記表上，不是把她填作 A 君嗎？」

　　「正因為不知她的姓名，暫且填寫 A 君罷了。」

　　「那你和她是不相識的陌生人了。我們見你為了救她急得團團轉，既出錢、又出力，寸步不離，陪了她一天，遞茶送水，服藥餵粥，無微不至的伺候，既然不是妻子，為那般這麼盡力？」

　　「佛家語：『救人一命，勝造七級浮屠。』救人本是一件大事，為那般？都不及救人一命還重要。」

　　先生說的是，你為了搶救一位素昧平生的人，投入這麼大的

力量，這種精神，實在可嘉，見義勇為的行動，更令人敬佩。」

此時，那位靜候的中老年人接著說：「大家好！剛才你們的談話我都聽到了，傷者是我的女兒。我首先感謝醫務人員為搶救我的女兒生命盡職盡責，更感謝這位先生為挽救我的女兒盡了最大的努力……」那時，傷患抬起頭來看著那位中老年人說；「爸，你怎麼這時才來。如果我不得這位先生搭救，恐怕見不到你了。」

此刻，楊威放下餵粥的碗，也跟著抬頭看來人：「啊！原來是劉董事長，這是你的千金嗎？太好了，她已經脫離了危險。」

「這就感謝楊先生的大力幫助。」

醫務人員做完了醫護工作離開病房。

楊威說：「劉董事，你們既然來了，我得交班啦。」他說著就想離開。

「慢著，楊先生，我還有個不情之請，請先生到寒舍一聚。一方面聊表謝意，另方面你曾請我飲過咖啡，現今我想回敬一餐飯，作為禮有往還，能賞光吧。」

「劉董既然這般盛情，我能不接受邀請嗎？只得恭敬不如從命了。」

劉龍轉問女兒：「乖女，現在你感到那兒不舒服嗎？」

「爸，在醫護人員的護理下，一切都感覺良好，勿用擔心。你回去好好招待楊先生吧。」

「佳玉，我暫回公司，你留下服侍劉總。需要什麼，有什麼情況請隨時給我打電話。一會我派人來接替你的。」

一張字條，成墊腳基石；
偷渡來客，為座上貴賓。

　　楊威坐上劉龍開來的小汽車，開到離楊威住處不遠的東頭街一間公司停下來。只見公司的大門是鐵柵欄的電動門。進了大門是一幅廣場，場上停放著一些車輛。廣場正面和左右兩側都是三層樓房，形成了像 U 字型的建築群，正面樓房中間底層做一個通道，可通行汽車。過了通道，又是一座園落。周圍是圍牆，牆下蓋有單層的簡易房，作為廚房、集體餐廳和堆放雜物使用。通道右邊園落，有一座精緻的全木結構的三層塔式樓。中間是樓的主體，周邊是走廊。據介紹說：這座塔樓底層是私人餐廳，二樓是劉龍董事長和劉芳總經理的居室，三樓是書房，倒也清靜雅致。

　　楊威被請到這座木樓的餐廳就座。「楊先生，今次得你的大力幫助，使小女的生命在垂危中得到挽救，十分感謝。」

　　「董事長太客氣了，這是令千金吉人自有天相的結果，我只是舉手之勞罷了，怎麼能貪天之功據為己有。」

　　這時，廚者送上酒肴。開始是一兩碟，一兩碟地上菜，菁後來擺滿了一桌。席上有參、鮑、翅、肚、雞、鴨、牛、羊，山珍海味，豐盛得很。楊威暗想：這般高檔的席面，許多菜肴，

只是在書本上認識，自己有生以來，從未享受過，現在竟然集中一席，如此豐盛，是我半生中第一次享受。估計這席酒所值，足夠普通人家一家人生活半年。他如此隆重款待，反而感覺過意不去。

「董事長太破費了，你的深情厚意，讓我受之有愧。」

「受得起，完全受得起。小女兒一命，和這區區一席酒相比，孰輕孰重？不要客氣，請開懷暢飲。」

侍者打開了一瓶 port（缽酒），斟在兩隻酒杯中，劉董即舉杯敬酒，酒過三巡，「楊先生，請問現居何處？以便日後拜訪？」

「離此不遠。就在此街西頭 88 號，是一間租賃來的陋室。不敢屈尊駕臨。此外，令千金的摩托車還在我的居處，有空請派人去取回。」

「此車就留你使用吧。」

「我沒有駕駛摩托車的技能，留也無用，心領了。謝謝！」

「你家眷都在一起住嗎？」

「父母早亡，沒有姐妹，兄弟各奔西東，眼下只是孑然一身了。」

「現今在哪裡高就？」

「說來慚愧，沒有固定工作，尚在待業中。」

「楊先生太謙虛了。根據你的言談舉止，該是有學識有才華的人。一米八幾的身軀，氣宇軒昂，年輕力壯，幹起活來，山也能搬倒。你文有學識，武有體力，具備這許多優良條件，怎麼會找不到工作？ 或因先生選工的條件過高，沒有單位承擔得起吧？」

「劉董太看得起我了。我實在是個粗人，在社會上是最低

層的出賣勞動力者。不念過書的文盲，一無所長，選工作時有什麼能耐去爭取過高的待遇？只因自己無能，所以失業，不可以怨天尤人。」

「從多方面來看，先生不但善於交際，更是一位才華橫溢，有見解，有謀略，敢作敢為的好青年。你實在是一隻金鳳凰，就是未找到一棵合適的梧桐樹棲宿而已。」

「劉董，我見你整天稱我做楊先生，其實我是晚輩，聽起來很彆扭，以後不如叫我楊威或阿威，使我好受些好了。」

「就稱威哥吧，這樣顯得比較親切。你稱呼我也應改變，我的年歲比你虛度幾年，如果不在公司或是辦公室裡，最好叫我劉叔或劉伯就可以了」

「好，那我就大膽叫聲劉叔。」

「對，這就顯得親密了。我能交往你這樣好的青年，太有幸了。」

此時，楊威飲了不少酒，加上劉龍說了幾句恭維和表揚的話就飄飄然起來，樂得不可開交，話就多起來了。「劉叔，請恕我直言，我雖然沒進過校門，沒有文憑，可先父是留日的留學生，後來回鄉當中學校長。家兄是中國北京鐵道學院的高材生。在他們的影響下，耳濡目染，粗粗淺淺也學過一點知識。在這幾年的流浪生活中，又學會一點點交際語言，其實這些都是表面功夫，華而不實。如有言辭不當，請多多包涵。」

「威哥的坦率爽直不掩飾的性格，正是我賞識和敬佩之處。原來威哥是書香子弟，雖未進過校門，可學識也不淺。有句俗話說：「將門之子，不讀兵書也會領兵。」怪不得你處處表現出文人雅士的風度。這般舉止，豈非是一般粗人、文盲者能表現出來的？威哥，請問你以前幹過什麼工作？從政？從軍抑或

是經商。」

「軍、政都非我所長，也沒有這雄心壯志。經商又沒有本金，自然不敢問津了。所以只能笨頭拙腦出賣勞力，曾幹過幾年建築工。」

「那現在為什麼不幹了？」

「不是不幹，而是找不到工作幹。」

「如果現在有現成的建築工，你還樂意幹嗎？」

「當然樂意。」

「倘若你不嫌棄這種吃力的工作，我倒可以介紹你進入我公司的建築隊。不過太屈尊了。」

「有什麼屈尊的？有工作幹就好了。」

劉龍一面聽著楊威說話，一面就著餐桌上寫一張便條交給楊威。說：「明天你持這張便條到公司建築隊報到，隊長會安排你工作的。」

楊威接了這張條子，如獲至寶，他覺得這不是一張薄紙，而是到澳大利亞的一塊巨大堅實的墊腳基石。

第二天，楊威拿著紙條到建築隊報到。辦事員看了便條，叫他拿戶口簿來登記入冊。楊威不知道還要戶口簿的，而且他根本沒有戶口簿，只得說我的戶口簿遺失了。

「遺失可以寫報告補領。」

「那麼，請你先辦報到。戶口簿以後我補拿來。」

「好吧，我先給你辦理，請你明天再來領上崗證。」

辦事員雖說明天來領上崗證，其實是拖延時間，待去請示董事長。

董事長說：「明天他來時，請他來我辦公室，我有事和他商量。」

　　楊威到了董事長辦公室，秘書奉上茶，他們一面飲茶，一面談：

　　「威哥，真對不起，我不瞭解你遺失了戶口名簿，使你多跑幾次。不過這是小事一樁，遺失戶口名簿可以補領的。我們這裡吸收員工，是要戶口名簿登記入冊的，請原諒。」

　　「劉董，你的關照我很感謝。可是，我實在不能在你的單位工作了，請恕諒。

　　「前天和你說得好好的，怎的又變卦不能在此工作？威哥，我難得遇到你這般好青年，很想留你在本單位服務，現在又說不能留下來工作，你究竟遇到什麼難處？請說出來，我能做到的，定可盡力補夠。工種不適合嗎？報酬低嗎？都可以給予調整。」

　　楊威很不願意暴露自己是偷渡來澳大利亞的，但見劉龍這般誠懇和關照，要求我參加他的單位，而自己又很渴望找到一份工作，能在此安身立命，可是眼下卻對他遮遮掩掩，隱瞞實情，這似乎是不接受他的深情厚意，內心反感愧對。對人應該光明磊落，開誠佈公。他已認我為朋友，豈可把他當作笨牛？於是，鼓足極大的勇氣，吐露自己的秘密——從中國到越南，再到澳大利亞的經過，和盤托出，說個痛快，劉龍聽罷，說：「我早已看出你是從外國來的，但不估計到你是偷渡而來的人。其實，幾十年前，我也是從中國來的，不過不是偷渡，是做苦工過來的。你所遇到的險情和艱苦經歷，我能理解。我會盡最大努力給予幫助的，勿用擔憂。」

幫辦入籍准僑居，保送培訓再深造；
火海濃煙救業主，千里姻緣成親眷。

　　於是，董事長繼續說：「按目前情況來說，當務之急，我應首先幫你辦一份臨時居住證，你看如何？」

　　「原來劉董和我都是中國人。劉董能為我辦理入籍，我當然求之不得，且感激不盡了。」

　　「臨時居住證，未等於正式入籍，以後需每兩、三個月要親自拿此證到戶籍管理處簽到，待一兩年後，才能取得正式戶口，到時，始是正式公民，但臨時居住證，已可以享受臨時公民的權益。」

　　「得臨時證已很不錯啦，總之，勞煩劉董了。」

　　劉龍即打電話到建築隊，叫先安排楊威工作，戶口問題，待後處理。

　　十幾天後，劉芳傷癒回公司。聞得父親將楊威安排到建築隊幹建築工，即興師問責：「怎的把楊威安排到建築隊做工人？這種粗活他能幹嗎？難道較輕鬆的工種全滿員啦？他是我的救命恩人，也是使公司的地契失而復得的立功者，今使他幹這重活，對得住他嗎？乾脆叫他不用幹了。用我的工資，供養他一輩子算了。」

「乖女！請不要意氣用事，楊威他的為人，不會接受你供養的，而且他不是本國人，今後他的去向尚未清楚，一下子委以重任，日後恐難收場。目前且作試用期罷了。況且，此工作是他自己請求幹的，就不至於對不起他吧，要報恩，不是三朝兩日的事，來日方長，以後還有機會的。」

「那麼他代付醫院的一切費用，還給他了嗎？」

「還清了，起初他不肯接受，後來我派人把錢和薄禮送到他的住處，並曉之以理，他才勉強收下。」

就這樣，楊威在澳大利亞工作了兩年多，臨時居住證已轉為正式戶口了。得了正式國籍，不像初來時，凡事都得偷偷摸摸，現在可光明磊落地做人了。

在建築隊裡，由於他身強力壯，幹起活來抵得 1。5 個人的工作量，可拿的報酬是同等的，他從不計較，也不偷懶。其他工友拿工資還得養家活口，而他一個人有吃，全家都飽了。所以經濟上比其他人優裕，遇到生活有困難的工友，他常濟困扶貧，資助他人，因此，大部分工友對他都有好感，做事都願聽他的，隊裡有幾位老師傅，都樂意幫助和指導他。他亦很虛心學習，經過這兩年多的砥礪，對建築技術大有進步，近來，不知是因他的工作好，還是工友們對他的擁戴，也有可能是董事長和總經理的看重，也許都兼而有之，得提升為副隊長，兼任技術員。並叫他退了那間租屋，搬到公司的職工宿舍居住。

再幹了一年，又任命他為供銷科經理。供銷科辦公室和總經理辦公室同一層樓，以後楊威和劉芳朝夕相見，接觸就更多了。多溝通、多瞭解，感情上不斷加深。這半年多時間，劉芳常約他到公園散步，到館子吃飯，到海邊游泳。他們過得很愜意，但不久，劉芳被派去悉尼攻讀「企業管理」課程，但因和楊威

玩得很親切和開心，所以不想離開墨爾本，離開楊威。可在父親的指派下，又不得不服從。其實，劉芳雖然念過大學，但對企業管理知識還很薄弱，而今派去悉尼深造，是很有必要的。

楊威依然留在墨爾本。自從劉芳往悉尼補習功課後，他內心很惘悵。總覺得有一種失落感，有空就到公園去，但他到公園不像往常那樣散步和觀賞美景，竟然是到以前和劉芳常來的那張長椅獨坐，眯著眼，回想和劉芳在此互相依偎，說著各自人生的嚮往，講著古往今來的愛情故事，歷史名人的事蹟，甚至天文地理，無所不談。總而言之，談什麼都覺得快樂有趣；

有時也到海邊去，但亦不是為了游泳，只是躺在沙灘上作夕陽浴，追憶著每次和劉芳游泳後在海灘上休息的情景，他們手挽著手，悠閒地吸著飲料，並肩躺在沙灘上。一股少女特有的氣息，隨著輕柔的海風，飄溢在楊威的周圍，使他如入仙境，陶醉在其中。

有時仍然到餐館，可也不是為了吃喝。正是醉翁之意不在酒，胡亂點了三兩碟菜，一瓶酒，邊飲邊回憶和劉芳淺斟細酌的場面：時而和風細雨漫談，時而語重心長地說悄悄話，時而喜戲笑鬧收場。現今人雖離別，但借著乙醇度的力量，形影音容宛然還在，足以使他追憶、迷戀半天。

總之，這期間楊威好像著了魔似的，處在半癡半呆的狀態。以前，當他們在一起時，除了歡快之外，不覺得有什麼要值得記憶和懷念的事，而現在分別了，要追憶的事，多到數不清，處處使他觸景生情，日夜思念，導致茶飯不思，幹工作也不上手，對一切事物，漠不關心，感到世上幾乎沒有能激起他愉快的事情了，總覺得惘然若失。他意識到這已經是愛上了她。按楊威以往的性格，既愛上她，就毫不猶豫，窮追不捨，直截了當向她表

白愛慕之情。可現在想的是：她是老闆，我的生活線和前程都操控在她手上，所以此事不可造次。而且她是富家子女，大學生；而自己是個窮小子，知識淺陋，對比之下，是兩個世界的人，豈能不自量力，徒然去高攀？其結果必然摔得很重，落得一敗塗地，所以一直不敢向她表白愛慕之情，和提出半句求愛的語言。正因為如此，楊威被情所困了。

有一天，一則喜訊從天而降，公司通知他帶半薪往悉尼實習建築知識，這一決定，不知是劉龍的主意還是劉芳的提議，不管是誰的決定，反正提攜和關照是固然的。最重要的是能和劉芳在一起，免得時刻思念。於是，買了第二天的車票，立刻打電話給劉芳。劉芳在電話裡說：明天往車站接他，他喜出望外地上了車，火車飛快地奔馳，他感到好像是騰雲駕霧般飛向蟾宮，幻想著即將得到嫦娥──劉芳在蟾宮門前迎接他的笑臉。

下午，車到站了。在車站出口處找一處顯眼的地方立候著，等待劉芳的出現。可是等到心焦，幾乎每個在出入口逗留的人都看遍了，每輛往來的車輛也看過了，望穿秋水也見不到心上人的麗影，下車的旅客已出了站，出口的閘門關上了，時值黃昏，夕陽西下，己是百鳥歸巢，人當作息的時間了，使他倏然感到自己像一個和母親散失的孤兒，無家可歸的失落感。更覺得孤獨惆悵，他完全失望了。

再仔細思考劉芳的電話，人家有高學識、有涵養，為了給我體面，不當場拒絕，使我不至於難過，容易下臺階，才說來接車的，其實是敷衍過場，不把這事放心上，我卻自作多情，當真起來了，真是蠢到極點，咎由自取，何必怪怨他人。人家是富豪的千金，是大公司的總經理，怎能降低身份來車站接一個窮光蛋的小子？！

悉尼這座城市比墨爾本大很多，他、人生路不熟，只得雇了一輛計程車，送到報到地點。找到宿舍放下行李，坐下來靜想：劉芳不來接車，顯然是背信棄義，可是按她平日的行為，不該是這種人，難道另有苦衷嗎？到底是怎麼回事？還須當面瞭解才是。於是，再請車前往劉芳住處，到傳達室詢問，傳達室幫忙用電話聯繫，說：「劉芳今天天還未亮就往道愛醫院治病，至今還未回來。」

楊威聞訊後，更擔心她的病，急忙趕到醫院，進入病房見劉芳在病床上打點滴（靜注）。他像孤兒見了母親，急上前去執著劉芳的手：「你怎麼了，是那兒不舒服？急壞我了，是什麼病？」

「不礙事，請放心，經檢查，確診為流感。打針服藥後體溫已降到正常，病也好了七分，現在見了你，幾乎全好了。昨天接了你的電話，知道你今天到悉尼，本打算往車站接你，可打了一天點滴（靜脈注射）離不開病床，不能前往，失信了，很抱歉！」

「你的身體安康最重要，不能去接我無足輕重，不庸道歉。」

其實，劉芳並不是楊威起初所想的背信棄義的人，她對他是很敬重和愛慕的。因為楊威有很多優點，從外表上來看：相貌堂堂，儀表端莊，體態魁偉，生長勻稱，氣宇軒昂，一表人才。內在方面：為人正直，疏財仗義，見義勇為。學識方面，雖未經過高等教育，但知識不淺。對工作上，從普通工人起做到技術員，並協助公司搞設計。個人工作能力很強，領導才能也很不錯，在擔任副隊長期間，于團隊裡一呼百應，很受工人擁護和愛戴。任供銷經理後，又為公司創下不少效益。

　　而且，她騎摩托車出事時，是他救回了性命，平日他對自己很愛護、關心，不管遇到什麼難題，他都能主動幫助解決。尤為重要的是：情操相近，志向相同，語言相投，只要兩人在一起，比什麼都快樂，工作玩樂都很開心，所謂情投意合。因此，楊威已獲得了她的芳心，使她敬重與愛慕。

　　可是，楊威也有不足之弱點：就是對建築的知識未夠專業，雖然在這兩年來，有了飛躍的進步，但所學的知識，是東一鱗、西一爪學來的，未能集中有條理，有系統、有層次去運用，造成工作紊亂，往往出現窩工浪費。當然，這全因為他沒經過正規教育所致，所以劉芳才向她父親提議，讓他領半薪作為補貼，來悉尼補習建築學業，也算得是大學補習了，以便日後為公司創業績。劉龍准許了。所以這次楊威來悉尼，是劉芳舉薦的。如果不因急病，豈有不往車站接楊威之理。自然楊威了解實情後，不但不責怪劉芳，反而關心起她的病況。

　　此後，他倆在悉尼雖然攻讀的學科不同，住址也不同，但每逢週末，都在一起度假。雖然比不上在墨爾本的朝夕相見。可兩人都覺得身在異鄉、互相傾慕中相愛，卻另有一番情調。不知不覺中，過了一年的時光。他倆日久生情，已進入戀愛的階段。他們的學業同時結束，回墨爾本繼續工作。

　　一個星期天的黎明，楊威起床和平時一樣，提起飛槍——飛抓準備往樓下廣場晨練，倏然聽到嘈雜聲，吵吵嚷嚷。到了樓下，才知道是後園失火，大家趕去救援。楊威也隨著救援人流來到後園。見著火的是那座木樓，火是從二樓燒起的，尤其是二樓通往三樓的樓梯處火燒得特別旺盛。樓梯被燒斷了，火還繼續向三樓蔓延。很多人提水來滅火，可火越燒越旺，看來不可收拾了。有人喊道：「剛才還見董事長在三樓走廊上跑動，

現在不見了，他下不來，我們又上不去，怎麼辦？」

　　地下有幾個人抬來三張竹制的簡易樓梯，串在一起用繩索
縛接，待豎起來時，還是搭不到三樓。大家忙作一團，毫無辦法，
時不待人，眼看再延遲下去，三樓就著火燃燒了。董事長將葬
身火海，還了得？這時，見楊威叫人們散開，不慌不忙地搖著
手中的繩索，突然將繩索射向三樓，飛爪即牢牢地抓住房檐，他
像馬戲團演員演空中飛人那樣，順著這條繩索向三樓攀爬上去，
其實三樓除樓梯口外，並未起火，只是濃煙滾滾，看不見周圍
環境，呼吸困難。楊威到了三樓，煙幕把他吞沒了，他隱約中
見董事長爬伏在走廊上，他喊了幾聲，不見反應，他立刻把董
事長拉到背上，用飛槍那端繩索將董事長和自己捆在一起，迅
速順著飛爪的繩索往下滑，很快滑到地面。此刻，有十幾個人
來扶董事長，待揚威解開繩索時，救火車和救護車都到了，護
士忙把董事長抬上車，立即進行復蘇術，待到醫院時，董事長
已經蘇醒了，據醫生報導，董事長不是被燒傷，是因煙霧造成
窒息導致昏迷，如果延遲一分鐘，大腦供血不上，就沒有救了，
好險！當楊威和劉芳從醫院回到失火現場時，火已熄滅，失火
原因待查，修復工作也是後事，無需多述。

　　楊威自悉尼實習歸來後，建築知識更加完善，在工作上，
有了很大的進步。劉龍和工友都很滿意，尤其是劉芳對他的成
績更為嘉獎。

為公司開拓市場，
給祖國添磚加瓦。

　　幾年來，楊威為公司立下汗馬功勞，董事長對他格外看重。再過一年，楊威和劉芳在女會計師路易士的撮合下，結婚了。富家子女的婚禮，熱鬧的場面自不必說。婚後不久，楊威被提升為總經理助理。

　　有一天，在辦公室他對董事長與劉芳說：「我來澳大利亞已經十幾年了，不是家鄉已成家鄉。但我歸根結底是從中國來的，根還是在中國。在祖國裡，還有我的親人，兄弟朋友，我很懷念他們，因此，我想向董事長告一個月的長假，回祖國也是家鄉探望他們，順便了解祖國的近況。近來，從報紙上讀到，祖國的政策開放了，大量向國外，尤其是華僑招商引資，所以我想乘著探親之便，再加深了解祖國的招商引資政策，是否適合我們公司的發展要求，如果確實對公司有利，我想提議董事長回祖國開辦一家分公司？一方面，可為公司開拓市場，增加效益；另方面，可為祖國獻出一點力量，起著添磚加瓦的作用。我本人有生以來，未為本國辦過一點事情，現今尚有機會，能為祖國効勞，始能了卻心願。這豈不是一舉兩得的大好事情嗎？」

　　「你的提議，我很贊同，我們都是華僑，為祖國做點事，

正如你所說的，為祖國「添磚加瓦。」能使祖國繁榮昌盛，國家富強，我們在國外的僑胞，也得到光彩，遇到外國人問起，就理直氣壯，很有底氣的答道；我是；「中國華僑」，外國人就不得不敬重幾分，另眼相看。回想我一生中，也和你一樣，未能為祖國出過力，今次在你的提議下，有機會能為祖國效勞，這正是我們在國外僑胞的共同願望。你這一提議，即使本公司得到的利益很微薄，在不虧本的前提下，我都願意面祖國投資。你放心回去聯繫吧，你的請假我批准了。你可到財務處領取三萬元中國幣，此款１；可作為你這次回國幫助本公司開拓市場的補助費：２；你多年不回國了，這次回國，必然要走訪眾多鄉親，訪親探友，是要送些禮物的，送禮時請多備一份，作為代我向鄉親們問好的小小心意，這樣，就得多花一些錢，煩你代勞了。你去吧，祝你一路順風。」

「董事長考慮得這麼週到，暫讓我代表鄉親們感謝董事長的鄉情和心意。這十數年來，得到董事長的栽培和提攜，使我獲得高等教育，授予高級職務，能堂堂正正立足於社會，，這是我一生中一個最大的轉捩點，此恩此德，沒齒不忘。」

「都是一家人了，還說這些見外的話，此外，你還是左一句，右一句叫「董事長」，我們一起生活都成十年了，應改口吧。」

「這是辦公室，該有個規矩」。

楊文說到這裡，稍停頓後，又繼續說；

「楊威就是這樣以澳大利亞國籍僑胞身份回國的，首先是探望眾鄉親，兼為公司聯繫回國投資事務。其實他並沒有發達歸來，更不是什麼『衣錦還鄉』，他仍然是為老闆開拓公司門路的馬前卒、打工仔。不過已經當上了分公司的總經理，有了

一些發言權。他曾說過；『如果分公司籌辦成功，還要招收一批工人。招收對象，首先優先本鄉親』。我先前曾說過，他不是鬼魂，不但不危害鄉親，還為鄉親就業創造機會。我就是根據他這句承諾而言的」

　　楊威這次乘著回國探親的機會，走訪了政府，招商局、土地局、工商局等有關單位，且深入調查市場情況，總算不辱使命，聯繫工作辦得很完滿。劉龍和劉芳接到消息後，劉龍還需坐鎮總工司，只能派劉芳耒和楊威一起把分公司籌建。工作雖然忙碌，但進展很順利。

　　眾人聽了楊文的敍述，對楊威十數年來的謎團，才得破解。

以次充好，
導致傾家蕩產。

　　話分兩頭。再說楊浩，自 1970 年回家開辦一家廢舊鋼材店起，賺了一些錢，漸漸發展擴大，後來改成了新鋼材店，專供建築使用的各種類型、規格的新鋼材，生意越做越旺。日間既要進貨，又要銷售，一個人實在忙不過來，因而雇請李昌研來協助管理。

　　李昌研於一九七零年和申紅結婚。七二年生一子，取名叫李恒，

　　申紅的父親原是公社武裝部部長，名叫申衛東。他手握武力，在文革兩派紅衛兵武鬥時，是個舉足輕重的人物。而李昌研是紅衛兵司令員。因工作關係，他倆常聚在一起。一個欲尋求靠山，一個想找覓得力助手，因此，互相意志相投，成為忘年摯友，友情再進一步加深，最終成為翁婿。不過只可惜好景不長，文革結束後不久，申衛東夫婦雙雙得了肝癌，相繼過世了。李昌研又被劃入打、砸、搶抄三種人，被革職了；離開了革委會，回街上做一員平民百姓。沒有了薪金，經濟自然很拮据。

　　李昌研的母親，原本開設一家小縫紉店，一家人的生活，還勉強應付得來，可近年來因腰痛不能工作，早已停業，沒有

收入了。

申紅沒有工作幹,近來兒子又慚慚長大,更需要花錢。一家 4 口,全無職業,生活困難的程度,可想而知。

楊浩和李昌研是自小玩到大的,且念及他曾把自已從死囚車,換乘普通犯人車的救助之情,現今理當對他關照,作為一點點報答。因此,雇請他來鋼材店協助經營。名義上是雇工,工作上不分主雇,利潤分配是均分的。

鋼材店的生意很旺盛,兩人一直經營了成十年,兩個家庭都有了一定的剩餘,算得是生活達到小康,安居樂業了。

到了 1982 年,楊文和何純把霞影的骸骨帶面鄉埋葬時,聞得楊浩的鋼材店出事了,並吃了官司。楊文急忙去找楊浩,儘快想了解情況。據楊浩訴述;原因是,其中有一家顧主,在該店購進鋼材建一幢公房,正當房子才封頂完畢,整座樓房就崩塌下來,幸好倒塌時間是半夜,沒有人員傷亡,否則,事情就更大了。為此,顧主將此事起訴到法庭。法庭把所有牽涉到的人都調查過了,並派專業人員來現場驗證,結果確認不是因建築工程,水泥、沙石等材料有關,純粹是因用不合格的偽劣鋼材造成的,所以鋼材店必須負起責任。

店主 < 法定人 > 是楊浩,自然要負全責。

「那麼你去進貨的貨原單位沒有責任嗎?」楊文詢問著。

「貨原單位是幾位元農民,在農村自辦的軋鋼廠,沒有經營許可證。現在願將經營所得,連本帶利的款項全拿出來代我賠償,所湊的錢僅 20 萬,其餘,他們已經一無所有了。眼下這間廠已被停業整頓,等候處理。」

「那賠償總額的數量是多少?」

「己裁定 180 萬元。」

「你賣出的鋼材數，充其量是幾十萬元，而現在卻要賠償180 萬元，數字差了幾倍。現在成品房的市面價，按 80 平米，兩層樓計，市值 10 萬元上下。如果按此計算，這賠償費夠買 20 間房了。不是判得過重了嗎？」

「鋼材銷售額雖然是幾十萬元，但法庭判決是合理的，因為損失的不只是鋼材方面，是整棟房子，其中包括工程款、水泥、磚石等材料費。」

「那麼賠款額己籌足了吧？」

「尚未能籌得足夠。傾盡整間鋼材店的財產，以及個人平日的積蓄，僅湊得 60 萬元；軋鋼廠幾位農民付出 20 萬元，總計才湊得 80 萬元。與賠償額相比，還差 100 萬元。如果湊不夠賠償數額，就得拍賣住宅，拍賣住宅還未夠數，就要蹲監坐牢。父輩留給我的住宅，看來到我的手上就保不住了。」

「那幾位私辦軋鋼廠的農民？拿出 20 萬元就算完結了事嗎？」

「他們這間所謂的廠，簡陋得很，除了一條不值錢的加溫爐之外，其餘一無所有，住房在農村，是舊房子，拍賣既無主顧。又不值錢。他們籌得 20 萬元來，已經是竭盡所有了。剩下的，這間廠和幾位成員就只能是等候處理了。」

「既然這筆賠償款，只落在你的肩上，那負擔就更沉重了。目前賠償款尚未籌足，下一步你有何打算？」

「還能有什麼打算！只等待法庭拍賣住宅算了，如果再不足，坐牢就坐牢吧，這也是罪有應得。」

「也不要過於灰心，辦法是人想出來的，有句古詩說；「山窮水盡疑無路，柳暗花明又一村。」讓我們共同想辦法，事情或許還有轉機。說起來也很慚愧，你正當急需用錢之際，我卻

無能幫助，實在對不起，請恕諒！」

「文哥！我知道你很想全力幫助我。你的幫助我心領了。但姑無論如何幫助。、想辦法，也不可勉強，更不能牽連到任何人。我的罪過，應由我個人承擔。以後不管露宿街頭也好，蹲監坐牢也罷，都是我罪責難逃，咎由自取！。請代我向所有想幫助我的人致謝！」

「我真的不想在這時間批評你，我深深知道，批評也沒有用。這次你的錯誤實在錯得太大了，進貨來源不正，不是正規廠，品質沒有保證，隨便以次充好，以假亂真。大概你為了多賺錢，才購進這些偽劣品，這實在是真真正正唯利是圖的奸商行為，眼下事發了，竟然小鬼弄出大頭佛，悔之莫及。你以前都很聰明、正直，沒有半點歪風邪氣，近年來，不知你從那兒染來的邪門，好好一個能為國家做事的有為青壯年，居然學壞到這步田地，真令人失望！」

「文哥，你的批評很中肯，可是，我也是有苦衷的。」

「不要玩什麼花言巧語了，難道這些不守信用，欺詐弄假的奸商行為，不是鐵證嗎？有什麼苦衷不可直言？我們是兄弟，有事就需說明白，共同商量解決才是辦法。」

「文哥既然想了解內情，我也不妨說個明白，事情是這樣的；這批出問題的鋼材是李昌研私自購進來的，事前我一無所知，直至到法庭判決下來；「事故是使用不合格鋼材造成的，損失由鋼材店負責賠償。」這時，我才發覺到我的責任重大，但怎麼弄出這般大錯誤！？」

「當晚，只見李昌研憂心忡忡地來找我，神態十分鞏慌。他說；「浩哥，這批鋼材不通過你，是我私自決定購進的。進價同以往一樣，可廠商給我倒扣 20%，利益很可觀。我為了私下

得到這笔款，以便醫治母親的腰痛病，所以就自作主張；成交了。
誰料到因這批鋼材，竟然害得你賠那麼多的款，實在很抱歉。
其實此事，與你無關，最無辜的就是你，錯是在我，你卻默默
地去擔當、背黑鍋、去受罪。為了此事，我內心受到極大的責備，
幾個晚上都睡不著覺。想到「你為了我一家子，安排我工作。
過了十多年的小康生活，都全托賴你的照顧。到目前為止，我
沒有給你分毫報答，而今卻相反使你傾家蕩產，代我受罪，內
心何安！千錯萬錯，都是我錯，以後誓不幹這種壞事了。」所以，
今晚我決定明天去自首，認罪，以解脫你無辜的罪責。」

　　「打官司是無情的，你不害怕嗎？」

　　「害怕，極度害怕！我還擔憂既無錢賠償，住宅也不值錢，
認罪後只可進勞改場，進了勞改場，以我這般的體質，再也出不
來了！家有老母，兒子還小，申紅怎能負得起這個家的生活擔
子？我服刑後，這個家自然就散夥了。但自已為了恐慌、害怕而
逃避，讓你冤枉代罪，天理難容！自己的良心責備也不能承受，
因此，我決定明天一早，去投案自首，兔使你冤枉、無辜為我
頂罪。為此，提前來告訴你，使你明天在公堂上，心中有個底，」

　　不知此案如何解決？請看下面。

兄弟情義重，
出手解危困。

于時，楊浩接著問道；

「那麼你購進這批貨，而且又銷售出去，我全不知道，你是怎麼搞的？」

「我進貨時，從廠方提貨後，直接運到用戶，不經過我們的倉庫，只在帳戶上記錄收發貨罷了，所以你就不知道了。」

「原來如此。不過你去自首。也解脫不了我需賠款的責任，你去不去自首，我都一樣要賠款的。請分析一會：

一、我作為一店之主，對進出貨不加檢查，疏於職守，罪責難逃，罰賠償損失，己是從輕發落了。要全兔無罪，是不可能的，所以賠償罰款是必須的了。

二、假設你去自首，如你所說的；進勞改場，政府也只不過是對犯人進行教育、改造思想，從新做人而己，現在你己認識錯誤，決定從新做人，永不復犯，已經達到犯人改造、自新的目的。所以不進勞改場，己改造好了。何必要你進勞改場？

三、其實，法庭和原告都一樣，他們並不是想把我們送進勞改場。如果我們進了勞改場，就相當於他們收不到賠款，這不是他們想要求的結果，主要我們能賠款，就萬事皆休了。眼下，

你和那幾位農民，──所謂的廠主──，都同樣是一無所有了，夠不上賠償經濟的條件，所以他們就不重視你們幾個，只著重針對我，因為我還有一定的財產，而且有住宅，即使你去自首，他們也不輕易放過我！因此，你去不去投案，我也會受罰的。請放心吧，你不需去投案了，一切罪責由我來擔，好好回去努力工作，還需養家活口呢。」

「你既然這麼說，即使我去投案，也解脫不了你要賠償的罪，那我就不去投案了。你無辜為我擔罪，此生，不知如何報答了。今次我所得到的回扣款，以及這許多年來的积蓄，僅湊得 20 余萬元，我都帶來了，雖然是杯水車薪，你拿去作部份抵償吧。」。

「李昌研說著，把款放下，即告辭去了。我為了不讓他涉案，不願把此事公開宣揚，所以連文哥也給瞞住了，請諒解。關於籌款方面，本人籌得 60 萬，幾位農民給 20 萬，現在加上李昌研這 20 余萬元，總共己籌得 100 零幾萬元了。還欠 70 幾萬元。看來加上拍賣住宅，所欠無幾了，請放心。」

「房屋將被拍賣了，讓我怎地放心，我得再想辦法。」

楊文辭別了楊浩，即垂頭喪氣地去找楊威，楊威在籌備處擺上兩、三碟小菜，和楊文小酌起來。楊文說；沒有心情飲酒。

「文哥，有什麼心事使你煩惱。」

「有什麼心事？還不是為了楊浩！」

「浩哥怎麼啦，近來還好嗎？」

「你還不知道嗎？近來楊浩闖的禍可大了。」於是楊文把楊浩「如何賣鋼材給人家蓋房子，

未完工時，房子就倒塌。法庭判決，要他賠償損失。如果沒錢賠償，就得拍賣住宅，淌若還不足數，還將要坐牢。事態

很緊急，眼下他尚未解決賠償的款數，我怎能不煩惱！。」楊文將事情的前前後後說了出來。

楊威聽完後說；」浩哥落到如此地步，怎的不早來找我，不把我看作兄弟了。」

「這你對他就誤會了。不是他不認兄弟，他這麼做，是有原因的；

其一，他不知道你在省城，抑或在縣城，難於聯繫；

其二，他明知你剛回鄉，且籌辦分公司。俗話說；萬事起頭難，工作必然很繁忙，不敢打擾你。其實，他也不找我，認為我在單位裡《外地》，即使找到了，遠水也救不了近火。

此外，你也知道他的為人，每遇到困難，不輕易去麻煩他人，都想由自己擔當，這是他的本性。為此，可見他不是不認兄弟這類人；」

「好啦，他認兄弟也好，不認也罷，這都不關重耍，姑且不談。現今我想了解他的賠償款總額是多少？己籌措的款有多少？尚欠多少？這才是至關重要！」

「賠償總額是 180 萬元，他自己己籌得 60 萬，軋鋼廠補籌 20 萬，李昌研代籌 20 余萬，我亦籌得 20 余萬，總籌得款 130 萬元，尚欠 50 萬，我就是為此事放心不下。」

「文哥，放心吧。請開心飲兩杯。這事已經解決了。」

「怎的解決了？」

「據文哥所報的數，浩哥尚欠 50 萬。明天我從銀行帳戶上給他轉去 70 萬，不就解決了嗎。」

「50 萬已經夠了，不用付 70 萬。」

「50 萬雖然夠還賠償費，但已經一貧如洗，日後生計怎麼辦？所以除賠償外，還有 20 萬做本金，繼續經營鋼材，不但可

以維持生活，賺得錢來，還可慢慢還債。」

「你考慮得很周到，處事確實比以前成熟多了。」

「文哥，你不要急於誇讚我，其實我還有很多考慮不周的地方。例如，剛才我說；明天從銀行帳戶轉錢給浩哥，但再細心一想，還是欠妥。這件事，到底還需麻煩文哥或嫂子為好。」

「什麼麻煩？」

「我再考慮不轉款了，明天由文哥或嫂子來我這裡拿現金，並且用你們任何一個人的名義把這筆援助款交給浩哥，就萬事大吉了。」

「此款為什麼要用我的名義，這筆款見不得光嗎？若是如此，我不希望你為浩哥一間祖宅，而影響你的工作和前程。我可再想辦法。」楊文不是為這筆款，代出名義而怕擔當責任，而是擔心楊威取了不義之財，毀了他一生的事業。」

「文哥，錢的來源請放心，阿威不是以前窮困潦倒的時侯了，這幾年，我的年薪用人民幣折算約 30 萬元，你的弟媳薪金也和我同樣，合起來，倆夫婦的收入，一年就有幾十萬了。憑這幾年的積蓄，幾十萬的開支，尚可以應付得來。

「關於給浩哥的款，為什麼要借你或阿嫂的名義？因為我現在正在籌建分公司，收支雖然有財務人員把關，但經我手批示劃撥出去的款項，卻是大筆大筆的。為避免瓜田李下之嫌，免使他人懷疑我有貪污、拿用或收取倒扣的行為，所以用你或阿嫂的名義比較穩妥。

「文哥，你在單位裡是工程師，不涉及經濟關係，阿嫂在學校教書，更不牽扯到財務方面，所以用你們的名義，就安全得多了。當然，如果萬一有人真的追究到你們，你也可以直認「錢是我的」，我會承擔一切責任。」

　　楊浩被賠償一案己了結，拍賣住宅和坐牢都得到免除。以後繼續經營鋼材生意，生意仍然很興旺。被賠償後的債務，就慢慢地還清了。此是後事，不必多述。

拒見求助人，
因有隱情。

　　且說；李昌研的妻子——申紅，因全家人都在待業，她聽說楊威創辦的房地產公司招工，並且優先吸收本鄉人。她去報名了。可辦事員給她安排的是重體力工，她體質單薄，不適合幹，而且，又丟不開面子，不願幹那些粗重、低下的活。經多方要求，都不能變換工種，只得去找楊威說情，想換另一項工作。可是，連去找了三次，都不得接見，門衛說；「總經理不在辦公室。」第四次去求見時，門衛也是說同樣的活。這次申紅乾脆不走了，就在大門前等候著。直到近黃昏時，見一輛小轎車駛到門前，下車的人正是楊威，申紅立刻靠上前去；「楊經理，我等候好久了。我想請你幫個忙。」

　　「幫忙？現在我正有急事，有什麼事改天再說吧。」

　　「不，我都快斷炊《餐》了，看在以前的交情上，你非得幫個忙不可。」申紅懇求著。只見楊威從手提包裡抽出 200 元人民幣強擠到申紅手裡說；」你先好好過生活，要幫助，來日再說。」他說著話走到接待處囑咐幾句，繼續上車開走了。

　　申紅手裡拿著 200 元，眼看著楊威慢慢地走遠去。內心頓覺百感交習；回想到以前的交情，只值得 200 元，真是人情薄

似紙。人的感情，何其脆弱！早知如此，何必當初。漸漸又悟
到。「人到無求品自高」的道理。人生總是開口求人難的，只
怨自己以前做事草率，不懂事，現在又沒有本領，能怪誰！。

申紅在無可奈何中，想到楊威最聽楊文的話，而楊文平日
又很順從、尊重家婆——李嫂的意見，因此，請家婆出面去找
楊文，代向楊威說個情，讓他安排一項適合自己的工作，以解
決生活，

當楊文見楊威時，說：「聽說李昌研一家都在待業，沒有
生活來源。在楊浩一案中被賠款時，他也傾盡所有，湊款給楊
浩，今天已落得一窮二白了。據路邊社公眾輿論，說；他妻子——
申紅曾多次找你，想請求你安排她的工作，以解決兩餐，確有
其事嗎？這件事你有什麼看法？該如何處理？才能解除他家的
生活困境！？」

「我單位正在招工，本可以安排她工作的。但我不想讓
她在我單位幹，待以後另尋機會，打算介紹她到其他兄弟單位
去。」

「到其他單位她滿意嗎？為什麼要舍近就遠，而且又不解
決他們生活上的燃眉之急！」

「文哥，這事說起來，我還有一段不可告人的隱情！」

「既然是不可告人的事，就不必說了。」

「不，我還是要告訴文哥的。1963 年，我和申紅是初中同
學。之前，雙方的年齡都還很輕，不懂事，我們就搞童戀了，
兒戲中假辦結婚禮。至到我輟學外出務工，再回鄉參加建築隊，
她還繼續讀書。我以為因我輟學、外出，而且我們的年令都隨之
長大，懂事了，童戀的兒戲，亦應終結。不料，卻因此感情上反
而加深。當時文哥在北京念書，父親在鄉校教學，家裡就只有

我一人，她有空就常來家和我玩，往來中，孤男寡女，男歡女愛，竟發生了幾次男女關係。正當我倆商量如何結婚的時侯，她父母知道了此事，竟極力反對。她父親——武裝部長——的態度是；楊威是一個窮小子，窮到褲穿洞了還沒有錢買新的來替換，他念的是低年級書，沒有文化知識，又沒有本領，結婚後，不說要養活妻子，讓妻子生活富足，連養活他自己的能力都沒有？怎可希望家庭幸福。再說，他家庭成份又不好，父親是資本家，又是右派，是我們貧下中農的階級敵人，在這個社會裡，他是永遠不得翻身，是我們絕對的敵人，我的女兒嫁給他，就是嫁給階級敵人了，將會影響我無產階級的清譽。階級立場站不隱，我這個部長還可當嗎？因此，我絕對不讓女兒嫁給他，如果她要嫁，我就要斷絕父女關係，免使我受牽連進去。

她母親的看法是；楊威的家庭背景很不好，家境也很窮，和自己的女兒相比，學歷不及女兒高，做事不及女兒心細，實在是門不當、戶不對。當然，楊威也有楊威的優點；他體格魁偉，相貌堂堂，做事乾脆利索，幹起工作來，山也能搬走。倘若女兒嫁給他，要求家境寬裕，自然是談不上，但家庭歡快，是可求取的。

申紅被她父親痛罵；」你很想嫁給他嗎？立即去嫁吧，立刻去！ 快滾！以後 有幾遠就滾幾遠，我永遠不想見到你，同你脫離父女關係！」

「爸！我已經懷了他的孩子，叫我怎麼辦！」 申紅為了決定和楊威結婚，才假說懷了楊威的孩子，想迫使父母答應這場婚事，但卻弄巧成拙了。

「你居然懷上了他的孩子，你這賤丫頭真是賤到這地步，我的臉實在給你丟盡了，快滾吧，我管不了你啦！ 滾！」

　　申紅覺得爸爸罵得這麼絕情，負了一肚子氣，緩慢地走出家門。可往那兒去呢？提前沒有準備，自然拿不出主意來。她低著頭，六神無主，毫無目的地行走著，走著走著，竟走進了楊威家。楊威見她垂頭喪氣的樣子，問；「你怎麼啦？氣色這麼難看，誰惹你不快？來，坐下來再說。」

　　「因為我和你在一起，被我爸爸罵到狗血淋頭。而且又把我逐出家門，眼下已無家可歸了。」

　　「怎麼，被趕出家門？不用慌！俗話說；此地不留人，自有留人處。家裡不要你，我要！來我家住吧，索性就結婚，看他們怎麼樣！」楊威知道申紅尚未吃飯，一邊說，一邊去燒了一碗方便麵給她吃。

　　「不可，我們住在一起，他們會追來打我的。」

　　「不用怕，我能保護你。」

　　「不行，我不可沒要父母的。」申紅一邊吃，一邊說

　　「在此既不可住，你又歸家不得，叫我怎麼辦？乾脆一起私奔吧，遠走高飛，一走了之。我不相信會餓死的，放心吧。」

　　「不，我不忍心離開他們，他們含辛茹苦把我養大，我怎可一走了之，拋開他們！」

　　「那麼在我家住既不成，你又不可回家，私奔也不可，使我怎麼辦？我己無能為力了。遇到這麼一個包辦婚姻的老腦筋家長，實在很難對付！」

　　「我警告你，對我怎麼批評都可以，但對我爸爸不得胡亂指責。」

　　「我是按事實批評，不是胡亂指責」

　　「說我父母的壞話，就是不可接受，你既然對他們不尊重，我們自然是合不來的，我們分手吧。」申紅賭著氣且撒嬌地說，

並不是真的想分手。

「什麼，你要跟我分手？好！原來你來的目的，就是要提出分手。既然提出了，就說明我們的感情破裂了，沒有了感情，我也不可勉強你和我在一起，要分手就分手吧。」

「分得好，你們的談話我都聽到了。既然感情上分裂了，合在一起，是不幸福的，這樣下去，便很難過一輩子的。」這時，申紅的母親倏然闖了進來說。

「伯母，你來啦！恕我有失遠迎。請坐。」楊威搬了一張凳子，招呼來者坐下。

原來申紅離開家後，一直到了入夜，還未歸家。她母親很焦急地罵丈夫說；「你這個人就是牛脾氣，只圖罵得痛快，不顧女兒被罵到無地自容，今她出走了，你滿意了吧！如果她有三長兩短，你往那兒找回女兒還給我！現在當務之急，你快去找幾個民兵協助，往河邊尋找，她是否去尋短見。我去尋親戚朋友、申紅的同學家探問，是不是有誰知道她的行蹤。事不宜遲，我們立刻分頭行動吧。」

「好，就聽你的。」

就這樣，申紅母親找了幾家申紅的同學家，才來到楊威家的，她坐下來繼續說；「你們兩人都提出分手，我覺得分手很對，免得日後雙方都受到傷害。其實，你兩人的戀愛，很不合時宜。目前在全國的大好形勢下，正在轟轟烈烈的搞階級鬥爭，你倆的家庭背景不同，正如宿命論的「生辰八字」不合，是萬萬不可結合的。你們的生活環境也不同，簡直是兩個世界的人，怎可結合在一起？勉強拉合起來，只可像牽著一頭老牛和鳳凰拜堂那樣子了。其實，這事本是風馬牛不相及的，你們卻要強扭在一起，能有好結果嗎？要得到幸福，就必須分手。」

「伯母！我和申紅是真心實意相愛的。」

「媽，我們倆還是⋯⋯」申紅的話尚未說完，她母親搶著說；

「你們確是真心實意相愛嗎？，如果是真愛，那就像父母和子女之間那樣，不管他《她》走到那兒，都希望他得到富餘、幸福、快樂，你們做得到嗎？而現今你們的愛，只是想佔有對方，如果對方跑遠了，甚至跑到另一個人的懷抱裡去，你們將不但不愛他《她》，反過來也許變作憎恨！這豈是真愛？既然不是真愛，所以趁早斷絕關係，方是上策！你們剛才都說分手了，可我還有一點小小的要求；你們分手後，

一，必須一刀兩斷，乾淨利索，不可拖泥帶水，偷偷摸摸去勾引對方。要保證以後相互不接觸、親近，繼續搞勾三搭四的行為。

二，不可散佈雙方以往幹過不正當的行為。你倆都可遵守嗎？」

「我保證可以遵守。」

「媽，我和楊威還想⋯⋯」

「還想什麼？返去，馬上和我回家。我知道楊威是個男子漢，牙齒當金使，承諾的事，是不會改變的。走吧，傻丫頭！」於是，她拉著申紅不辭而別了。

「我和申紅的經過，就是如此。為了履行承諾，不向外透露已往的醜事，不可相互接觸、親近，所以這些年來，連對文哥也不說。現今說了，已是違規。請諒解！今我不想吸收申紅進入我的單位，就是避免過於親近，這是主要原因。」

「你的承諾，這是你和她外家以前的事，你和她母親所訂的口頭協議，只要內容是不向外透露你們曾有過的戀情，不再來往，不再糾纏不清。現在你履行協議已經十幾年了。而且申紅

的親生父母已相繼過世了，事過境遷，人、事皆非，你們從青少年開始，現在已到壯年，各自已成了家，曆過這漫長的歲月，許多國與國之間的合約，尚且可以終止，這只不過是你和申紅父母親的口頭協議，豈能是永久性的，況且當前你也不違背承諾，所辦的事，不是舊情復發，勾三搭四，依戀不捨的，而是正正當當的為解決她家的生活困難，這協議當然可以終止了。現在她托家婆——李嫂來向我說情，大概她一家人已商量過了，李昌研應該沒有意見。」

「我擔心的正是李昌研。聽說他倆夫妻常吵架，爭吵時，李昌研常罵她是」賤婦，被其他男人玩膩了才嫁給他的。如果他早知道，絕對不娶她為妻。」憑這句罵，我和申紅以前的關係，他應早就知道了。為了避免日後的嫌疑、誤會，所以她來找我時，我不予接見，如果以熱情相待，傾訴離情，絮叨不休，將會使李昌研的醋埕里加擰檬酸，酸到皺眉皺臉，連眼也開不得了，將會盲目搞亂套。若忍受不了，鬧起事來，大家都不好過。」

「你的處理，也有你的理由，不過也應考慮到公眾的輿論。原先，大家不知你兩人以前的底隱，只知你們是朋友。眼下你發達了，她來求你安排工作，不是求你施捨大筆金銀，你卻不讓她見面，居然成了一個忘記以前窮苦兄弟姐妹的無情漢，你內心好受嗎？你履行承諾，擔心李昌研的感受是對的，但謝絕見面，不安排工作，將會引起眾人的非語、責難。」

「這麼說，給她安排工作既不是，不安排也不是，待介紹到兄弟單位更不是，我該怎麼做？！」

「我的提議是；儘快安排她的工作，使她解決生話。關於承諾方面，以後你和申紅的交往，是上下級關係，除了關照和較重大的事務之外，對管理上，應儘量放權到她的組長或主任

的身上去，免使你直接對她指揮，過度親近，引起誤會，更須特別謹慎。把前事徹底忘掉，不要有半點拖沙帶泥，不得與舊情人的態度交往，要光明磊落相待，從新建立叔嫂關係，才能打消李昌研的顧慮，使他沒有後顧之憂，問題始可根本解決。」

「怎麼又涉及到叔嫂關係上？」

「你還未知道嗎？昌研是父親和李嫂一夜情的私生子，實際他和你是同父異母的親兄弟。這事是知情人後來透露給我的，而且是千真萬確。憑此關係。他家有困難，我們應該義不容辭去幫助他。建立叔嫂關係，使大家互信，也是很有必要。而且他母親——李嫂，實實在在曾把你和我，從出生服侍到大，給予我們的母愛，確實辛苦和勞煩她許多年。不管真真假假，也算得是半個母親了。我們都該敬重她，不但要照顧，甚至養老送終亦應該。至於申紅的工作，請再加考慮吧。我的提議僅供參考，不是叫你立即實施。」

「你把李昌研視作兄弟，但他不把我們當親人看，這許多年來，處處為難我們，實在使我惱怒透了。」

「以前他雖然曾做過不少傷害我們和其他人的事情，現在他因幹過這許多壞事，被革職了，已受到相應的懲罰，就原諒他吧。其實，他以往的所作所為，究其原因是他本身見識少，知識低，不分善惡、不明是非好壞的可憐蟲，千方百計去坑害人。因為他遇到的是個別極左的領導人，幹出極左的事情來，他以為這樣做，即可討得上級領導歡喜，作為立功的階梯，想削尖腦袋鑽上去當官。然而，他卻不知道黨和政府的宗旨是關心和愛護人民的，因此，他對黨和政府的宗旨領會錯了，所以才這樣做。其實他既沒有當官的知識和本領，更不具備當官的條件，盲目碰撞，差點兒撞到頭破額裂。幸虧政府及早收網，使他不

至於受嚴重傷殘。其實他也是個被蒙蔽的受害者，本身並不是壞到透頂的人，到底還有另方面是好的。」

「文哥這番論述，使我認識了做人的許多道理，好吧，我聽你的。關於申紅的工作，馬上安排就是了。不過在形式上，還得麻煩文哥給她寫一封推薦或介紹信，給她拿到我公司的招工處報到。如此就不是我直接吸收她，是在文哥介紹下，我才收留的。這樣對我、對李昌研、對申紅都有面子，也有好處。」

幾天後，申紅持著楊文的介紹信，往楊威籌建的分公司招工處報名，被安排到材料倉做保管員，這職務使她很滿意。

申紅上班後，李嫂——李昌研的母親——為申紅取得工作，特來向場文當面道謝。

楊文說；「都是自家人！舉手之勞，不用道謝。」

「你為我解決一家生活，理應送點重禮致謝，但又無能為力，只得來道聲謝，順便帶些點心，聊表心意，請見諒。」

「你這般客氣，反使我內心慚愧。請坐，這些年來，因工作忙，且很少在家，未能朝夕問候、請安，請多多包涵。請飲茶，聊一會吧，」楊文敬上一杯茶。

「今次在你幫助下，申紅有了工作，生活上，總算得松了一口氣，太感謝了。」

「不用謝。李昌研近來幹什麼？許久不見了」

「昌研嗎，這個人不說猶可，說起來使我很傷心。青少年時，在你父親培養下，書己讀過不少，但卻不同你們個個都有本領，事業有成，養家活口，衣食無憂。他卻一事不成，這輩子，算是白活了。其實是 ，他太不爭氣。終日在家不出門，像是個大姑娘，閨中小姐，羞于見人，什麼工作也不想幹，實在也幹不來，因為他不會算，不會寫，想當官又當不成，經商吧，幹

大的沒有本金，也沒有經商頭腦：幹小的買賣吧，又認為丟臉，不願幹。什麼工藝全不懂，幹苦力吧，體質單薄又吃不消，正是一支銀樣鑞槍頭，中看不中用，不文不武，不知幹什麼才合適。」

「這也難怪，到底他曾當過紅衛兵司令員，大隊革委會委員，一下子叫他投身去幹下九流的工作，蹲街頭做小買賣，人格放不下去，丟不下面子，這是很正常的習慣。」

「但人不從無做起，成日異想天開，要一步登天，立即發大財、當王帝，能成功嗎？」

「其他工作他不願幹，其中有一種工種他會樂意接受的。這種工作，其實他在大隊部時，政府已把他培養好了。原先給他開拖拉機，後來又讓他開汽車，現在叫他開車，已是弓熟馬便，以前學的技術，現在再加補考，立即可以應用了。」

「是啊！怎麼我們沒想到呢？不愧大哥有學識，頭腦靈活，一語驚醒夢中人。」她很高興地說著，似乎又想到什麼；」可是，自己沒有車，怎麼行？」

「你們可往各運輸單位詢問，看那個單位招收駕駛員。另外，我代你們問楊威，看他的公司招不招司機。我們大家一起努力去尋訪招收單位吧。」

揚文去找楊威時，楊威說；「公司在籌建階段，下面機構未完善，暫未用車。以後用車時，要招收司機的。如果他急用時，可以先借錢給他購取一輛，自辦運輸業也是很好的。不過借款也應用文哥的名義。」

「還款期限怎麼決定，每月納息幾許？」

「利息全免。還款期限不用定，待他賺得錢時，可逐步還款，賺不到錢時，就永遠不用還了。」

楊文將借款購車的情況告訴李嫂。幾天後，李嫂來說；「李

昌研要求不購置貨卡，購小轎車讓他在縣城街道乘客。」

「我負責借錢，你想購置什麼車，由你自己決定。」

就這樣，李昌研夫婦皆有了職業，生活便一步步得到改善，後來又把欠款還清了。

醉酒忘避嫌，
招致脛腓骨折。

　　再說，楊威兩夫婦籌建分公司的手續已經辦妥，工作也很順利。在工作中，楊威有很多應酬。有一天，他和有關單位的人員在酒樓吃飯，多飲了幾杯酒，散席後，已有幾分酒意。出到酒家門前，遇見申紅。申紅見楊威步履踉蹌，知道他是醉酒，便上前攙扶：「你喝醉了，怎麼不叫你的司機來接？來！我來扶你。」

　　「不，我不醉，不用扶。」他雖然這般說，胳臂已攬到申紅的肩上。

　　「你司機的電話號碼是什麼數字？我代你打電話，叫他來接你。」

　　「電話不用打了，他知道我來吃飯不用車，所以送劉芳——楊威妻子——往工地指揮，不閒來了。」

　　於是，申紅一面扶著楊威在街邊的行人道上慢慢走著，一面拿手機叫車。李昌研接到申紅的電話。立即開車來接。待見到楊威一手摟抱著申紅的肩膀，臉幾乎挨到申紅的頭上，申紅仰臉看著他，好像是待他接吻的樣子。昌研對他們本已有很深

的成見，眼前見此情境。突然醋性大發，怒不可遏，不顧一切
地加快車速，向街邊沖向他們。其實昌研沒有膽量撞死人，只
是想把他們撞傷來解恨罷了，雖然車速加快，但在猶豫中，速
度還是有限的。當時，楊威見這輛小轎車向他們沖來，情勢很
危急。倏然間，受此一驚，醉酒己醒了幾分，順勢將申紅向旁
一堆，申紅被推出成米遠，摔倒地上，可車已經撞不到她了。
但楊威因推開申紅，失去那瞬息的時間，自己卻來不及躲閃了，
車已沖到跟前，正在千鈞一髮之際，大概是出於本能吧，說時
遲，那時快，只見他兩手攙扶著駕駛室前的前廂頂蓋上，接著兩
足一登，就形成了頭朝下，足朝天的倒立狀，再換一手攙攀到
座位上的篷頂，然後像跳馬運動員般一個跟鬥，向車後廂方向
翻去。跳馬運動員落地時，有防衝擊力的泡沫保護，而現在楊
威落地時，是堅硬的混凝土街面，聽到啪的一聲，脛骨骨折了。
他還未感到痛，但已經站不起來了。他在街上叫了另一輛計程
車，把他送往醫院。上車時，他叫該司機去探問申紅和肇事司
機的受傷情況，並請他們一起上車往醫院診治。司機回報說:「他
們都沒事，只是一點皮外傷，不用去醫院了。」

　　事後，楊威聽說肇事司機是李昌研，就不加追究了。

　　事實上，是李昌研故意開車撞人，但交警是不知內情的，
只作交通事故處理;停駕三個月，朴習駕駛技術，從新考試，
並給受害者補償一切損失。

　　此次車禍，楊威既不起訴，賠償費也不收，此案就算結束
了。

慰問摯友遺孀，
走訪患難兄弟。

　　楊威傷癒後，就著愈後調養之閒，前去看望王大球的家屬。

　　王大球的遺孀和兒子。因陸運已大部份取代了水運，船運的生意已一落千丈，在不景氣的情況下，將船賣掉了，回鄉村老家居住，生活很清貧。楊威見此狀況，在南寧新開發區大沙田《地名》，購買一間百幾平米三層的樓房，送給他們，並付幾萬元作本金，讓他們立即在此樓房開設一家大排檔餐飲店，生意很紅火。他們很感謝楊威。楊威說;「說感謝的不該是你們，應該是我！王大球曾救過我的命，我才有今天。眼下無以為報，僅給你們一點小小的奉獻，以慰他在天之靈罷了。」

　　「這不是小奉獻了。即使王大球還在世，也未必有能力購買這樓房，出資安排就業。現在托你的福，有了房子，有了職業，這是平民一生中兩件大事，值得感謝的，此恩此德，永世不忘。還當囑子告孫，世代念恩。」

　　楊威辭別王大球的遺孀和兒子，立即乘車去貴陽，找到高江後。才知道以前開設的故舊衣店，現在已發展為服裝展銷大樓，比故舊衣店擴大了成十倍，成了一間公司。高江任總經理，龍鐵頭任副經理，林充管財務。總之，以前這班難兄難弟都在

單位裡任職、工作。今天大家見楊威突然回來，久別重逢，皆大歡喜，抱成一團，共同慶賀重新聚首。

高江說：「十幾年前在你的領導和指導下，叫大家改邪歸正，共同投資，合股經營故舊衣店，果然越做越大，現今已成為服裝展銷大樓。使我們每個人都能養家活口，安居樂業，這全賴師傅兼老大哥，為我們指引方向進入正軌，才有今日的成就。此恩此德，全班兄弟都銘記于心。」

「這是國家的好政策和社會發展的趨勢，大家是趁著這趟順風車，加上大家的努力，才走向興旺發達的，不是我個人的功勞。此外，在座的眾兄弟，大部份的年歲都比我長，我想請求以後不再稱我為老大哥。」

「那就按江湖習慣，稱「哥頭」吧。哥是尊稱，你是我們的頭兒，所以稱哥頭。」

此時楊威接聽電話：「阿！是雲姐嗎？我是楊威，十幾年不見了，所以給你打電話，打擾你了。身體還好吧？現在我在貴陽，打算明天到關嶺看望你，方便嗎？」

「十幾年不見了，有什麼不方便的？以為你忘記我了。今聽到你的聲音使我喜出望外。你的來電，是由關嶺轉到我手機上的，以後你直接拔打這手機號碼就可接通了，不用打關嶺的座機啦。現在我也在貴陽辦事，你在那兒，我馬上去找你，見面後再詳談。明天我也回關嶺，你要去關嶺，明天和我一起走吧。」

「好，很好。現在我在中華路服裝展銷大樓經理室恭候，你到來就見我了。」

楊威暗想，現在有電話方便多了，回憶以前到悉尼進修時，等侯劉芳來接車，沒有電話就麻煩多了。

他倆在經理會客廳相見，沒有旁人干擾，四眼相對，熱淚

盈眶。互相緊抱一會，萬般相思，都在無言中。還是雲姐先打破沉默：「這些年來你往哪兒去？音信全無，使人既擔心，又懸念！」

「說來話長了，我們別後不久，我出國了，最後到澳大利亞定居。這期間我很想和你們通訊，但我深知。當時國內凡有海外關係的人，大部分是被懷疑或受歧視的，我不想你們因為我受到歧視，所以我就不寫信了。現在國家政策開放了，且大量招商引資，澳大利亞老闆才派我歸國籌辦房地產分公司，因此才有空來探望你。更希望你日後常到南寧相聚，」

「路途這麼遙遠，去一趟，很不容易！」

「其實由此往南寧，比你回娘家《岳陽》近了很多。去吧，往南寧的車旅費由我負責。你到南寧後，像在家一樣，要住多久就住多久，生活費用我承擔。去時，請約關局長和建築隊長一起去。以前他們對我的幫助和照顧，我很感激，能當面道謝才心安。」

「關局長和建築隊長不能去了，因前幾年他兩人都謝世了。」

楊威聞此消息內心亦很傷感，想起當年得到他們的幫助，才能在關嶺立足。但至今對他們沒有半點回報，他們卻都謝世了。目前，想回報已經沒有機會，內心很愧疚。

雲姐聽了楊威的敘述，瞭解十數年來互不通訊的原因。原來他在國外，並不是自我想像中的錯交了一個忘情忘義的人，感到以前對他的誤解，內心很慚愧。

此刻林充進來，請去吃飯。在貴陽賓館的餐廳裡。高江等一班人設宴招待。尊楊威坐在主席座上，雲姐坐在楊威的身旁，雲姐見大夥對楊威如眾星拱月般招待。愈覺得楊威是個很有作

為的人。內心對他更敬重。

楊威首先發言：「今天和大家在此相會，見到大家的工作生活身體都很好，使我很欣慰和安心。且承蒙大家熱情招待，為此，致以衷心感謝，讓我首先借花獻佛，向大家敬酒一杯。」

乾杯後，高江接著說：「師傅兼哥頭，我們這間服裝展銷大樓的前身是你創建的，而且你是最大的股東，也是我們的帶頭人，引領我們大家共同致富，興旺發達，大夥都很感謝。且天天都盼望你早日歸來，繼續率領我們走向更寬廣的康莊大道，使我們的前景更美好。我們的盼望，總算遂願了。今哥頭歸來了，希望今後和我們一起共同奮鬥，使我們的事業更進一步輝煌。」

林充接著說：「這許多年來，師傅未歸來領取股東的紅利。帳簿中一直保留著。這筆積累下來的款，數目已經很大了。請師傅順便領取，以了結這筆掛賬。」

「股東還有紅利領嗎？這筆掛賬我看算了吧，我沒有參加工作，所謂無功不受祿，此款我不領了，就當我獻給大樓吧。」

「不是參不參加工作的問題，參加工作的人，可以另取工資。此紅利款，是公司除了工資和一切開銷之外，每年所得的純利，是屬於全體持有股權的股東所有，年終按股份分配，與工資無關。」

「既然如此，我有一點請求，把我所有股東的紅利款，和50% 的股權，撥歸公司，作為我對公司的微薄奉獻。餘下 50% 的股權，從今天起轉讓給雲姐，使她日後得到一些補貼，生活上就更充裕了。我才放心，希望林充兄弟儘快把這些轉移手續辦妥。」

「如此說來，師傅不打算留下來帶領我們了。」

「其實我很不願離開大家，但工作需要，沒有辦法。」

「究竟師傅是幹什麼工作？竟然這麼來去匆匆。」

「現在我的國籍是在澳大利亞，也在澳大利亞工作，今奉老闆之命，歸國籌辦房地產分公司。」

「該公司是幹什麼的。」

「房地產公司，當然是搞建築的。」

「建築工那麼費力，我勸你還是回來的好，我們大樓雖然是一間小廟堂，比不上大公司，但麻雀雖小，五臟俱全，俗語有雲：「寧做雄雞頭不作鳳凰尾」。回來我們大樓，單位雖小，到底哥頭是個領頭人，比在大公司做個建築工，還好得多吧。」

「你們的誠意我心領了，謝謝，如果我留下來和大家一起幹，那邊的房地產老闆，已投入了幾個億，交由我管理，我豈能不負責任，一走了之？請眾兄弟多多諒解。」

「原來哥頭在一家外資大公司任要職，這樣也好，這才符合哥頭的身份，有著一個廣闊的空間。能使哥頭的聰明才智發揮出來，祝賀，祝賀。這麼說來，我們想留也留不住了，希望哥頭有空常來指導，並祝哥頭飛黃騰達，前程似錦。」

「謝謝大家的祝福，我本欲明天和雲姐赴關嶺。現在和雲姐相見了，關嶺已無相識的人，所以改主意回轉南寧，日後若大家想念到我，不管任何時候，請到南寧相聚。」

「一定去，一定去。我們也很希望哥頭以後常來指導。另外，你還有一位朋友，自從你離開貴陽以後，他很想見你，當面道謝，並給你還債。」高江說。

「這是誰？既然是朋友，有什麼債可言。」

「張豐和張開業父子，是在醫院相識的。記起了吧。他曾向我多次打聽你的消息，我一直來對他不敢直言相告，唯恐暴

露哥頭就是「鬍鬚威」的真實身份。但他確實很誠心盼望見你，以便當面向你致謝，以表寸心。現今哥頭既然回到貴陽了，是否去通知他們來相見？請哥頭作個決定。」

「因時間關係，不必請他們來了，難得他們有這份誠意，我心領了。請代我向他們道謝。以後和他們還會見面的，來日方長。請再告訴他們，債務全免了。不用擔心。至於我這個「鬍鬚威」的真實面目，也無需隱瞞了。前不久，因有愧於心，我已經到政法機關自首投案了。並且得到寬大處理，從輕發落，免罪開釋，倖免牢獄之災。為此，我還須感謝政府對罪犯的寬容政策。」

「什麼，你巳經去投案自首？坦白一切了！後耒又得到如何寬大處理？」

「政法機關的判決主耍是根據以下幾點的要旨；

（一）、 罪犯能主動來投案自首，應得從寬處理。

（二）、 罪犯能主動提出向損失單位賠償和罰款。可，以往不咎

（三）、 十數年來，未發現罪犯有重複犯罪行為，足以證實已改過自新，從新做人。

（四）、 受害單位不予起訴，故從寬發落，免罪開釋。

此外，我在本國已經死了一次，國籍已被註銷；現在我是外國國籍，是以華僑身份歸來的。要判罪，則必須通過外國關係，情況就複雜多了。而且此案是在十多年前發生的，已成為一樁無頭公案，目前此案得予了結，且見罪犯己洗心革面，從新作人，自然受到寬大處理，從輕發落了。」

「哥頭，你自個兒去投案自首，連我們一班人負了十幾年的良心愧疚，也得開脫了。好！讓我們共同祝賀！ 乾杯。」高江和大家幹了一杯酒，繼續說；

「哥頭！ 作案時，我們大家都有罪，而你自個兒去投案自首，把罪責完全包攬， 此外，當時作案時，所得的贓款，是每人均分的，現今賠償和罰款的數額，全由你一個人承擔，你為了我們這班窮兄難弟，已做到了肝膽相照、義薄雲天了。你的為人，實在使我們永生難忘！弟兄們；請大家回顧一會，十數年前，大家都窮困潦倒，走上邪路。有幸遇到哥頭，承蒙哥頭帶領和引導我們，使我們改邪歸正，走上正道，我們生活始得安定。現在，各人的家庭已達到小康，亦有點積蓄，因此，我建議；讓我們各人湊些款項，補還哥頭代我們付出的賠償和罰款。你們認為怎麼樣？」

「這當然很合理。我們都很贊成！」

「弟兄們；大家為了這件事，揍錢給我，我看不必了。我和大家離別了十幾年，現在歸國了，、就算我給每人一個紅包作見面禮吧。希望今後大家常見面常歡宴，一起為國家作出貢獻，就是我的最大期望。鉅」

生 日 宴

　　1994 年 3 月 3 日，是楊文 50 歲壽辰。在眾親人的要求下，楊文舉辦了一場生日宴，邀請眾親人聚會。夜幕降臨，華燈初上，在民族飯店寬敞的餐廳裡金碧輝煌，燈光明亮，襯托出一片喜氣洋洋的場景，除楊威未到之外，大家都提前到來了，一起在沙發上坐侯，一面飲茶吃點心，一面漫談。

　　楊浩說：「今天是文哥的誕辰。我首先祝賀文哥，生日快樂，福如東海，壽比南山。文哥平素人緣好，待人寬厚，樂於助人，以德報怨，懷著這種心態的文哥，必然會長壽的。我從小就得到他不倦的教誨，使我在建築隊裡，從工人做到技術員，在工作中幹得很出色。尤其在文學寫作方面，指導了很多寫作要領、寫作技巧、藝術加工，怎樣使作品裡的人物寫得生動真實，使讀者感到興趣和認可。因此，我寫了幾部劇本和幾篇短篇小說，都成功得到刊載。近來又成功寫了一本中篇小說，也很深受讀者的喜愛。這些成就都是文哥教導的成果，為此我該向文哥道聲謝謝。

　　「還有一件事，更使我終生難忘。10 幾年前，我曾犯了一次極大的錯誤，以劣質鋼材作好鋼材賣給顧客，顧主用來建房，

結果房子將要建成時就倒塌了,幸好無人傷亡,否則更慘了。當時顧主起訴到法庭,法庭判決要我賠償損失。我傾家蕩產才湊到賠償金額的半數,不足部份,將要拍賣住宅抵償,再不足數,還需坐牢。就在這緊急關頭,文哥出現了,他立刻拿出成百萬元來幫助,不但湊足賠償數,還有 20 萬餘額可作本金,讓我的生意繼續經營,不至於失業。拍賣住宅保住了不愁流離失所和坐牢的結局。在這種情況下,能給予如此大的幫助,世上有幾人?說實在話,想幫助困難者的人很多,但大都是無錢支援,能真正拿得出這般大數位款項的人,為數不多,即使有其人,卻又捨不得把錢拿出來,因為擔心受資助者日後沒有還款能力,以至連累到資助者自己的未來。所以,如文哥這般慷慨解囊來幫助我,是極少數的人。我今生有幸擁有這般有情有義的兄弟,如果文哥不嫌棄,來生我還想和文哥做兄弟。楊浩說這番話時,情緒很激動。

林書記說:「關於這件事,楊浩實在太糊塗了。罰賠償損失,已是從輕發落,網開一面。倘若嚴辦起來,勞改場就有得你住了。為了些少便宜,幹起不合法的買賣,已經觸犯了法律,視法律為兒戲。對不住國家,還弄得自己傾家蕩產,且連累幾個幫助你的家庭,掏空了所有積蓄,能對得起這幾位弟兄嗎?為此事,應該好好的反省,吃一塹,長一智,實實在在洗心革面,不再重犯。」

林書記是長者,也是楊浩的岳父,批評的又很在理,當然使楊浩心悅誠服。可李昌研聽來卻不同了,每句話都像利劍一樣刺到他的心坎上,很覺羞愧。顏面赧然,幾乎無地自容了。因為當初楊浩是為了關照他,請他來幫忙料理商店,後來為自己的私囊,才造成楊浩此次巨大的損失。楊浩為掩護他承擔了罪名,

其實對不住國家、對不住幾個家庭的不是楊浩,而是昌研自己。
怎麼不感到羞愧?

李嫂接著說:「文哥的為人確實好極了。他樂於助人,品
德高尚,我一家4口,無職無業,窮到家徒四壁,生活有朝無夕。
幸得文哥鼎力相助,介紹我兒媳申紅到房地產公司工作,才能解
決生活。接著又借款給我兒子——李昌研購買小汽車,使他得在
街道上跑計程車搭客。我家庭生活才能脫貧奔小康。為此,我
代表一家人向文哥致以感謝,並祝文哥生日快樂,長命百歲。」

何二嫂說:「楊文自小到大,我都在注視著。他平素的性情,
確是愛助人為樂。就對我而言吧,我一個寡母婆帶女,生活艱
難,長期入不敷出,經濟捉襟見肘。所經營的煙攤本錢已折光
了,借貸無門,已幹不下去時。我兩母女將要流落街頭,做乞
丐的絕境了,就得楊文幫助設法將我推薦進入糖煙公司,從此,
生活始得安定。能把女兒供書養大,直到當上了人民教師,能
改變我生活的功勞,全是楊文的。」

「大家都說楊文過去所做的好事,我也想湊熱鬧講幾句。
楊文曾經救過我的命。有一次,我騎著自行車下鄉搞調研,歸來
時經過一道木搭的便橋,橋面沒有欄杆。在橋上遇到一輛同向走
的中型拖拉機,拖拉機挨得很近,幾乎就要擦著我了。在危急
中,我連人帶車翻入河裡。我不熟水性,將被淹死了。幸得楊文
搭救上岸,且進行人工呼吸,才得回生。然後再把我送到醫院,
還為我付醫療費。後來知道我是公費醫療的,才不留名離開。
後經多方調查,才知道救我的人是楊文。他這樣高風亮節,費
時費力,不計個人得失的義舉,不但使我感激不盡且很敬佩。」

「大家對我這般誇獎,盡往我臉上貼金,一併致謝。實際
上我並沒有這麼好,說多了我反而感到慚愧。像我岳母說的我介

紹她加入糖煙公司，她竟把我看作是上帝給她託福。其實，當時正是適值國家號召，把散雜的小商販集中起來，組成一個大集體，可統一指揮、統一管理，更好的發揮商業作用，使大家過上更富足的生活。對此，我只不過是因勢利導，把她第一批介紹入大集體罷了。若要講感謝，應當感謝黨和國家的好政策，不用感謝我。再說林書記吧，他在橋上摔落河裡，正好我在橋上看見，下去救人是人之常情。當時不管是哪一位懂得水性的人，見到此情景，都會下河搶救的。人命關天，難道有見死不救的人嗎？我救林書記，只是舉手之勞，何需致謝。

李昌研聽了這番話，覺得很對不住林書記。因為當時他不顧落水的人死活，也不支持楊文下車救人。最後，楊文堅持下車後，他自個兒駕車揚長而去了。

楊文喝了一口茶，繼續說：「至於李嫂的認為我介紹他兒媳婦到房地產公司工作，繼而又借款給李昌研購買小汽車，一下子安排了兩個人就業，使得窮困的家庭立即奔上小康，把這一切的功勞全歸於我。其實你們不瞭解內情，申紅能順利去上班，實際是楊威早已決定，只因他不願意直接與申紅接觸，因為他和申紅已是叔嫂關係，吸收她進入公司，作為么叔的怎能指揮大嫂去工作？所謂長兄為父，長嫂為母，在工作中必定很尷尬。他正在猶豫中，我去勸他；「叔嫂關係理應更好，工作中互相心領神會。至於指揮工作，應由班長，主任等督促，何需你親自出馬。關於不想讓公眾太了解你們是叔嫂關係，以後可以少接觸，走得不太親近、密切即可。楊威聽了這番話，已經同意吸收申紅了。只假借我的手，寫封介紹信，使人們誤以為申紅是我介紹進公司的，與楊威沒有關係罷了。」楊文不想將申紅及其外母和楊威以前所訂立過互不糾纏的協議暴露，免使大家

尷尬，所以既想彎山曲水用委婉的言詞，但又免不了有點牽強的論調來掩飾，幸好大家都不很注意。

　　楊文繼續說；「後來又聞得李昌研沒有工作，想購買一輛小汽車辦出租搭客。楊威瞭解後，又不吝相助，但又擔心昌研不肯接受幫助，所以又以我的名義借出來，這筆借款全是他的。實際上，他很關心你們一家工作與生活的，只不過做了工作不想張揚而已，所以你們不用感謝我，要感謝就去感謝楊威吧。」

　　「關於幫助楊浩解困的款項，也不完全是我的。其中有 70 萬元是楊威付出，我付的只是 30 萬元。我付的款額，簡直是杯水車薪，微不足道，不值得楊浩如此感謝，要感謝的也應該去謝楊威。當時我把楊浩的遭遇向他反映時，他說浩哥的事就是他的事，即使砸鍋賣鐵也要湊足浩哥的賠款，不要讓浩哥進監獄或拍賣祖宅，留宿街頭。因此，楊威才是真正有情義的兄弟。」

離別半世紀，
兄弟重相逢。

「大家好，祝文哥生日快樂！」大家一致順著話音望去，見楊威帶著他妻子和一位容光煥發、神采奕奕、西裝革履、上年紀的老者走進餐廳。

「為了不打斷你們的談話和雅興，我們在餐廳門外坐了一陣子。你們的談話全聽到了，文哥給我說了不少好話，感謝了。我所做的事還未達到理想要求，大家竟然背著我把我誇讚，很慚愧。這暫且不提，眼下，我想給大家介紹相識。這位長者，是我的岳父，又是我公司的董事長，名叫劉龍。剛從澳大利亞回來，我因往車站接車，所以來遲了，請大家見諒。」

這時，見林書記從座位上站起來向初到的劉龍走去，「龍哥，你不是龍哥嗎？不認得我了，我是阿虎！」

「啊！阿虎，真的是阿虎。幾十年不見了，這些年來我曾多次寫信和打聽，都找不著，想不到今晚在此相會，真好像是在做夢啊！」

大家見他兩人抱在一起，流下不少熱淚，知道是久別重逢的老朋友了。

「這次回鄉，我還打算花些時間打探你的下落，真想不到

踏破鐵鞋無覓處，得來全不費功夫。我尋找你幾十年，如今見你的身體這般健壯，我放心了。」

「你也同樣健康，令我很欣慰。坐吧，坐下再說。」

楊浩本來是坐在林書記身旁的，現在見他倆如此親熱，馬上讓座，順便換上兩杯熱茶：「你們老朋友久別重逢，一定有很多離情別緒要傾談的。請坐，請喝茶，一面喝，一面談。」

「楊浩，你還未瞭解我兩人的關係。讓我介紹吧，這位是我女婿，名叫楊浩。這劉伯不是我的朋友，是同胞兄弟。」

「什麼？是同胞兄弟？」何二嫂驚訝的說，滿堂人也驚訝得起哄起來了。

「是，我兩人是同胞兄弟。離別了幾十年，今晚才得相見。」

「那麼別後你們沒有通過信嗎？是怎麼一回事？」

「通信？通過很多信！只是沒有回音。有時偶有回言，只有一句話；「查無此人。阿虎，別後你是怎麼過的！都過得好吧。」「龍哥出國不久，我的病痊癒了。可還是生活無著，社會迫到我無立足之地，我已經沒有家了。只得去造反──到山區裡幹革命，為自己，為窮苦大眾鬧翻身。我到了山區後，改同母姓，原名劉虎便改作林虎了。直到入黨時，我也用林虎這名字，一直沿用至今。因此，我一無住所，二、姓已更改了，龍哥的來信，我當然是收不到的。龍哥，你出國後過得好嗎？」

「這事我得從在國內說起。諸位若不厭煩，讓我從 60 年前說起。」

「請道其詳。」眾人說著。並招呼楊威夫婦坐下來。

「當時我兩兄弟很窮，上無片瓦，下無立錐之地。父母早亡，又無姐妹，我作為長兄，算是半個當家的家長。有一次，弟弟阿虎發絞腸痧《病名》，腹痛得很厲害，只得送去番鬼佬《外

國人》辦的醫院救治。醫生說是急性「闌尾炎」，需要立即開刀《動手術》，否則後果難料。在危急中，我只得去借高利貸付手術費。術後，弟弟的病還需留院觀察、調養。醫院的費用，雖然已預付了，可我無錢還貸，債主追債很緊，聲言不還債就告到官府去。按老規矩，欠債還錢，是天經地義的。若告到官府，無錢賠償，必然要坐牢。我想，坐牢不如去賣豬仔。因此我就決定賣豬仔去。」

「什麼賣豬仔？你兩個大男人的家庭還能養有母豬嗎？」何純疑問。

「我兩兄弟窮到連自已都養不起，那能養母豬生豬仔！這是當年流行的一句地方諺語。所謂賣豬仔，就是將自己當做豬仔賣出去。說明白點，是賣身去外國當勞工，相當於奴隸。賣豬仔後，由一班豬仔頭（奴隸主），他們是合資的，發給極少的安家費。賣的期限最短三年，長至十幾年不等。賣的期限越長，安家費越多。當時我賣的是五年，所得安家費僅夠還高利貸。」

「那麼你沒有出國盤纏了。」何純問。

「不，從出發日開始，一切車船費、食宿費以及今後的衣服（統一粗布服裝），都由豬仔頭供應。」

「豬仔頭多好啊，為豬仔付出這許多費用，還安排工作。」何純說。

「豬仔頭雖然預付了一點費用，但它的收益還是很大的。因為豬仔工作後，所得的報酬全由豬仔頭領取。豬仔一年的收入就足以抵償豬仔頭的所有開資。以後的收入就是豬仔頭所賺的利潤了。我在馬來西亞幹了五年不拿工資的苦活。這期間，吃盡了苦頭，工作艱苦不在算，常受外國人和工頭欺負、凌辱。當他們不滿意時，拳打腳踢、皮鞭夾棍在你身上任意施為，甚至還要坐禁閉，不給飯吃，使你餓、渴三幾天，都是常事。簡直是人間地獄，慘不可言。這些

年我給阿虎寫過不知多少次的信，算是可向一個親人訴苦，總比
有苦無處訴還強，可是，遺憾的是沒有回音。自此，互相斷了聯
繫。

「五年合同期滿後，豬仔頭停止了一切供應，我也自由了。
開始時，我給人家幹零雜工，後來自己做些小本生意。隨著生意
的發展擴大，走過菲律賓、印尼、澳大利亞。後來遇到一個倚勢
欺人的白種人，蠻橫搶去我的錢財，生意做不成了，只得在坎培
拉一家房地產公司做工人。後來當了技術員，幾年後又稍有一點
積蓄，夥同幾位搞技術和管理工作的朋友在墨爾本開設一家小型
的合資房地產公司，這就是現在劉氏房地產公司的前身。我的事
業稍有成效後，曾幾度托人回國查詢阿虎的去向，還是杳無音訊。

到 1969 年，楊威加入我公司工作。我只知他是中國人，還
不知是同鄉，只因他對家鄉的情況隻字不提，大概因他是偷渡過
來的，不想讓人太了解出處，這是流浪者習慣的秘密，我很理解，
所以不加詳細詢問。但見到是中國人，就像見到家裡人那般親熱
了。後來我發現他工作努力，能團結工友，樂於助人，頭腦靈活，
善於觀察市場經濟，做事敢擔當、負責任，所以一步步給他升職。
他也不負重托，為公司創下了不少業績。後來又聽到祖國實行開
放政策，大量招商引資。他提議回祖國開設一家分公司，其實我
很希望回國開分公司，但我故意反問；「為什麼要回國開分公
司？」他說原因有兩點；

一、可為祖國建設事業添磚加瓦，從而使祖國國富民強。國
力增強了，外國人就不敢像以前隨便欺負華人，我們作為華僑也
可吐氣揚眉了；

二、中國是一個大市場，商機很多，為本公司開拓市場，尋
找商機很有利。能使公司增加效益，更進一步發展擴大。

　　我很贊同他的建議，所以先派他回國聯繫辦理。他也不辱使命，把公司兩點的期望都實現了。

　　事實證明；

　　一、為祖國增加了不少稅收，活躍市場經濟，美化城市，利用了不少閑荒土地，增加了國土資源的效益，解決很多人的住房和就業。

　　二、為公司增收了約幾個億人民幣，有利於公司的發展，為祖國、為公司幹出了這許多成果，立下了汗馬功勞，實可嘉獎。

　　「今次，楊威建議我歸國探望觀光，和看望父老鄉親，順便查看分公司的運作情況。當我踏入國門，一路上，看到一山一水，一草一木，城市和農村，土地的氣息，都感到分外親切，意識到我已經歸家了。　幾十年來，我像散失的孤兒，在國外漂泊，單打獨鬥，孤立無援，倍感淒涼。眼前已回到了祖國──母親的懷抱，使我感受到祖國的關懷、母愛和溫暖，而且，今天得到楊文的招待，得和大家眾鄉親歡聚一堂，更覺得鄉親們的情深義重。尤其適遇久別重逢的胞弟──阿虎，原來家鄉還有這許多親人，倍感家鄉才是個真正的安樂家。今天這一切的一切，使我道不盡的快樂。原來我的親人，我的家還是在祖國。

　　其時，生日宴開始了，何純代楊文邀請全體賓客入席。舉行了齊唱生日歌，吹滅燭光、切蛋糕等儀式後，接著大家飲酒，接續漫談；

　　「剛才伯父的談話尚未結束，我想聽伯父繼續談下去。」何純請求說。「我的言談很笨拙，說話不動聽，既然大家不嫌棄，那我就談一會今次將要回國之前，內心還停留在出國時的情景，認為祖國還像以前那樣，落後、貧困、不發達，但當踏入國境後，所看到的竟然是一幅繁榮昌盛，興旺發達的景象。尤其是欽州，

巳建成一座美麗、安適的家園了，使我對祖國的建設和發展，更有信心與希望了。」

「想起在北宋期間，中國有個政治家和詩人，名蘇軾，號東坡居士。他將欽州、北海及瓊崖等地稱作「天涯海角，為此，欽州建有一座天涯亭，我年輕時，常在該亭休憩，未知該亭還存在否？還有一條天涯路。聽說以前還有一座天涯牌坊。總之，欽州所存的天涯痕跡很豐富，這就說明了當時欽州很像、實在也是天涯。由此可見；當時欽州是邊遠、偏僻、孤寂、荒涼、貧瘠的地方。因此，稱作天涯是名副其實的。至到民國我賣豬仔時，欽州僅有幾條不像樣的街道，人口才一、兩萬，現今人口我估計已近百萬了吧，欽州不應再稱作天涯了。」

何純插話說：「近年有一位現代名作家，似乎叫；「田漢」吧，我也不大清楚，他在劉伯剛才說的天涯亭旁邊提有一首詩，其中有一句是：「欽州何必是天涯」的名句。其實他已看到欽州在變化和發展中，他和劉伯的看法恰好相同。」

「你太看得起我了，怎能把我和現代名作家相提並論！」

「我的意思是，兩人所見略同吧了。」

其時，林書記插話說：「按目前欽州的發展形勢來看，現有三個港口，總稱北部灣港。有機場、公路，鐵道，貫穿東西南北，交通四通八達，地理位置：背靠祖國大西南，面向東南亞，眼望歐、非，手招太平洋、印度洋，已具備了世界視窗的條件，中國南方門戶的規模。欽州屹立於世，將會是一座繁榮發達，美麗適居的海濱城市。」林書記這番陳詞，使大家更明確認識國家的建設藍圖和欽州的發展形勢。劉龍繼續說；「看到家鄉有如此大的改變，就知道祖國已經富強了。我作為一個老華僑，也感到自豪和光彩。

「我打算與楊威再計議一番，將我的事業和資金，全部轉回祖

國投資，回家鄉安家落戶，和鄉親們一起，共同為祖國建設事業而出力。

「此外，我還計畫將幾年來分公司所獲的盈利，拿一部份貢獻給家鄉，為家鄉建一座橋和一所學校，以使家鄉交通便捷，以及解決鄉親子弟讀書難的問題，為祖國多培養人才。剩餘部份，撥給扶貧，以便緩解一些貧困戶的困難。」

「劉伯的歸來和投資，而且還為家鄉搭橋、扶貧及建校，劉伯為祖國、為家鄉做這些好事，自然是一椿善舉，任何人都會贊同的，不但我們熱烈歡迎，連國家也必然歡迎。我估計楊威也會贊同的」

「我岳父是一位愛國華僑，他的為人和處事，我十分瞭解，素來我都很尊重他的意見，現在他的決定，我當然是 100% 同意的，劉芳，你也沒有意見吧？」

「爸爸的提議，我雙手贊同！」

「劉伯果然是一位熱愛祖國，辦事細心，善於體恤窮人的豪富僑胞呵！」何純說。

「劉伯以前也是個窮苦人家，當我失魂落魄的時候，聽到一首民歌，歌曰；「月兒彎彎照九州，有人快樂有人愁，有人高樓飲美酒，有人流浪在街頭」。 聽到 此民歌時，正當我在欽州，受到風雨驟襲，饑寒交困，且將要離鄉別井，出國流浪之際，所以深受感動。以後這首歌還時刻鞭策著我，對窮苦人不得輕視和虐待，必須施與同情和幫助。好啦，我倚老賣老說了半天話，佔用了大家很多時間，請大家多多原諒！最後，讓我祝文哥生日快樂，健康長壽，也祝大家闔家安好，萬事如意。」

隨著響起了一片掌聲。

特殊珍貴的
生日禮物

掌聲過後，楊威接說：「今天是文哥的誕辰，祝文哥生日快樂。我有一件特別珍貴的禮物奉送，不！不是奉送，是奉還。」他說著，捧出一隻精緻的小盒子，隨即掀開盒蓋放到桌上。大家見盒裡有一塊金光閃閃的金表：「這塊手錶是世界名牌，牌子叫「奧米加」。很值錢。但值錢不在算，也不等於是珍貴。珍貴的是 20 年前，我為了逃命，離鄉出走，當時身無分文，文哥為了我的出逃，將此珍貴的紀念品（手錶）割捨。給我拿去兌換現金作盤纏。我即時拿去賤價賣給修表匠「鐘准」。後來鐘准遷往南寧居住，依然以修表為業。上個月，我在他的門前經過。他請我進屋座談，說：「阿威，你還記得 20 年前在家鄉賣過一塊金表給我嗎？」

「記得，怎麼，那塊表出問題嗎？」

「表倒沒問題。只是當時你賣給我的第二天，公安派出所說；此表是盜竊贓物，給我購買時的原價收回了。」

「豈有此理，你不叫他拿出證據嗎？此表是我兄長送給我的，我兄長是不會偷竊的，絕對不是贓物。」

「他是派出所的員警，誰敢叫他出示證據？得他還了錢，

不立案追究、處理，就已經 OK 了。此事已經過了 20 多年，而且我又已遷來南寧居住，想不到前些日子，又有人將此表拿來賣給我。今天又讓我見著你，你說奇不奇怪？我覺得這表和你很有緣分，繞來繞去繞了幾個圈，歸根到底還是繞回來了。緣份這種事，想躲也躲不開。如果你還有興趣，就把它買回去吧，算是物歸原主了。」

他說著，把這表拿給楊威看。楊威一看就認出是當年賣給他的那一塊了。

「這表用了二十幾年，早已殘缺磨損了，買回去幹什麼，做垃圾嗎？留給你賣吧。」

「噯，這你就不懂了，此表有幾個優點：準時、耐寒、耐熱、耐磨擦、防水、防磁、防震，經久耐用，不易損壞，我檢查過了，這塊表自出廠到現在，未經過拆卸修理，只在外殼上受些微磨擦罷了。錶芯部件尚完好無缺，和新表一模一樣，若不相信，你可以檢查，或請個鐘錶師傅來鑒定。我不會騙你的，要價也不高，按新表價僅收兩折，很合算，不吃虧。所以我希望你還是買回去，有收藏價值。」

「好，既然這麼說，我先拿去找人檢查，若如你所言，回頭我給你付款，你信得過嗎？。」

「拿去吧，我們是同鄉，我相信你的。」

「經檢查，此表確實完好無缺，說句心裡話，即使他要新表的價錢，甚至再提高一點價碼，我也要買下，因為這是文哥的紀念品。」

何二嫂聽了楊威的敘述，即把表拿起來仔細端詳，說：「確是這塊表。」

「怎的你也認識此表？」劉芬疑問。

「怎不認識！此表我保管了二十年才交給楊文的。」

「那麼這表原來是你的？」

「不是我的，要說起這塊表的來歷，還有一段很複雜的故事呢。」

「那請說來給大夥聽也好。」

「好吧，那就請聽下面分解。」

48

為保同志脫險，不顧自身安危；
陣前臨危托孤，顯盡英雄本色。

「好吧，那我得從 1944 年春末期間說起：我兩夫婦在南寧金花巷居住，丈夫人稱何二哥，沒有正式職業，靠幫他人修房屋傢俱為生。我在金花巷口當陽街處一間小書店門前擺一檔捲煙攤幫補生活。書店店主是女的，名叫丁於。據說她丈夫姓劉，在外地工作，但人們包括我都沒見過他。

丁于為人和善，對人厚道，說話柔聲細氣，性格開朗，學識豐富，待人接物很得體，對人熱情。街坊鄰里有困難時，她又肯出手相助，所以很多人對她都存好感，常到她的售貨廳閒聊，閒聊沒設專題，天南地北，古今中外，街市上的是是非非，社會上不公不正的閒言片議，都談論到，真是各抒己見，暢所欲言。

今天 A 嫂說：「聽說在十萬山楓木崗裡鬧革命的革命軍被國軍圍剿，打得七零八落，首領被擊斃，最後僅有十幾個人逃得出去。」

B 嫂說：「我聽說的又不一樣了。據說革命軍主力去襲擊一所鄉公所，鄉公所的聯防隊包括隊長、鄉長全部被俘。楓木崗雖然是革命村莊，但只留一個班的兵力防守，被圍攻後，抵

抗了幾個小時，待天黑才撤出，只傷亡兩個兵。」

C嫂說：「你們說的不知誰真誰假，總之，我覺得革命，革來革去，我們還是窮。推翻清朝是革命，倒了袁世凱又是革命，結果還是你打我，我打你，打來打去，花的都是我們老百姓的錢，死的也是老百姓，革什麼命，倒不如大家安靜下來，過太平日子不好嗎？」

何二嫂說：「過太平日子誰都想，可社會已走到這步田地，你不打他，他打你，能有太平日子過嗎？況且過著被壓迫、被欺負的太平日子，誰願過？所以那些有志之士，寧可拋棄太平日子，挺而走險去爭取不受壓迫，不受欺負的平等生活，不辭艱險，捨生忘死去幹革命，他們不但為自己，也為所有被壓迫者能翻身作主人。因此，我認為幹革命沒有錯，我們還應該擁護。」

「好啦！一人少講一句，大家別爭了，倘若被便衣員警聽到了，大家都得麻煩。」丁於說。

由於我在書店門前擺了幾年煙攤，和丁於天天見面，互相瞭解，很合得來，閑下來，她常對我講些革命的道理，甚至說在山區的革命故事，英雄事蹟，他們如何為窮人鬧翻身打天下，不顧生死在陣上搏鬥，使我很受感動和羨慕，這期間，我在丁於身上，學到了不少革命的道理，因而很嚮往革命。我曾多次問她。「你對革命的內情，這般熟悉，你認識革命隊伍中的人嗎？如果認識，請給我介紹，我也想去山區參加革命。」

她說：「去山區參加革命，你以為是去逛公園、觀美景、嘗佳餚嗎？山區裡的生活很艱苦，忍饑受寒，缺醫少藥，日走山崗，夜宿蒼林，風霜雷雨夜行軍，沙場拼搏，血染疆場，拋頭顱，灑熱血在所不惜，時刻抱著為革命犧牲作準備。你一個婦女人家，怎受得這般苦。」

「我是窮苦人出身，如你所說的，除了灑熱血、拋頭顱未經過之外，其他我都經歷過了，我會挺得住的。」

「即使你挺得住，但何二哥經常生病，到缺醫少藥，缺糧食的山區去，他能撐得住嗎？如果把何二哥留在南寧，你以為還可三天兩日回來探望嗎？這是長期分離，甚至永遠分離。怎麼辦？」

「依你這麼說，我永遠不能去山區幹革命了。幹革命的人，難道沒有女性嗎？也沒有家屬嗎？他們能去，我為什麼不能去？」

「你的條件未夠成熟，待成熟時，盡我能力給你想辦法。到時就水到渠成了。」

「你好像是迷信上佛祖的說話：「功德完滿了，自然成正果。」這篇佛經，留給你念吧。我看清楚了，你只有滿腹的革命理論，實際是個膽小鬼，縮頭烏龜，怕苦、怕難、又怕死，不敢親身去參加革命，只等水到渠成罷了。而我就不同，能立馬投身去幹才痛快。

她見我如此激動，只微笑著說：「你有這顆熱血的心，革命隊伍會歡迎你的，社會上如果有很多像你這樣的人，革命成功就指日可待了。」

不久，丁於產下一個男嬰，才隔幾天，我也生一個女嬰，我們兩人都同時坐月子，呆在家裡坐月子，悶得慌，即去找丁於閒聊，可是書店鎖上門，向鄰居探詢，鄰居說：「兩三天不見有人出入，都鎖著門，大概是房主外出了。」

不見丁于，越發掛念。第二天我再去登門，見店門虛掩著，推門進去，見她在寫字臺旁全神貫注地在一塊小木牌上寫字，連我進屋也未發覺。「丁於，早上好！這幾天往那去？來了不

見到你，很掛心！」

「嗨！何二嫂，你好，請坐，我昨晚才回到。這兩天去探望家人，趕不及告訴你，很抱歉。」

「家人都好吧，這塊牌子是什麼用的，使你這麼專心致志。」

「是給我丈夫做的靈牌。」

「怎麼，劉叔怎麼了？這兩天你是去探望他嗎？」何二嫂非常震驚地說。

丁于卻很平靜地答道：「他去世了。」但兩眼已溢滿了眼淚。

何二嫂十分驚愕：「他是怎麼過世的？開追悼會怎不通知我？」

「你的情意我心領了。因為我不安排開追悼會。」

何二嫂很焦急地說：「為什麼，究竟是怎麼一回事？」

看你焦急的樣子，告訴你吧，事情是這樣的：「幾天前，我在邕江晚報讀到一則消息：「國軍在十萬山楓木崗圍剿山區匪軍，匪軍戰敗，大首領林虎當場被擊斃。他的首級現於鄉政府門前懸掛示眾，各鄉民可自由來觀看。」於是，我顧不得坐月子，立刻抱著嬰兒趕赴十萬山下的現場。果然在鄉政府門前廣場一棵樹上，懸掛著一顆人頭，因死了幾天，面目已經變形，且掛在樹上高處，難以辨認。只是人頭下面，還展示一件棉大衣。大衣被槍擊穿兩個洞，血染紅了一大片，大衣裡層寫有幾個阿拉伯數字，數字後面寫林虎二字，數字我不知是什麼意思，或許是他部隊的番號吧。這件大衣即使不寫名字，我也認得是我丈夫的，因為這件衣服是我親自給他縫製，數字和名字可能是他自己以後才加寫上的。從首級和大衣結合來看，確實是我的丈夫。」

「他在部隊裡擔任大首領嗎？」

「不是什麼大首領，只是一個營長而已，偽政府為了邀功，誇大其詞，迷惑人心，說他是大首領罷了。」

「人死不能複生，請節哀順變吧。」

「一個家庭，失去了一位主心骨的成員，說不悲痛是假的，但想到要革命，就會有犧牲的硬道理。現在他是為革命而犧牲的，自然就產生了自豪感，我應化悲痛為力量，前仆後繼，承繼他幹革命的末了之願，奮戰到底，直至革命勝利。」

「好樣的，丁姐，你很堅強，眼下是否能當機立斷，立即投入革命隊伍去拼搏一場，若決定了，請帶我去，我們兩並肩作戰，為你丈夫報仇，為所有幹革命而犧牲的人報仇。」

「能認識你這樣一個知心姐妹，不枉此生了，遺憾的是，我以前總是強調困難，未能介紹你加入革命隊伍，都因我辦事太過於謹慎，是我的疏忽所致，其實我很想吸收你做我的助手，可現在不能實現了。」

「現在你馬上介紹我入伍，不是很完好了嗎？」

「現在沒有時間了，不過以後革命隊伍會找到你的」

「此話怎麼講？」

「其實我早已參加革命，這書店實際是革命陣營中的聯絡站。本不向外人透露的，但昨晚接到通知，因有判徒出賣，書店和我的革命身份已暴露了，近期，不知那一天，甚至是今天，就有人來把我逮捕，我和這店就不存在什麼秘密了。但關於你的情況，以前我己向領導彙報過；你不但有勇氣，也很熱心擁護革命，所以不久，我估計將會有革命同志來和你聯繫的。」

「有同志來聯繫，當然將會實現我的願望，很好！但你既然眼前知道有人要來抓你，不如立刻逃跑，不就了事了嗎？」

「現在我不能走，因為在我手上，還有一份很重要的情報，需要等一個接頭人來當面轉達，才能挽救許多革命同志的生命。」

「這份情報由我代你轉達吧，請你迅速逃跑，免遭劫難。」

「不，接頭人見不到我，任何人的說話，他絕不相信的。」

「事情這般危急，又要等待接頭人，真是患了急驚風，遇到慢郎中，難道我一點忙都幫不上，就靜靜地坐以待斃嗎？」何二嫂萬分焦急地說。

「你既然這麼熱心幫助，我倒有一樁事求你幫了。」

「不說一樁事，十樁八樁我都答應！」

「那好吧，我想把我的兒子託付給你，但考慮到將會造成你的麻煩和增加你的負擔，所以不敢提出，」

「我倆是好姐妹，有要求儘管提出，有什麼難題不可明言？關於託管孩子的事，只是小事一樁，自然當仁不讓，我一萬個答應便是。」

「託付孩子的事，並不是一樁小事，將會影響你今後的生活與工作。」

「生活和工作，我倒不擔心，今後見一步行一步便了。總之，我有食，都不會餓著他。你對我如此信任，我當然責無旁貸了，請放心。不過我還是再三請求，你應該立刻帶著嬰兒逃走，你既得安全，孩子也平安。」

「為挽救很多同志的生命，我是不會臨陣脫逃的，一走了之，就是逃兵，對黨、對組織不住，即使我母子平安，也會一生負疚的，毋用多勸。今得你承領我兒，解除了我的後顧之憂，使他不至於和我一起入獄，甚至一起去死，這是你給予他的再生之恩。也解除了我的後顧之憂，令我感激不盡了。以後不管

我被長期監禁亦好，槍斃也罷，請你不要去探望（探監），因為我是非同一般的政治犯，探望的人會受懷疑或被牽連的，切記切記！日後你帶著兩個相差幾天出生的孩子，有人問起時，你就說是你孿生的雙胞龍鳳胎，不涉及到我的關係，免遭麻煩，養孩子要用錢的，我知道你生活也不富餘，這些鈔票，數量不多，僅夠幾個月的使用，你拿去吧，暫且當作養孩子的費用。也可用這微薄的錢，充作捲煙攤的資金，擴大經營，增加營業額來改善生活，這也是一個可選擇的辦法。總之，以後這嬰兒就得倚賴及麻煩你了。現今我代他向你致謝。如果你實在負擔不起時，也可選擇一家生活稍為過得去的人家領養，能使我兒長大成人，即使我在九泉之下，也得瞑目了。」她說著，已淚流滿面。從衣箱裡拿出一包嬰兒服，其中有一件包著一塊手錶。這件衣衫寫著該嬰兒的出生年月日：「這塊手錶是他父親生前買給我的。當時共買兩塊，是一模一樣瑞士產的，牌子叫奧美加，很值錢。兩塊表的底殼內側分別請人特製攝上一個字，攝丁字的是我使用，攝劉字的，是我丈夫使用。現在丈夫犧牲了，那塊攝有劉字的表，當然已無蹤影了，等於不存在，現在我使用那塊有丁字的表，請你代管，待兒子長大後，給他作留念。」她把這些東西交給何二嫂，繼續說：「這裡是最危險的地方，不可久留。事不宜遲，你就趕快把我兒子抱去吧，這塊靈牌也一起拿走，待他長大後，使他能認識他的父親。以後的事，只能拜託你了。時間有限，我們或許不能再見啦。」此刻，丁于已成了一個淚人。此情此景，使何二嫂亦跟著很悲傷。暗想：丁于兩夫婦為了革命，丈夫已犧牲，現在兒子也不要了，為了挽救面臨危險的革命者，連自己生命的安危也不顧了。她才是真正的勇士，革命的英雄。前些日子，我曾罵她是怕苦，怕難又怕死，只有一套革命理論，

不敢投身于革命的膽小鬼，縮頭烏龜。現在才知道我錯了，有眼不識英雄，真對不住她！

　　兩天后，聽說丁於被捕了，是在車站被捕的。何二嫂內心暗想：在車站被捕，即說明丁於想乘車逃走，可見得丁於已會見了接頭人，不然，她是不會逃跑的。由此推測，那班將遇危險的革命志士，可以脫險了。丁於捨己救人的革命精神，使何二嫂終生敬佩。原來參加革命者都是視死如歸的，怪不得她說我參加革命的條件未夠成熟，對比之下，我的確還有很大差距。

　　丁於被捕後才幾天，何二嫂顧不得她的囑咐，忍不住前去探監。不但被獄警拒絕，還在詢問室被問了半天的話。以後曾多次去探望，都不得相見，只能望獄興歎了。從此斷了音信。

兩塊金表轉幾圈，
引出父子兩相認。

「關於這塊表，是在楊文念高中將要畢業時，我才交給他的。現在為了證實這塊表的真實性，可以打開表底蓋就知道了。何純，剛才我們進餐廳時，見臨街門廳裡有一攤修理鐘錶檔，你去付些費用，請那位修表師傅來打開此表的底蓋，讓大家看個明白。」

表底蓋打開了，裡面確實攝製有一個字，可不是丁字，而是一個劉字。怎麼竟變成劉字呢？

連何二嫂也不明白，摸不著頭腦，想了一會說：「我明白了。丁字的那塊表，楊威已拿去賣了，也收不回來了。現在這塊攝有劉字的表，是丁于丈夫的。他已經為革命犧牲了，不知是那個歹徒承著他死亡的機會，將此表劫去。這歹徒取了不義之財，今受到報應，眼下窮了，始拿這表賣給鐘准。鐘准和楊威都誤認為是當年他倆交易的那一塊，所以就將這表買回來。也好，失去了生母那塊表，卻又得回生父的表，雖然是湊巧，但也是一件紀念品，值得珍藏的。」這時，修表師剛想離開，林書記卻叫住了：「慢著，麻煩你再將我這塊表的底蓋打開。」

修表師接過來一看：「這兩塊表是一模一樣的，同一個牌子，

都是好表。」他把底蓋鬆開後，交還林書記。林書記掀開一看，竟傻了眼，裡面卻是一個丁字：「怎麼了。這兩塊表無聲無息地卻轉換了主人。」林書記說。

何二嫂接過來看：「是啊，楊文，這正是你生母給你留下的手錶。可怎的又跑到林書記那裡去了。」

林書記很風趣地說：「這表每天兩次從 0 點跑到 12 點，它嫌跑的範圍太小，所以不守本份，竟跨越空間，跑到我這兒來了。」

「人們都說林書記講話幽默、有趣，果然名不虛傳。不過幽默歸幽默，關於這表怎的跑到你手上的來龍去脈，我還是想不通的。」

「我這表嗎，一直來都很信守承諾，準時准刻，對主人忠貞不渝，不離不棄，但卻有過一次私奔，離開過愛它的主人，但不幾天，因捨不得主人，又回歸了。事情大概發生在 20 幾年前，當時我還在濱城蹲點，有一天，我宿舍因電線流電失火，造成一次小火災，有很多人來救援。火熄滅了。檢查時，除了燒壞一些雜物外，還失了一塊手錶，我即告知公安派出所。派出所立即部署到各鄉鎮所有修表處，凡發現有人拿此牌子的表來交易或修理時，必須報告派出所。因為很少人持有這種表，所以才兩三天，修表匠鐘准向派出所報告說；有個叫楊威的人，拿這塊表來賣。我攜同警員去查看，果然是這塊表。我即付給他購買時的原價贖回。後來派出所決定傳訊楊威，作盜竊罪處理。

我說：「他們來幫助救火，是出於好意。後來見物起盜心，一個窮青年，見這麼美的手錶，豈有不被吸引之理，所以進行盜竊，是很正常的。其實我也有疏於保管的錯誤，才麻煩到你們，請見諒。現在表已贖回了，他雖然是犯罪，但罪也不重。傳他

來教育一番，使他認識錯誤，並保證以後不再重犯，就放他一馬吧。」

「書記的指示，我就照辦。」

後來派出所傳過楊威，可楊威已外出，所以此案就完結了。

我得回這塊表以後，至今都沒有開蓋檢查過，所以不知道是丁字的。現今看來，當初楊威賣給鐘准的表確實是丁字的，他沒有盜竊過我的表。目前在鐘准處買回的表，才是火災時被盜竊的那一塊。但在我的心目中，已埋藏了 20 幾年，一直認定我的表是楊威盜竊的，冤枉了他 20 幾年，現在才得真相大白。很抱歉，請原諒。

「事情已經過了 20 幾年，說我被冤枉，只是林書記內心的事，外人包括我都一無所知，沒有什麼損失，談不上要原諒。」

「楊威說得對，無需道歉和原諒了。不過我還想請問林書記一個問題，這塊攝有劉字的表，原是丁于愛人劉虎的，怎麼又轉到你手上？你和劉虎是同在一支部隊嗎？」何二嫂問。

「我和他不但是同在一支部隊，而且朝夕相處，同吃同住。我沒有吃，他也受饑，我歡快，他亦樂，生死與共，從不分離。」

「那麼你兩人是最要好的戰友了。」

「要好得不得了。我們是同父共母，同妻共子的。」

「怎麼，怎麼！你這位幽默大師說誤嘴了，同父共母是親兄弟，同妻共子，該 如何解釋？」

「我沒有說錯，其實我和他是同一個人。」

「豈有此事，丁于的丈夫姓劉，你姓林。而且她丈夫于1944 年已犧牲了，你為什麼隨意冒認？」

「我的的確確是貨真價實的，不是冒牌貨。我剛才不是說過嗎，我本姓劉，眼前在座的，從澳大利亞歸來的胞兄也姓劉，

我的女兒劉芬也姓劉。為什麼我卻姓林？因為 1941 年我走山區幹革命，這是一種極其危險的工作。按封建王朝的制度，幹革命就是造反，被株連九族的。即使是解放前的年代，也會牽連到親屬朋友。一人做事一人當，我不想連累到任何人，所以改同母姓。我原名叫劉虎，到山區後才改為林虎。方才我不是說過了嗎，是因你不注意聽罷。當時林虎的名字，在山區裡很出名，連當時的政府軍，聽到是林虎所率領的部隊，都聞風喪膽，因此，後來入黨，就用林虎的名字，以後就沿用下去了。」

何二嫂又說：「44 年，丁於前往十萬山察看丈夫被砍下的首級，且遺下的棉衣，是怎麼回事？」

「事情是這樣的，當時我們的大部隊，在十萬山楓木崗根據地出發，去智取一個鄉的偽政府，結果偽鄉長和聯防隊全部被我們活捉、俘虜，我們大獲全勝。不過與此同時，偽軍竟然來圍攻楓木崗根據地。當時我們只留下一個班的兵力留守，我們的主力大部隊聞訊後，想趕回援救已來不及了。這班戰士只得頑強抵抗、堅定地守土抗敵。可是，到底還是寡不敵眾，到天黑才撤出重圍。當時雖是晚春，天氣有些寒冷，我帶領大部隊出發時，是輕裝上陣，我放在營地的大衣，班長就穿上了，因為他最後負責打掩護，讓隊員從容撤退，卻不幸他竟犧牲了。偽政府依據他的遺體形狀，相貌和大衣，認定是我，所以大做文章，大力宣傳，在報紙上宣佈我被擊斃，他們勝利了。其實我根本不在現場，毛髮無損。要說勝利，應該還是屬幹我們的。」

「當時你既然沒有犧牲，丁丁在南寧為挽救有危難的同志，捨己為人，被捕入獄，你知道嗎？」

「知道，當然知道。可她入獄的地點，是在首府——南寧，南寧不是我們可控制的地方，有重兵把守，所以無能為力。不

過組織上還是千方百計，遍找人事關係去營救，只可惜都無濟於事。

「她在獄中受盡了牢獄之苦。嚴刑拷打，威逼利誘，迫取口供。但她堅不可摧，巋然不動，不供出組織和同志間的任何情況，連書店是地下秘密連絡站也否認。她簡直是一顆打不碎、煮不爛的鐵盦，偽政府在她身上取不到任何證據，只是嫌疑始終抹不掉。在食之無味，棄之可惜的情況下，殺也不是，放也不得，所以只能監禁著。到 1949 年南寧解放了。她也出獄了。党安排她療養一段時間康復後，黨委即安置她到文化局工作，後來升任為副局長。1950 年底，她生了劉芬。此後我和她一直都在查找何二哥、何二嫂的下落，但何二哥和何二嫂當年雖在南寧居住，卻沒報上戶籍，且已離開住所，不知何去，所以無從查找。到了 1966 年，丁於因在監獄被拷打，留下的後遺症發作，以致病逝。劉芬 16 歲己失去母親，才轉學到濱城和我住在一起，但戶口依然留在南寧。劉芬中學畢業後，才輟學回南寧文化局工作，後來和楊浩結婚成家了。現今說來，你就是我倆夫婦多年來想尋找的何二嫂，楊文也就是我盼望己久，散失多年的親生兒子。今日在此相逢，我不僅重見離別半個世紀的胞兄，還見到一個見而不識，素不相認，憑空而來的散失已久的心肝寶貝的兒子。真是喜從天降！」

「以前我常聽到母親說，我有一個失散了的兄長。我腦海裡常虛擬和假設哥哥的美好形象，今日見面了，果然是一位一表人才，學識豐富，內在與外表兼優的一位優秀學者，比我想像中的形象更美，使我不失所望。」

「聽你的說話，你好像是今日才相識文哥那個樣子。」楊浩半開玩笑說。

「相識雖久，但素來未知道是同胞的親哥哥，眼下知道了，自然增加了一份親情！看法當然就不同了。」

「楊文！還呆著幹什麼？不快去拜認生父和胞妹！」大家見楊文呆坐不動，認為他不想相認父子關係，何二嫂即催促著。

「不急！在談話中，雖然證實我們是父子關係，但我們到底幾十年來，沒有見面和相認過，今只憑兩塊手錶和一段故事，況且兩塊手錶幾經週轉，過了幾手買賣，怎可知道誰真誰假？真實性也該被折扣了。故事又可以由人編出來的，就這樣相認父子，未免有些草率。對此，本人倒沒有意見，我從未盡過父親的義務和責任，平白地就拾面一個這麼優秀的兒子，還有什麼嫌棄及怨言？應該百份之兩百滿足和同意了。只是站在楊文的角度上來看，這倏然間，增添了一位不負責任的父親，不供過孩兒半勺乳汁，不盡過作為父親的半點義務，對兒子沒有過教育、培養和保護的作用，因此，要相認這樣一位父親，該是很難接受的。今後若有機會，我打算對楊文整個家庭和後代，盡力慢慢地彌補過去的缺失。我還想，我們可以借助進步的現代醫學，去做一次 DNA 親子鑒定，利用科學，更進一步確認父子關係，免使大家都存有懷疑。」

「林書記的提議，我非常贊同，好得很。」何二嫂說。

其實，此刻，楊文的內心正在百感交集，心潮澎湃；忽然間，無需踏破鐵鞋，不費吹灰之力就見到自己的生父，而且是一位幹過革命的英雄漢，心中的喜悅、歡快，是有筆難描的。確是人生中一件天大的喜事。這是歡。：可是又聞得關愛過自己一生的生母已經過世了。作為人子，未能盡孝，也不能使她安度晚年，不由得悲從中來，十分傷感。這是悲：現今見了生父，而養父這方面的關係又如何處置？他為了我勞苦一生，節衣縮

食來供養我讀上大學，照亮了我的前程，而他的燃油已耗盡了，我還來不及報答和盡孝，現今豈能見了生父即拋開養父，得新棄舊，一走了之！還有幾位如此親密、同富貴、共患難的楊家兄弟，難道就因此互相疏遠嗎？這是憂。悲、喜、憂、全糾纏在一起，縈繞著腦海，很難理出頭緒來！

於是說：「請大家不要誤會，其實我不是不想相認生父。活了 50 年，從未認識過生父，今日相見了，簡直是人生中一大喜事，歡喜還來不及，豈有不認之理？而且生父、生母是老革命，為國家解放戰爭出生入死，為窮人鬧翻身流過血汗。他們的歷史事蹟使人頌揚和敬仰，我成為他們的兒子，自然也感到自豪和光榮。回想 20 年前，風雨將臨之夜，在鬥爭中，有人說我是孬種，孬種自然不是好東西。又說我是什麼藤打什麼瓜，什麼種子出什麼芽。現在看來，生我的父母是老革命，為推翻舊政權出過力，賣過命，那麼我的藤，我的根苗是好樣的，這麼偉大的父母，求都求不來，怎可不相認呢！以後的使命，更應該繼承著父母光榮的革命傳統，繼續為國家作出更大的貢獻。當然，養父對我亦有極大的功勞，他把我自小養到大，艱難地供了我 20 幾年的生活，培養我讀到大學。遺憾的是，我對他沒有絲毫面報，只能在內心深處永遠感恩吧！。還有幾位患難與共，生死相依，感情至深的好兄弟，我即使認了生父以後，也不能不認他們的，希望作為父親的，能允許並容納他們，使我們還可稱兄道弟，繼續交往。

「你這麼說，我明白了。你擔心我們建立父子關係後，養父那方面就不許承認了。這不行。養父對你既有功勞，也有苦勞，當然是要承認的；至於兄弟間，都相處了大半生，也丟不得，連其他親友亦應保持原有的往來，不能因此影響你以前任何的

人際關係，才符合常理常情。這才是我所樂見的。不應為我們的父子關係，像換了一個人的樣子，就六親不認了，這使不得。以後你一切生活和工作，都應按原來的習慣活動，無需作任何改變，只是在原有一個養父的事實上，再增加一個生身父親吧了。其實我們相認，我己得到極大的安慰和滿足，不想因此影響你一切的一切。

　　你也不用改姓換名，因為你在社會上已是一位名士，社會關係，必然錯綜複雜的，牽涉面廣，改名換姓很不容易，況且姓名只不過是一個人的稱號而已，只代表這個人，不影響到國家、和任何人，所以不大重要。例如我本性劉，現在卻姓林，己沿用了幾十年，並沒有出現什麼障礙，眼下，和哥哥相見了，他不會因我姓林就不相認了。女兒亦不可能不叫我作爸爸，放心吧。」

　　「難得老書記這般通情达理，我雖然不用改姓，但我還有兩個兒子，長子今在北京鐵道學院肄業，人際關係網比較廣，改姓名不容易，且算了罷。次子是我三十幾歲才生的晚子，現今才十餘歲，在南寧念中學，我想延緩一段時間，讓我闔家商議一會，讓他轉回性劉，使劉家延續下去。」

　　「你讓次子改姓，這是你們的自由，我不反對。但我已經說過，姓名只是個人的稱號，改不改都一樣，不大重要。」

　　「雖然不重要，但在宗族上是一種形式，從俗吧！打現在起，我同時有兩位老爸，其中一位老爸雖己謝世，但還是我老爸：眼下還有一位老爸在跟前，首先讓我叫聲「爸爸」吧！」

　　「嗯。你的叫聲，使我很驚喜！然而，我們還未做 DNA 親子鑒定呢。」

　　「對！楊文做得很對。未經過 DNA 親子鑒定，就相認父子。

其實，我們在談論中，已足夠 100% 可證實此關係了，無庸置疑。DNA 鑒定雖然也好，可以放在下一步再加以證實吧。此外，我以前交予你的，你母親親自為你父親製作的靈牌立即燒掉吧，不要保留了。」何二嫂說。

「現在我們的父子關係已確認了，只遺憾不能給你補償多年的父愛，很愧疚和抱歉。」

「父母不是不愛我，是社會和歷史造成的，要埋怨，就埋怨當時的社會和政府吧。」

其時，何二嫂很興奮地接著講：「今日不但是生日宴，也是一家子的大團聚，李嫂和昌研雖是姓李，但和楊校長的關係，亦非尋常，都是一家人。讓我們一起隆重祝賀，再乾杯。」李嫂聽了何二嫂的說話，既不反對，已默認了。即和大家一起乾杯。

何二嫂繼續舉起酒杯說：「為慶賀劉董事長和林書記久別多年的兄弟重逢，為林書記和楊文失散久遠的父子團圓再乾一杯。」

後繼有人，
年輕一代更優秀。

「今天真是大好日子，喜事繼踵而至。」大家語論著。

劉龍卻提問說：「剛才何二嫂說：今天的生日宴，也是一家大團聚。方才我己知道楊文兩位令郎都在外地肄業，不在家，未能參加宴會，可是，楊浩和李昌研的後人還未到場，他們都到那兒去了？」

「劉叔初回乍到，難怪不知情，自然不瞭解，我代他們答覆吧；

「楊浩有一個兒子，在廣州中山大學學文科。

「李昌研也有一個兒子，在桂林師範學院念書。眼前的這一代人。楊文是工程師。楊浩已成為一位文學作者。楊威是大公司的總經理，對國家對社會己有了一定的貢獻，都算得上是小有成就了。看來下一代的人，皆受過高等教育，前途應該更光明遠大。」

「下一代的人都更有上進了，這是家族中得到進一步的發展，國家也得到更先進的人才，使國家的未來，走向世界先進的前列作出更大的貢獻，這正好預示著一個佳兆。」劉龍說。

「現在他們都在學校，沒有時間回來參加這次宴會，如果

劉叔未去澳大利亞，還在家鄉逗留，待春節假期他們回來時，他們一定會向劉叔和大家拜年請安的。啊！還有楊威呢，怎的也不帶子女回來和我們相見？」

「我也是兩個兒子，一個在英國牛津大學修業，另一個在香港大學攻讀。這些年來，假期他們都是到澳大利亞和外祖父過，所以大家都不見到他們，待下次吧，我叫他們回中國向大家拜候的。」

「那好，你們的後代，都受過良好的教育，尤其是都處在人盡其才物盡其用的偉大的、文明的國家裡，將來定可發揮他們的聰明才智，為國家，為人民作出貢獻。預祝他們前途光明遠大！並祝大家闔家安好，共同度過這美好的今天和美好的將來。」劉龍說。

後記

　　本書寫的不是叱吒風雲的大人物，也不是寫那些氣吞山河的偉人奇事，只是寫一些出身於平民百姓的平民小事。由於這些小事，正是廣大群眾身邊的事，所以大家都感到親切，熟悉。

　　正因為這些小事，卻反映了十年動亂期間，出現了許多離奇曲折的情景，不可思議的隨意殺人，草菅人命的亂象。今作者只依據一些真人真事如實記錄下來，寫給廣大讀者，使那個時期的人們能回憶其時的艱難險阻，使現代喝甜水長大的一代人，了解當時的一輩人是如何渡過困境，歷過艱險過來的。

　　在對比之下。更感到眼前的社會安定和繁榮昌盛、安居樂業。為編寫這篇小說，曾走訪不少有關人員，且得到不少幫助，尤其是香港方偉權老師為辦理出版工作上下奔忙；出版社的主編和工作人員也出了不少力，為此請讓我一併致以衷心謝意！

作者

聯絡方式：
作者：銅魚山居士、方世中
電話：19178765010
地址：廣西區欽州市欽北區小董鎮糖行街 107 號

作　　　者	銅魚山居士、方世中
書　　　名	風雨過天涯
出　　　版	超媒體出版有限公司
地　　　址	荃灣柴灣角街 34-36 號萬達來工業中心 21 樓 02 室
出版計劃查詢	（852）3596 4296
電　　　郵	info@easy-publish.org
網　　　址	http : //www.easy-publish.org
香 港 總 經 銷	聯合新零售（香港）有限公司
出 版 日 期	2022 年 6 月
圖 書 分 類	流行讀物
國 際 書 號	978-988-8778-94-2
定　　　價	HK$39

Printed and Published in Hong Kong